天狼星书系

SIRIUS SERIES

自然的灵异，悬疑的惊悚；
逻辑的力量，理性的光芒。

天狼星书系
SIRIUS SERIES

在昼犹昏

盖越 著

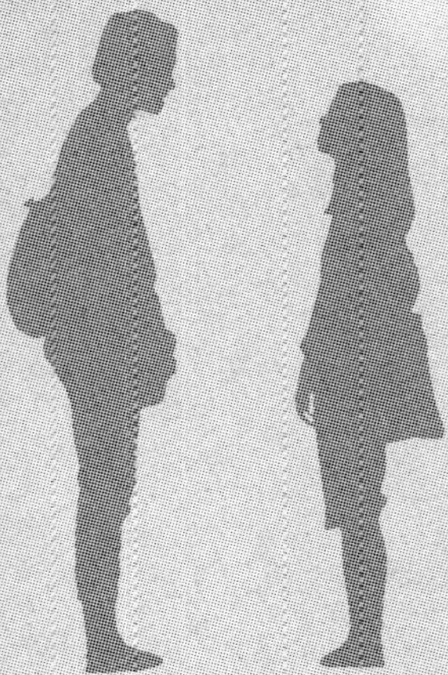

法律出版社
LAW PRESS · CHINA

目录
Contents

第一部分

原来记忆还有这么强大的力量，即使埋在地下百尺，只要有了索引，它就会被一点一点地点燃，就像记忆一幕一幕开始回溯。一幕也没有漏掉。直到终了的那一刻，爆炸。

◆ 第二部分

“今天有什么想说的吗？”

“我以为你会问，我为什么一直看你。”

“你不是一直这么看着我吗，从我小时候起，这有什么可问的。”

第三部分

为了让她知道我并非正直之人，我把心底的仇恨放大，把血管里的温度降低，孤注一掷，绝情绝义，愚蠢盲目到只有仇恨，只是为了让她觉得，我们是站在世界同一边的。

第一部分

—— 在昼犹昏 ——

原来记忆还有这么强大的力量，即使埋在地下百尺，只要有了索引，它就会被一点一点地点燃，就像记忆一幕一幕开始回溯。一幕也没有漏掉。直到终了的那一刻，爆炸。

第1章　归　乡

车流如虹，天青色暮霭渐渐笼罩夜色，十一月的冷空气在城市上空流淌进云层，直到清冷的气流把天尽头最后一丝暗粉色也挤尽，滴落进了深蓝的夜幕，薄暮的宁海市华灯初上。

"……渔山发生的这起抛尸孩童的案子至今已有半年时间，却依旧没有进展，警方表示还没有收到任何有关确认孩子身份的信息，再加上被害孩童面容被毁，难以辨认……"

一辆银色的小轿车在市中心一个繁华的路口停了下来，车里传来电台主播怀着同情语调念出的新闻。驾驶座上的人趁着等红灯的间隙从上衣兜里掏出手机，大致扫了一眼屏幕上的提示，心底有着某种期望。

在医院忙了整整一天，林海连口水都顾不上喝，更何况看手机，现在终于能稍稍松口气。宁海市属于三线城市，半年前全国知名的南城医院在这里开了第一家分院，快到年末医院才刚刚步入正轨。林海是刚进医院正式工作不久的医生，自然忙得不可开交。

林海从高中起便到了美国读书生活，一直到前两年大学毕业才回国。刚一回国，他就进了位于一线城市上杭市的南城医院总院当实习医生。实习进得了南城总院，还是这所盛名远扬的医院最著名的精神科，同届的人不知有多少羡慕得红了眼。当然也有不少嚼舌根的，说林海是靠着有一座金山的母亲才会顺风顺水。

这些话林海不是没听到过，每当这时，性情温和的他总是笑笑，也不去在意。因为他没法儿否认，这些确实和他的母亲有关系。实际上，林海从小和母亲并不太亲近，特别是父母离婚以后，自己和父亲一处，哥哥和母亲一处，一直分隔两地生活。虽然是这样，但林海的母亲从来也没有停止过对他生活的补给，在他初中刚毕业时就将他送到美国接受更好的教育，直到现在，也是事事连招呼都不打就提前替他打点好。

对于母亲的帮助，林海一直不知道该怎样去回应。说起他母亲陈楼美，不得不先提一下宁海市的桃华集团——这所不大的城市里无人不知的大型企业集团。改革开放初期靠零售产业起家，最初名为桃华百货商厦。二十世纪九十年代初百货公司开始涉足房地产，赶上了房地产的十年春风，再到近两年又在宁海市开设起连锁商务酒店。一所集团，跨行业于零售、地产、酒店等多个产业，最初的桃华百货商厦也就逐渐发展成如今的桃华集团，在整个宁海的商业圈有着举足轻重的地位。陈楼美既是桃华集团的大股东之一，又是集团下百货商厦的主要负责人，说她有座金山倒一点儿也不夸张。

可林海在上杭市总院的实习刚结束就被分回他的家乡，就职于宁海刚成立的分院。宁海市的发展和上杭市比差了几条街。同届的人听说后多数是幸灾乐祸的，但林海看起来倒是毫不在意，久未与母亲通话的他特地打了个电话，让她绝对不要插手帮自己留在总院。陈楼美即使有心要管，可觉得毕竟林海也算是回到自己身边了，便也没有多言。

林海是自己向医院申请回宁海市的，不只是因为家乡和亲人。真正的缘由只有他自己知道——不繁华的宁海市，有着他非常在意的人。

手指还在屏幕上轻轻滑动，终于一条微信提醒跃然跳入他眼底，他嘴角浮上一丝笑意。突然身后传来一声极尖锐的鸣笛，打断了他即刻拨出电话的冲动。抬头看到信号灯已经变绿，林海赶紧放下手机，一直驶出去好长一段路，刚刚突如其来的欣喜还在心间萦绕，疲惫的感觉顿时也跟着冷气流一起升腾了。

副驾驶的座位上，还闪着荧光的手机屏幕上映着刚刚收到的一条消息："一定要我先开口找你吗？"

林海将车驶到一条人不多的街道，在路边停靠下来，拿起手机长按了"1"号键，耳边传来几声有规律的嘟嘟声，却迟迟没有人应答。

手机的这端，赵苑玫刚送走一个病人，进房间前对屋外负责接待的助理嘱咐了两句："李漪漪下一次约诊定在明天，做好记录就可以下班了，今天也辛苦了。"说话人语调温柔，虽然声音因为感冒显得沙哑，但那白皙脸颊上柔和的笑意轻易地化解了鼻音的尴尬。助理看着她那充满暖意的脸庞，在一天的忙碌结束后，心里顿时轻松了许多。看着转身又回到房间的赵医生，助理放松下来的心情又漾出了激动，她的眼睛里散发出了后辈看到优秀前辈时才会有的光彩。

三年前，赵苑玫带着要弥补中国中等城市在心理治疗方面的不足的心愿，放弃美国稳定的工作，回到宁海市，开了这间心理治疗室。当时，单单只是招一个助理医生，奔着她的名气来应聘的心理学专业的学生便成百上千。在这个行业里，几乎没有人不知道她。

美国加州大学伯克利分校心理学专业本硕毕业，二十四岁进入美国最大的心理诊所"Sunny Day"，成为全院最年轻、最优秀的中国医生。几年来，经她治疗过的病人，心理创伤无一例外地、奇迹般地恢复到几近痊愈的状态，她的声名也因此在业界迅速被熟知，就连同行也猜不到她到底用的是什么治疗方法。这样一份近乎完美的履历，放在赵苑玫身上似乎有着某种天生的契合，同时也让人惊叹，有着这样才能的人只有二十八岁。

天才，过目不忘，无论是成百上千的病例还是只有一面之缘的面孔，她的记忆像是会复制一样，只要看一眼便都深深地记录在脑海中。

样貌，让人过目难忘。在了解她前，说她是绝色花瓶的不在少数。

性格，却出乎意外地没有心高气傲的缺点。她有着那种沉默时让人不敢侵犯的端庄，然而她却像知道人们的忌惮一样，很少让沉默的时刻出现。除却石质的冰凉，她光洁无瑕的面孔有如古希腊拥有完美比例的雕塑，那份气质中带着的贵气恰到好处。但她不像洁白的雕塑了无生机，她的笑、她待人接物的方式、她倾听时带着笑意的眼睛，她所传递出来的一切在人看来都是暖的。一起共事的人都觉得，她虽是心理医生，但行事待人却并没有职业性的戒备心，脸上总是带着微笑。赵苑玫学生时期的导师是一名有着丰富经验的心理医生，她曾说过，赵医生的笑是不会伪装的人从心底发出的善意，所以才有着让人忍不住想靠近的吸引力。

助理轻轻敲了两下门，想跟赵苑玫道别后再离去，里面却无人应答。她想了想，还是缓缓地推开门。

屋内光线有些暗，只有桌上一盏台灯散发出淡黄的光，隐隐照亮四处。赵苑玫一个人站在窗前俯视着城市的夜景。

赵苑玫的这所心理诊疗室坐落在筠庭大厦写字楼的高层，名叫心远诊室。宁海市是一座中国北方看得见海的城市，环境污染小，这间诊室以写字楼巨大的落地窗代替墙壁，白天在屋中便可远眺海景，夜晚城市的璀璨灯火也可尽收眼底。

助理注意到从桌子上传来的一阵阵手机震动声，又看赵医生像没听见似的站在窗边，对面投来的 LED 灯光在地上打出一个白色的平行四边形，除了她所站立的地方，其余都愈显黑暗。平日里总被许多人环绕的身影此刻在光影斑斓的夜景中倒显得有些孤独。

“赵医生？你电话一直在响。”助理在门边试探地向她说，有些担心自己的做法会不会打扰她看夜景的兴致。

“嗯？”赵苑玫回过神来，本来双手抱肩的她在转身的一刻挂上微笑，手也自然地下垂，看着门口的人有些不好意思地说，“好的，谢谢你，我看夜景看得太入迷了。”

她走到桌前，看到手机屏幕显示有三个未接来电，都是同一个名字。赵苑玫拿起手机，示意助理可以下班了，边按下了回拨键。

只响了不到一声，那头便接起来了。

“你可算接电话了，我还以为你怎么了呢。”林海的声音有些着急，又明显松了口气。

“你回来多久了，一次也没有来看过我。”赵苑玫的声音跟平时有些不太一样。

“你也知道医院在这边刚成立，我实在是抽不出完整的一天，我是想如果去找你就不要被别的事情打扰。”林海听出她语气中的清冷与嗔怪，解释的话语中藏不住焦急，不过话虽这么说，他心里确实是一直在等赵苑玫先开口说要见面。毕竟他才二十四岁，许多事上他还是小孩子似的想法。

“姐姐，生……生气了？”林海听手机那端有些沉默，几秒后忍不住试探着问。

“扑哧”一声，赵苑玫那熟悉的笑声又传到他耳畔：“逗你玩儿的，你还当真了。”说话间，赵苑玫听见手机那头突然响起汽车飞驰的声音，“林海你在开车吗？”她的声音又紧了一下。

“放心吧，我把车停在路边了，按你说过的。”林海心底松了一口气，语气却显得无奈，他知道赵苑玫是好意，但也不想让自己在她眼里总像个需要她教导的小孩子。

赵苑玫听了，不禁笑了两声：“好了，等你有空咱们再见面吧。”

“明天我休息，”林海随即说，接着又稍微平复了一下心绪，“明天见吧。”

“明天啊，可以的。”

挂断电话后，她将手机握在手里，侧身将头倚靠在了玻璃墙上，双手又恢复了抱肩的姿势。透过闪烁的霓虹灯光能够看见远处沉沉的暗海，忽地，玻璃板浮现隐隐的雾气，转而又消失不见了。她似乎有着微不可察的叹息。

第2章　心　结

审讯室里一片沉默。一张桌子的两旁坐着神态、表情、心境截然不同的两个人。

一道从隔壁监控室里透出去的目光，刺透了两间屋子之间的反光玻璃打在他们身上，从审讯开始时便再没移开过。目光的主人微微布着胡楂的脸颊下面是落了扣子的衬衫，衣领上无处依附的线头没精打采地耷拉着，像极了他整个人给人的第一印象——一副睡不醒的样子。或许是那双因为熬夜而肿着的眼泡儿的缘故，本就单薄的眼睛盯着某处凝视的时候，更像是置身事外的冷漠样子。

突然，监控室的门开了，进来一个警察，手扶在门上，年纪三十岁上下，体态偏胖，有些黝黑的脸上虽然带着笑意，可一双眼睛看起来却是敏锐得很，前额上即使不笑也布着些抬头纹。

"在川儿，"胖子带着儿化音叫了声站在玻璃前的人，"行了别看了，又不是什么疑案，也不是你该操心的事儿，你不是刚帮二队捉了赌博那票人回来吗，一点儿不困啊？"周路语气中带着委婉的责怪，"走了走了，先去吃个饭，然后你赶紧回去休息。像小陈这样的年轻人正是青春火烧得最旺的时候，交给他去做就行了，咱们这些上有老下有小的就别跟着掺和了。"

胖子名叫周路，是秦在川的警务搭档，也是他从警校就认识的好朋友，如今算来也有十多年了。

秦在川听后吐气轻笑一声，转身向周路走去："上有老下有小的是你，我一身轻松。”他故意带着开玩笑的语气说。

周路伸出一根手指朝他点了点，一边摇头一边说：“说得像是没有妈……”话讲到这儿，他意识到秦在川的眼神有微微的变化，于是果断把后面的话一并咽了下去，上前一把揽过秦在川，哈哈干笑几声算是岔开了话题。“这个，你说说你，都快三十的人了，还不找个媳妇，你看你这都穿的啥，这衬衣都洗白了。”

秦在川知道他岔开话题的用意，扯着泛着胡楂的嘴角淡淡笑了下，接着抬起看似无力的手一巴掌重重地打在周路的肩膀上，疼得他忍不住龇牙咧嘴。

“看着你，我就更知道一个人的好处了。得了，你吃去吧，回来给我随便带点儿。”秦在川做了个手势指了指隔壁屋，此时他并不想离开。

周路是他多年的好友，最知道他的脾气，于是也不再多言，招招手便推门离去了。

秦在川的目光又回到了玻璃窗那边，审讯室里还是没有一点进展。正如周路所说，这是一桩特别简单的案子，一个未成年的小混混在路上抢了老太太的包，老太太身体本来就弱，可偏偏死拽着包不放，争抢之下摔得进了医院。这事发生在一条挺偏僻的小胡同，除了一个路人看见小混混逃跑的背影外根本没其他人注意到。小混混在这一带臭名昭著，觉得没人看见自己的正脸，死不承认。可老太太家人不算完，天天来警局闹，非要捉住那个罪魁祸首赔偿医疗费。

秦在川敲敲审讯室的门，利索地推开，小陈一看他进来了连忙起身，朝他喊了句“秦队”，秦在川冲他一颔首，示意他先出去。

小陈有些犹豫，但还是照做了。这本是治安队的事，秦队是刑侦队的副队长，按理用不着管。不过这个看起来总是无精打采的秦在川在警局可算是无人不知，不为别的，就为他那个八头牛也拉不回的犟脾气和为了案子连命都可以不要的拼劲儿。他身体里似乎有个神奇的开关，当任务来临，他从如坠云里雾里的样子到血脉偾张地扑向罪犯完全不需要任何过渡，又或许他其实一直都是精神抖擞的，只是太疲倦了。前几年宁海市跟上级市联合办了件缉毒的大案，秦在川守在据点三天三夜没合眼，旁边的人换了三拨，可他就是撑着不走，终于等到了对方露出破绽，秦在川第一个冲上去把人拿下。结束后一向爱挑刺的副局长看着他两只肿成红灯泡的眼睛，十分动容地拍着他的肩膀，说了声“好”。从那之后，秦在川的名字就传开了。小陈自打进了警局，总能听见别的警员说起秦在川来插手他们的案子，就连自己的队长也跟他们嘱咐过，如果秦队要管就让他管，反正他也帮不了倒忙。

秦在川在小混混面前坐下，拿起桌子上未做完的笔录，抬头看了对面的人一眼。对方还是个孩子，下午秦在川羁押着聚众赌博的人回到警局时，一进大厅就远远看见了他。

“孙传飞？”秦在川盯着本子，念了一遍他的名字，接着将目光移到他脸上，紧紧盯着他。孙传飞脸上继续保持着不屑的表情，但那副无所谓的面孔下是极力想掩藏的胆怯——同下午他站在警察大厅看着来来往往的警察时，眼神里流露出的东西是一样的。当时那个眼神，让已经疲惫不堪的秦在川不由得停下了脚步。

“几岁了？”秦在川的问题有些出乎小混混的意料。

“十五。”孙传飞被小陈大吆小喝地问了一晚上话，此时秦在川平和的语气反而让他有些不知所措。

秦在川放下手中的笔录，身子向后仰去，靠着椅背与他平视。

“你知道吗？”秦在川微顿，“如果那天被你抢的老太太不是单单摔倒了，而是一个狠的，摔死了，你觉得自己现在还能在这儿耍横吗？”

“那老太婆没死啊。”孙传飞下意识地脱口而出，带着劫后余生一般的口吻。

“不是说没见过什么老太太吗？”秦在川目不转睛地与他对视，声音随即带上压迫性地质问。

“我……我是没见过。”小混混别过头去，躲开他的目光。

秦在川微微笑了下，俯身向前手指狠狠敲了下桌面，孙传飞一个激灵。

“是，被你抢的老太太没死，不过你家里的老太太可快要活不了了。”秦在川冷冷地说。

“我奶奶？我奶奶怎么了？”孙传飞顿时露出焦急的表情。

“要我提醒你吗？法律规定超过十四周岁抢劫是要承担刑事责任的，你十五岁了，如果你抢包时再多用一点儿力，让那老人摔死了……不知道你家里唯一的亲人该如何安度她的晚年。”

“你他妈少唬我，我奶奶到底怎么了！”

“你心里还记着你奶奶？”秦在川猛地一拍桌子，发出一声巨响，“我告诉你，这次全是你侥幸，老人命大才没真出什么事，你现在才有脸坐在这儿跟我大声嚷嚷。但你跑得了这次，你跑得了下次吗？”

孙传飞被他这一吼震得愣住了，默默低下头半天没动静。秦在川平复了一下接着说：“你的奶奶没事，她现在还不知道你干的这些好事。但我这句话放在这儿，你，迟早会出事，有朝一日你奶奶看着她唯一的孙子，被警察戴上手铐从家里带走时，你觉得她会怎么想，她还能好好活吗？”

小混混抬起头，看着对面这个面色带着疲惫的警察，他说的那些话像是针一样落入他心底，或许是因为害怕，他的眼圈竟然泛红了。

审讯室内沉默了片刻，秦在川瞥了他一眼，目光随即落在他身后一个没有聚焦的点上，声音同他的眼睛一样变小了。

“你虽然犯了错，但有改正的机会。如果刚才我没有告诉你被你伤的老人还活着，你先前满脑子的恐惧与愧疚就会永远那么折磨着你，即使你侥幸逃脱，等你再大一点儿就会知道，不安的感觉会渐渐消逝，愧疚却会随你一同长大，比起待在监狱里，内心因为永远的愧疚而饱受折磨，那才是真正的惩罚。”

秦在川不知怎么就说出这番话来，或许是看眼前这个人还只是个孩子？

跟小混混一样听得愣了的还有隔壁监控室买完饭回来的周路，他看着对面屋里的两人，微微皱了下眉头。

“其实，我……”孙传飞刚一开口就噎住了，眼泪啪嗒啪嗒落下来，“我也没想拉倒她，她越是大喊我就越着急，才把她拽倒的，我知道错了，可是我要是承认了，谁知道那老太婆的家属会让我赔多少钱啊，我看见救护车把她拉走了，不知道要几万块钱，我和奶奶哪有那么多钱啊……”

“别哭了。”

小混混忙止住抽泣，愣愣地看着他。

“长记性了吗？”秦在川问道，一双敏锐的眼睛牢牢地盯着他的脸，心里判断着他说的是否是真话。

孙传飞忙不迭地点头：“记住了，记住了。警察叔叔，我这次真的知道错了，她倒下的时候我就害怕了，也后悔了……”

“嗯。”秦在川边点头边起身，“那你就好好记着吧。”

孙传飞看着刚才还像是要救自己的警察叔叔此时又要转身离去，心里升起的一丝希望又破灭了，秦在川推门离开后，他便趴在桌子上号啕大哭起来。

秦在川转身回到监控室，小陈一看到他立刻喜笑颜开：“秦队就是秦队，我这嗓子都干了什么也没问出来，您两句话的工夫就让他招了。”

“好了，赶紧去整理一下笔录。”

秦在川看到周路也在屋内，眼中滑过一丝阴影。小陈出去后，他走到周路身边，也看向玻璃窗那边正在痛哭的孙传飞。

“饭呢？”

“放你桌上了，热热再吃吧。”

“嗯。”秦在川点点头，快到门口时，周路嘴角动了动，叫住了他：“在川儿啊，其实有些事过去了就让它到那为止吧……”

“嗯。”秦在川打断他，下一秒便只剩门重重合上的声音。

秦在川一个人在办公桌前扒着饭盒里凉了的炒饭，手里拿着手机，反复关上、打开一个号码。一直拖到饭都吃完了，他觉得不能再拖了，才鼓起勇气，拨了出去。

“这次又什么事？”手机那头传来一个女声。

“帮我个忙。”秦在川说话时微微握紧了手机。

“你还真是孝顺，只要是主动找我，开头永远是这句。”女人的声音充满自嘲。

秦在川不想接她的话，只好任由她奚落。

“借我点儿钱。”

“你不是犟骨头，不肯要我的钱吗？做什么不好非要去做警察，一年到头能挣到几个……”女人的声音又响起，秦在川听来格外刺耳。

“有几万吧，过后我再把具体的数告诉你。”秦在川心里估计了一下老太太的医疗费。

“你要钱干什么？”女人立刻起了疑心，他还从没问自己要过这么多钱。

“怎么？”女人的质疑声让秦在川瞬间无法忍住情绪，他带着讽刺的语气说，“几万对你来说根本不值一提吧，舍不得了？”不等对方反驳，又接着说，“我做什么事，你找人一查不就一清二楚了，你不是钱很多，很喜欢调查别人吗？”

“秦在川，你个混蛋！”女声陡然间提高了嗓门。

“我是为救人，看在我还是你儿子的分儿上，把钱借我，我会还的。手里那么多昧心的钱，你也该做点儿好事吧。”秦在川的语气几乎要把手机那端的女人逼疯，一时间两边都沉默了。

“要多少回头直接跟我秘书说。”

“行。”秦在川说完，不待对方回答便挂断了手机。

第 3 章　跳楼案

孙传飞昨夜被秦在川一通吓唬，整个人呆呆傻傻地坐在拘留所，心中一片茫然。

一早起来秦在川先去了拘留所，看孙传飞这副模样，他心底反倒是松了一口气。

他把孙传飞提出来，坐在凳子上跟他说了会儿话，告诉他自己会帮他解决老太太医疗费的问题，但要他永远记住昨夜在拘留所五味杂陈的心情，不许再犯事。

小混混一听他这么说，本来干涸的眼眶瞬间又涌出泪来。

秦在川回到警局时，与迎面出来的周路碰个正着。

“哟，这是打哪儿回来啊？”周路故意调侃他说。

“你别找事。”

“得，我不说话，反正出钱的又不是我。”周路本来要出去，看他进来了也跟着又折了回去。

秦在川没吭声，自顾自地朝自己办公室走去。

“不是，”周路拉住他，语气中带着疑惑，“我不懂了，你说你怎么知道那孩子是真的改好了还是跟你演戏呢？我可是听说他不是什么省油的灯。”

“看他眼神应该不会骗我。”秦在川想起了孙传飞的眼睛，眼泪半含，那是愧疚大过害怕的眼神，他熟悉这个眼神。

“眼神？”周路的语气带着讥讽，“你可真文艺，光看他的眼神就能知道这人改好了？”

“我以后会看着他的，如果他再犯事我亲自把他抓回来总行了吧。”秦在川已经走到了办公室，周路还喋喋不休地在后面跟着他。

“你也不能看着孩子就心软啊，以前也是。”

这句话一说完，秦在川脚下顿住了：“我只是觉得，还是给他们一次机会吧。”

“我没有别的意思，”周路清了清嗓子说，“我只想再给你提个醒儿，容易被自己的情感左右是会犯大错的。咱破案最忌讳的是什么，不就是怕先入为主的感情用事。”见秦在川依然没有接话，他又咽了口唾沫，“我是怕你给你自己掘坑儿。”

秦在川转过身来，朝他没有戒备地笑了下：“谢了。”

周路有些语塞，他知道秦在川是一个不会表达的人。

一上午都没发生什么事，快到十一点的时候一个电话炸响，说东区那边有人从高层坠落，当场死亡。

“这也太惨了。”周路看着几乎摔成肉泥的尸体不禁说道。

“具体怎么回事？”秦在川一边扫视着现场，一边问旁边报案的保安。

“我正在屋里坐着喝水呢，一抬头看见外面掉下来个人，差点儿把人给吓死。”保安四十来岁的样子，一张脸吓得惨白。

秦在川抬头看向死者掉下来的地方，眯着眼睛估算了下，大概有二十层楼高。

“你认识死者吗？”周路问报案的保安。

“都摔成这样了，我哪儿还敢看啊。”

“人掉下来时，你看到周围有什么可疑的人没有？”

“警官，二十层呢，这哪儿能看见啊……”

秦在川低头打量着尸体，人摔得血肉模糊，样子基本辨认不出来，头骨的位置都已深深陷进去，地上血浆混杂着脑浆淌了一地，场景惨不忍睹，几个年轻的警员忍不住捂着嘴干呕。

周路上前推了一把视线紧紧锁在尸体上的秦在川，这一下让他终于回过神儿来。

“你干吗？”周路以为秦在川被震住了，可他只回头瞥了周路一眼，注意力又回到了地上那处惨状。那景象似乎有说不出的魔力，他的目光背离本意地被牵制住了，无法移开。

忽然间，他明白了自己的感觉，地上惨死那人身上竟有着让他熟悉的记忆。

周路看着缓缓蹲下身的秦在川，赶紧伸出胳膊拦住了他：“你咋的啦？这跳楼你也要看，你又不是法医逞什么能？”

“他杀伪装成自杀的方法有几百种，你怎么知道他是怎么掉下来的？”周路的突然阻拦让他原本连贯的神经一下子脱臼了，心里不由得升起一种不太爽快的感觉，他忍不住拨开周路的手。然而就在他准备蹲下去的一瞬间，突然间周围的场景变成了破碎的冰面，他脚下的立足之地瞬间坍塌，来不及反应，冰冷的水便淹没过他的头顶，彻骨的冰冷立刻化作钢针刺穿了这具在阳光下烤热了的身体，冰水争先恐后地涌进他的喉咙，涌进他的肺叶，他惊慌地仰起头大声呼救，可转瞬间刚才的一切却都消失了。

“怎么了？”周路注意到秦在川呆站住了。

秦在川也感到诧异，快速眨了几下眼睛，大白天的自己产生了幻觉？不然脑海中怎么会突然出现他做了无数次的噩梦？那是最可怕的梦——掉入冰湖，因为湖底有他的秘密。他抬起手，没有目的地拉拽着自己的衣领，视线还在游移。

周路见他没说话，没再追问，回头看到法医已经到了，便退开来向先到场取证的警员询问。

这具尸体从表面上能提取到的证据微乎其微，但不肯放过一丝一毫的秦在川还是注意到他右手的拇指指甲上有些发亮的痕迹，即使其他手指都浸在血泊里无法辨别，自然向上翘着的拇指却几乎没有沾上血迹。

秦在川抬起他的右手拉到眼前，拇指指甲在阳光的照射下发出些许色散的光晕。秦在川探身嗅了嗅，仅有的一丝痕迹也被冲天的血腥气所掩盖。

“油？”秦在川不敢断定自己的想法，他起身叫来身边取证的警员，嘱咐他重点把死者手指甲上的残留物取证。

过了一会儿，周路过来对他说：“死者身份清楚了，名叫齐四，是筠庭酒店的司机处处长，初步调查了几个员工，都说今天早上没看见他……”

“叫……叫什么？”

“齐四。”周路低头确认，没有发现秦在川的异样。

秦在川猛地上前拨开警员，死死盯着那具难辨样貌的尸体。这里是真实的世界，却有着让他掉入冰湖溺水般的窒息感。

或许是同名呢？他脑海中渴望救赎般地祈求着。他一把揪过周路：“年龄呢？他是哪儿的人？是本地的吗？”

周路看他眼睛突然红得要烧起来似的，不知道发生了什么，疑惑地说：“年龄，四十一岁。登记的住址写的是本市人，家住市北区槐荫路236号。”

警务人员正将已经套上裹尸袋的齐四抬走，秦在川缓缓松开周路的胳膊，向后接连退了几步，脚下碰到路边的石阶，一个不稳向后倒去，身边警员见状连忙伸手扶住了他，周路这才注意到秦在川眼神散得像筛碎了的沙。

二十五加上十六，今年正好应该是四十一岁。

原来记忆还有这么强大的力量，即使埋在地下百尺，只要有了索引，它就会被一点一点地点燃，就像记忆一幕一幕开始回溯。一幕也没有漏掉。直到终了的那一刻，爆炸。

“在川，你认识他？”

“嘭……嘭……嘭……”周路的话还没说完，不远处突然响起了鞭炮的声音，掺杂着汽车的鸣笛，或许是近年终，或许今天是什么黄道吉日。

此处冲天的血光，恰如其分地成为爆炸后的一地红纸碎屑。然而炸开的不是烟灰，而是被深藏的秘密。

“她弟弟掉下冰湖那天他也在。”

震耳的鞭炮声戛然而止，在耳鸣之后随即袭来的失聪般的空白间隙里，秦在川在周路耳边低声说。

周路的目光下意识地快速移向他，被秦在川逃也似的躲避开。晴好的日头下，周路看见他的眼睛里眼泪半含。上一次他这样时，手里还抱着酒瓶子喝得半死，那次他给周路讲了一个故事。一个真实的，秦在川一直想忘记的故事。

第4章　故　人

林海睁眼醒来正是天明，晨间的阳光从百叶窗的缝隙中投进来，屋中有些许的浮尘在阳光下飘动。他起床打开窗户，带些湿润气息的清风从窗前沁入，白色窗帘在阳光里乘着风流动。

青蓝的天幕偶尔飘过轻纱一样的云彩。宁海市污染很小，这样好的天气很常见，不过这在今天林海的眼中，无疑让他心情更加愉悦。他准备着，为了马上要见到的人。

赵苑玫跟林海没有半点血缘关系，但"姐姐"这个称呼从他十二岁遇见她时便开始这么叫了，如今也有十二年。

父母刚离婚时，才十二岁的林海跟随父亲从宁海市来到上杭市，就是在那里，他遇见了比自己大四岁的赵苑玫。从那以后，无论是在上杭市还是在美国，他都没有再与赵苑玫分离。直到三年前，赵苑玫放弃了在美国的工作回到国内，还是回到他的故乡宁海市，而他因为还没有毕业，只能继续留在美国，他们才分开。

林海问过她，为什么要去她既不熟悉又不发达的宁海市？赵苑玫告诉他，因为那里是他的故乡，自己在那里等着他回去。林海知道这并不是全部理由，但自己能成为她的理由之一，就可以了。

林海知道她性格太要强，又是那种有目标就一定要实现的人，既然知道了她的理想，就不可能不让她回来，即使再不愿她离开美国，也没有多说半句。林海生怕自己会成为她的绊脚石。

他总有一种感觉，自己和她注定要有某种联系。当年去美国的时候也是，明明自己要去的高中和赵苑玫要上的大学不在一个州，甚至相距很远，可快要开学时他却收到学校的通知，跟他解释录取系统出了故障，他还在录取名单之外，可学校人数已满。为了弥补，学校给了他另一所高中的推荐信，巧的是，那所高中就在赵苑玫所读大学的附近。类似的事情还有不少。他其实很欣喜有这种巧合，也因为这个原因，他相信即使分离，他们也一定会再相见。

林海驱车，本想抄条近道去赵苑玫的诊室，没想到平时人不多的街上，今天还不到十一点却堵得动也动不了。看着前面排起的长龙，他微微叹口气，有点儿急躁。

“有点儿堵，可能晚点儿到。”他在手机屏幕上快速按下一行字发了过去。

手机很快就亮了一下，收到了回复：“没关系，我这边也刚结束，病人还没走，你不要急。”

林海不觉嘴角上浮，放松地舒了口气。

周路握着一瓶水朝坐在路边的秦在川走了过去，拍着他的肩膀在他身边坐下来。

“先回去吧，我在这儿呢。”

秦在川接过水拧开瓶盖，将清凉的水一股脑儿倒进喉咙，“呲啦”一声，终于暂时浇灭了心头的灼烧感。

“情况怎么样了？”秦在川随即低下头问。

“我已经让陈木他们去查了，先从监控下手最清楚了，死者的同事也正在被询问。”

“咱们上去看看。”秦在川突然说。

周路在一旁看着他泛白的脸，没有铺垫地来了一句：“死都死了，这也算天意，就让这事彻底过去吧。”

秦在川起身，右手的塑料瓶被捏扁，他抬头看向顶楼，太阳光强烈地打在玻璃板上，闪耀出比白昼还要夺目的亮光，晃得人眼前幻化出无数的黑影，像无数暗夜的幽魂在泛白的苍穹下不受控制地游动着。

两人在等电梯的间隙，秦在川的手机响起，是陈木打来汇报情况的电话，放下电话后，他目光沉沉地看着周路：“十楼到二十楼的监控出故障了。”

周路也察觉到事有蹊跷，世上哪有这样的巧合？怎么人一坠楼，顶楼的监控偏偏就坏了呢？

“监控室的说法是大楼监控这段时间总是不时出些问题，每次出故障的楼层也不一样，修了几次也没修好，今天正巧是十楼到二十楼的监控出故障了。”

“真的有这么巧吗？”周路不禁说道。

“叮”的一声，随着电梯门的开启，秦在川转头朝向电梯，收了手机刚要迈进，却在门缓缓开启的一瞬间不由得愣了一下。

“哥？”

“栎阳？”秦在川脱口而出的是林海幼时的名字，电梯里面的人看到他，同样一脸惊讶的样子。

“快先进来吧。”与哥哥的意外相逢让林海感到十分欣喜，周路在一旁看得有些摸不着头脑。

三人在电梯里站定后，兄弟两人几乎同时开口。

“你怎么会在这儿？”

“哥，我本来还想找时间跟你……”

林海听到秦在川带着质问的语气，心中的热切有些消散，但脸上还是挂着笑。

“我来看一个朋友，很久没见了。”林海先回答了他的问题。

秦在川意识到自己今天过于敏感了，看着弟弟，想到最近一次的相见还是几个月前他回国时，自己却开口就用起警察盘问的语气，不由有些过意不去。

“咱们也挺久没见了，抽空好好聚聚。”秦在川放下了警戒，说话间他伸手去按楼层号码，却发现自己要按的楼层键已经亮了。

他微微攥了下拳头，收回了手：“栎阳，二十楼是筠庭酒店的什么部门，你朋友也在那儿工作吗？”

“二十楼已经被筠庭当成写字间租出去了，不属于筠庭了，我一个朋友在那儿开了心理诊所，一整层都是。你怎么也上这层？”林海也觉得好奇。

这座大厦的名字就是筠庭大厦，桃华集团名下的一所商务酒店筠庭酒店就开在此处，秦在川是知道的。听林海这样一说，他模糊想起之前听母亲说过，筠庭酒店这几年经营不善，负责人陈文远只好将部分楼层盘出去做了写字间。

“刚接到我同事电话，有人坠楼，死者的妻子正巧在二十层，所以上来看看。”秦在川看着他说。

“有人坠楼？”林海问，“怪不得我来的时候路上堵得很厉害，因为我直接开进了地下停车场，所以也没看到外面。这么说，你来是查案的？”

“嗯。”

“我想你要找的人可能就在我姐姐的诊室。”

“姐姐？”秦在川听了不解，刚巧电梯到了，他还没来得及问，林海便快步走出去了。

秦在川望着林海跑过去的方向，此时他停住了脚步正和身前的人在说话，秦在川站在他背后。林海的个子太高，把前面的人挡得严严实实。

刚才电梯门一开，林海便看见赵苑玫正好在前方，她身后明亮的光正透过落地的玻璃墙将她笼罩，林海一时激动便直接冲了出去。

“姐姐，我好想你。”

“我也是。”赵苑玫仰头看着林海微笑时脸颊一侧的酒窝，抬起手轻轻拍了拍他那侧的脸颊。

“不是要上顶楼吗？”周路在秦在川身旁问。

“那边有陈木，我们先去找死者的老婆。”秦在川边说边从电梯间走了出来。

“你好。”秦在川的声音响起，林海转过身，这下他正好看见了被林海挡在身前的人。

只有短短一瞬，秦在川一眼看去竟不知道目光该落到哪里，第一次无意识地、被动地避离了与某个人的对视。他意识到自己的反常，等再看过去时，对面的人也已经看向别处。

或许是自己不好意思直视美艳的女人？秦在川快速地在心底找到了原因。

“你好，我们是刑侦队的，秦在川，需要你配合一下调查。”秦在川拿出工作证向赵苑玫出示，眼睛只是礼貌性地轻轻扫视。

“你好，赵苑玫，是这个诊室的负责人。”她点点头，礼貌地回应，“听说下面有人坠楼，但你们怎么会到这儿来？”

她听上去像是感冒了，带着低沉鼻音的声音跟她的气质轻微不符。秦在川心里暗暗地想。

“是这样，我们联系家属，得知死者妻子就在这儿，不知道哪一位是……”周路还没说完，不远处一间房门口出现一个女人，双眼红肿，一边用袖子抹着眼泪一边朝他们走来。

秦在川问身边的赵苑玫：“这位女士是您的病人？”

“找赵医生看病的是我，金姐是我的保姆。”还没等赵苑玫回答，从房间里走出来一个三十多岁贵妇模样的人，她走过来伸手扶稳了哭成泪人的金语娇。

秦在川与贵妇对视，微微怔住了。他在想，今天确实是奇怪的一天，这些故人难道是商量好的一起出现吗？

赵苑玫满脸疑惑，连忙问贵妇发生了什么，大致了解经过后，她向警察解释道：“这位李漪漪小姐才是我的病人，本来今天的诊疗已经结束了，但听说外面有人坠楼，我觉得李小姐还是不要见到这些场面比较好，所以便让她和她的保姆金姐在休息室里休息。没想到，坠楼的竟然是金姐的丈夫。”

秦在川表示希望赵苑玫配合他们的调查，借用房间以便初步了解一些情况，赵苑玫立刻答应了他。

看着两位警察分别和金语娇、李漪漪进了房间，赵苑玫露出有些泄气的神情，仰头看着林海，开玩笑地抱怨道："他们一来，又不知什么时候才能结束了。"

林海不禁轻轻笑着说："刚才我还在想，三年不见，你难得像是成熟了许多的样子，没想到还是一样。"

"什么啊，我们都这么忙，好不容易找到个空闲，这下不知还要耽误多久。"

"没关系啦，反正我又回到你身边了。"林海半开玩笑地说。

赵苑玫一听，之前懊恼的神情渐渐消失，忍不住轻笑一声："什么叫又回到我身边。"

林海笑笑，没再说话，随即又想起什么来似的，带着些兴奋的语气说："对了，刚才那个警察，是我哥。我应该跟你提过吧，我有个哥哥，差不多打记事起就分开了，也不怎么熟。"

"哪个……哪个警察？"赵苑玫并没有表现出林海期待的好奇的样子。

"不是两个警察吗？哪一个是你哥哥啊？"赵苑玫脸上笑容不减。

"刚才跟你说话的秦在川。"

房间里，秦在川看着双眼红肿的金语娇，安慰了她几句后，便开始问话。

"金女士，请问今天一上午你都在哪里？"

"一早陪太太来赵医生这里，一直待到十点半左右，因为太太暂时也不急着找我，所以我就去十五楼吃饭了，那是齐四他们单位的员工餐厅。"金语娇哽咽着说。

“十点半吃饭？十点半食堂还没做好饭吧。”秦在川声音中带着质疑。

“做好了啊……”金语娇被秦在川一句话说得有些蒙，“我平时和太太来这儿，也是那个时间去啊……”

“为什么？”

“太太总是起得格外早，我从一早就得一直照顾着，中午她看完病我们马上就要走，我根本没时间去吃饭，只好趁着空儿里……”金语娇解释中微微带些抱怨，“你不知道我们太太，她脾气有点儿……”金语娇似乎不知该怎么表达。

“嗯，我知道，不用解释。”说到这儿，秦在川没有再追问，转移了话题。他既然知道筠庭大厦的负责人陈文远，自然也认识他表妹李漪漪，他们都是母亲那个圈子的人。据他所知，李漪漪多年来精神状况并不好。

“你去吃饭的时候有什么人看见过你吗？”秦在川接着问。

“嗯，因为不是饭点儿所以没什么人，但碰见老张了，就是给齐四他们食堂掌勺的那个张新。”

“具体几点？”

“这个……我也没看，我记得自己是十点半离开这层的。”金语娇回忆着，声音中似乎因为难过还带着颤音。

“什么时候回来的还记得吗？”

“快十一点吧。”

十一点。秦在川心里快速想了一下，齐四是十点四十分掉下去的。

“最近一段时间，齐四有什么反常吗？像是情绪跟以前差很多，又或者是说过什么要轻生的话吗？”

“这个我也不知道，”金语娇还在啜泣着，“我因为要全天照顾李太太，所以许久没有回家了，他的近况我其实并不太了解。”说话间，秦在川嗅到房间里的浓重饭味，在刚进这间屋子时，他记得屋里的空气是很干净的。

“难道你们很长时间都没有见面了吗？”秦在川边问边搜寻着屋子里味道的来源，这时他注意到金语娇身上的深色外套。

“我和齐四……正在离婚。”金语娇并没有直接回答秦在川的问题，“不瞒您说，我现在住在太太家。”

“方便告知是什么原因吗？”

“他整天游手好闲，还经常在外面拈花惹草，我……受不了这种折磨。”

秦在川点点头，指着她胳膊上一块颜色变深的区域：“这是怎么弄的？”

“噢，”金语娇低头也注意到了，“刚才吃饭时不小心把菜汤打翻了。”说到这儿，她忍不住用手蹭一下已经凝固的油渍。

“上一次见他是什么时候？”

“几星期前吧，也是偶然遇到的，在这里陪太太看病的时候。”

秦在川点点头，在纸上记录下什么。“齐四平日里有得罪什么人吗？”

“他得罪的人不少……前几年打架惹了事在牢里蹲了五年，今年才出来，但具体是谁，他从来没跟我说过，我也不敢问。”金语娇的声音透露出她的胆怯，秦在川心想，这应该也是她要离婚的理由。

“既然你都决定离婚了，想必对他也是无法忍受，齐四现在出了意外，你不就顺其自然地离开他了？”秦在川在怀疑她的哭泣有几分真实。

“我只想过我自己的生活，不想跟他在一起了，但不是想要他出这样的意外。一日夫妻百日恩，警官你说出这样的话，一定是没有结婚，不能明白我的难过……”金语娇说着又哭出声来。

秦在川并不说话，只等她平静了些继续问：“你和齐四是怎么认识的？”说出这话的同时，他心底终于承认自己确实对齐四这些年的生活感到好奇。

“嗯？”金语娇没料到他会突然这样问，这一声反倒让秦在川莫名地心虚。

“按你说的，齐四似乎不是什么正人君子，我只是奇怪你为什么会跟这样的人结婚。”他为自己解释。

“噢，”金语娇明白了他的意思，声音放低，“以前也不懂事，不会分辨人的好坏，从来也没有想过他一个闲人怎么会有那么多钱，还把他当成了有什么本事的人，到头来也是怪自己。”

“他之前有很多钱，是吗？”秦在川的声音极低，像是在跟自己说话。看着金语娇，他一时说不出话来。齐四的突然出现，就像一根针，扎破了他心底充盈着秘密的气球。

“咝……咝……”

气球在漏气，像瓦斯泄漏，屋里渐渐窜涌起有毒的回忆。

第5章　他杀痕迹

“等会儿我们去吃饭吗？吃什么好呢？”赵苑玫和林海坐在大厅的沙发上，她柔和的语调中带出的厚重鼻音，听着像是春日里拂过的和风里掺杂的细微尘土。

“我才知道你感冒这么严重，要是跟你不熟的人都快听不出来是你了。天寒地冻的出去更不知道什么时候才能好了，直接回家，我给你做吧。”林海看着她不自觉地皱起眉头。

“楼下刚开了个饭馆，叫‘平安如意’，我听他们去吃过的说很不错，有些菜还只在周六供应。”赵苑玫像没听见似的继续慢慢说着。

“我亲自做的饭肯定比外面好吃喽，”林海半开玩笑地打断她说，“那家饭馆，等你感冒好了再去吧。”

还不等赵苑玫回答，房间的门开了，里面的人陆续走出来，秦在川走到门口朝赵苑玫颔首示意她进来。

“漪漪姐，对不起，耽误你这么久。”秦在川进屋前低声对李漪漪说。作为一个不会表达的人，他的寒暄也只能这样了。

李漪漪面无表情的脸上没有一点儿变化，冷冷说了句“没事”，便扶着面色仍十分难看的金语娇离开了。

进屋后，秦在川与赵苑玫相对而坐，秦在川也不多说，直奔主题。

“赵医生，我想问您几个问题，还请您配合。”秦在川说得很客气。

“当然，只要知道的我肯定不会隐瞒。”

“今天早上她们两人是什么时候来的？时间是早就定好的吗？”

“李漪漪是今天第一个病人，不到九点就来了。至于时间，是上一次就诊的时候就定好的，也就是昨天。”

“是你自己定的时间，还是根据她的要求安排的？”

“是我定的，每个病人约诊的时间都是根据治疗疗程合理安排的。”赵苑玫的声音没有一点儿局促。

“李漪漪来您这儿诊疗多久了？每次金语娇都一起吗？”

“大概有一年了，每次两人都会一起的。”

“你有注意到今天金语娇跟往日有什么不同吗？”

“没什么啊，跟平时一样，但直到刚才我才知道……”赵苑玫的话语中带了些遗憾的语气。

“这样啊……那你知道她是什么时间回到诊室的吗？”秦在川说话间快速抬头扫视了一下她的脸，以便观察她第一时间的反应。

“这个，我就不太清楚了。”赵苑玫缓缓地说，“因为我在治疗过程中不能离开，所以不知道外面发生了什么，说实话如果不是您这样问，我都不知道她什么时候离开的。”

“赵医生，您私下跟金语娇是熟人吗？”

赵苑玫摇摇头，脸上依旧挂着礼貌的微笑：“并不熟，因为她总是跟着李漪漪一起到我这儿来，久而久之才认识的，平时不会有什么联系。”

谈话进行到这里，赵苑玫给秦在川的感觉依旧是谈吐举止颇有修养，看起来她跟金语娇不是同一个世界的人，秦在川觉得想从她这里了解到有关金语娇的更多情况似乎不太可能了。

“那么赵医生，您觉得金语娇是怎样一个人？”

“我觉得吗？”赵苑玫微微吸吸鼻子，礼貌地笑了笑说，“在我看来，金姐是一个很热心，也很善解人意的人。我的助理只跟她说过一次不要在诊室吃饭，她就再也没有这样做过，所以我对她的印象不错。但这只是我的观点，更何况人不止一面，您肯定比我了解，所以但愿我对当事人的看法不会给您的判断带来什么误导。”

“不会，”秦在川微微摇头，接着低下头去，翻看着刚才的记录，“我也只是想听一下不同人的看法，毕竟你们认识也一年了，了解得肯定比我深。”话虽这样说，可秦在川脑海里却像卡带了一样，反复播放着一句话。

“人不止一面。”

赵苑玫注视着他，淡淡笑了下，没有再说什么。

“秦警官是林海的哥哥吧？”两人起身时，赵苑玫很自然地随口问起来。

“嗯？是啊。”秦在川反应了一下。

“我刚才听林海说的。”她看着秦在川疑惑的眼神解释道。

秦在川听到这儿不禁苦笑了下：“难怪他刚刚才跟你说，他跟我不亲的，就连爸给他改了名字我都是后来才知道。”想到自小两人就分离，平日里基本没有互相联系过，而共同生活的那几年却还是自己最不懂事的时候，想来也不会给林海留下什么好的回忆。

“如果不经常见面，感情肯定会生疏的，不过现在好了，林海回来了，你们一定可以像小时候一样要好的。”赵苑玫看他神情有些无奈，忍不住安慰他两句。

“但愿吧。”秦在川不知怎么解释，只好一句话带过。

“林海说，你是个好警察。”赵苑玫像是在追逐秦在川有意躲避的目光，“所以你一定要把这个案子查清啊，不然传出去只怕没人敢来我的诊室了。”她带了些玩笑的口吻，秦在川听后被她感染得嘴角也不觉挂上一丝笑意，屋内的气氛终于有些轻松了。

林海看见两人一前一后走出房间，起身迎上去。

“不好意思赵医生，耽误你这么久，还有栎阳，回头有空联系我，咱们抽空聚聚。”

赵苑玫看着他们笑笑表示没事，接着又像是想故意多留些时间给兄弟俩似的，以去洗手间为由离开了。

赵苑玫一走，两人却一时都有些尴尬，不知要说些什么。

“那个，赵医生人挺好的。”秦在川不自然地整了整自己松散的衣领，想跟弟弟说几句闲话的语气显得格外生疏。

“她是挺好的。”林海一听到她的名字，心情顿时轻松了不少，周围的气氛也跟着活跃了起来。“哥，你别怪我没跟你提过她，确实我们见的次数太少了，咱们平时也都各自忙，不怎么联系，我想提都没有时间。”

“嗯，我明白。”秦在川点点头，“不过赵医生看上去是个很聪明的人，你可要当心了。”秦在川被好不容易松动的气氛影响，开了句玩笑，边伸出了手拍了拍林海的肩膀。

“她是很聪明啊，就她那记性，别说平日里的小事，你就是问她十几年前发生的事，她说不定都还记得。”林海一副无奈的语气，“我可不敢惹她，不然谁知道她能记多久。”

林海和赵苑玫一起离开后，秦在川和周路也离开了筠庭大厦，准备回警局。

“上次我们说到的渔山孩童抛尸案目前为止还是没有一点儿进展，据记者得到的消息，警察方面似乎已经决定不打算再继续……”车里传来女主播快速又没有腔调的声音，让人听了难以振奋心情，广播让秦在川觉得心烦，他顺手关掉了收音机。

“这案子归渔山所管吧，这都大半年了也没什么结果，也难怪媒体会追着不放。”周路一边开车一边说。

“不好查啊，什么线索都没留下，听说现在小孩子的尸体还没人认领。”秦在川的语气也显得无奈，“先别管别人的事了，自家的案子还没查清呢，回去之前顺便跟我讲讲李漪漪刚才怎么说的吧。”

“李漪漪知道的不多，大概一年前她开始在这里找刚才的医生看病，金语娇是随身照顾她的保姆，也跟着她一起来。李漪漪说，金语娇在和齐四闹离婚，所以这半年来一直收留她在自己家住着，别的也没什么了。”周路说，“我其实早就问完了，我可受不了那个贵妇了，你说她什么病都没有还得找个保姆贴身伺候着，真是折腾人，还说什么好心收留金语娇，明明就是想随时使唤人家。”

周路家里从小就不富裕，秦在川听出他话语中对李漪漪的不满，没有多说什么，接着问：“她还说什么了？”

“我正要跟你说呢，”周路说，“我就随便问了句筠庭酒店的事，她倒好，一股脑儿跟我把她家历史都给搬出来了，听得我这个累啊。”

秦在川暗叹一口气，李漪漪脾气怪得很，听说好像还看过精神科医生，自己小时候碰到她也是被她逮着不着边际地说了一大通，他实在是不太了解李漪漪到底是怎么想的。

“在川儿，这大楼是桃华集团的啊？”周路想起刚才李漪漪说的话。

“嗯。”

“我听李漪漪说，桃华集团当时是好几个创始人一起成立的呢。”

“那些事我……也不太清楚。”秦在川听出他好奇的语气，一时有点儿想躲避这个问题。

“我可听李漪漪说了，这公司当时是一个姓梅的、两个姓程的兄弟，还有一个姓陈的一起成立的，姓陈的还是李漪漪她表哥呢，就是刚才那酒店的负责人……我才知道咱们小时候总爱去的桃华百货跟现在的桃华集团是一家啊，我看这满街上又是地产又是酒店的都挂着‘桃华’的牌子，还一直以为是同名呢。把生意做得这么大，桃华这几个老板可真厉害啊。”周路说得来了精神，一个劲儿感叹着。

“嗯。”秦在川微顿，“李漪漪的表哥叫陈文远，这个�大厦好像对他有什么特殊意义，所以全部在他名下。你说的程家兄弟，其中的老大程佳扬，也就是李漪漪的老公，负责整个集团，还有他弟弟程丰易，现在是桃华地产的主要负责人，这几个人都是多年前就认识的。”

“富豪太太，怪不得这么有钱。”周路咂咂嘴，马上他又看了眼秦在川，“不过这些事你怎么知道得这么清楚？”

“偶尔回家的时候，听我妈说起过。”秦在川的声音听上去很别扭，一下子变冷了许多。实际上这些陈年旧事是秦在川每次回家，陈楼美唯一能跟他聊起的话题了。想到这儿，秦在川又想起陈楼美跟他翻来覆去讲述这些事的时候，脸上洋溢着的窥探到别人隐私的兴奋感，不禁皱了下眉头。

“噢，”周路点点头，正在开车的他没有太注意秦在川的反应，

“哎，不对啊，桃华百货在咱们小的时候可就成立十多年了吧，你妈那时候才多大，应该不会跟那些创始人有什么关系吧？可现在谁不知道整个桃华百货大楼都是归她管的，这又是怎么回事？”周路但凡遇到事，只要听不明白就会自顾自地一直发问。

秦在川有稍微的停顿，周路不知道，他这一问实在是太轻而易举地就道出了秦在川心中一直藏着的疑惑。

“我不知道，问了她也不会说吧。”秦在川清了清嗓子，又下意识地扯了扯自己的衣领。

“噢，你也不知道啊。哎，对了，你刚才怎么没细说那个姓梅的？我听李漪漪说他也是创始人之一，叫梅什么来着……”

“叫梅挚。”

“那他呢？他现在干什么呢？”

“他十多年前因为走私案入狱了，后来听说死在狱里了。具体我真的不清楚了。”秦在川的语速加快了许多，周路听出了异常，一转头看见秦在川紧抿着嘴唇。他意识到自己问多了，车里顿时安静下来。

“你说，李漪漪是心理有什么问题吗？我看着她不太开心的样子啊，保养得倒是很好，就是苦着个脸。要我说，这些有钱人真是毛病多，天天笑呵呵的不就什么事都没有了，还看什么医生。”一会儿周路又开口，想换个话题。

“她也是有苦衷的。”秦在川看着窗外随口答道，“我听说她跟她老公程佳扬关系并不是很好，好像是很多年前因为各种原因不得不嫁给他，长久下来心情自然不畅快。”

“怪不得她提都没提她老公是程佳扬的事，就顺口说了一句赵医生是她老公介绍的。原来还有这么一回事，你知道得还真不少。”周路伸手拽了拽秦在川的衣袖，“话别说一半，那你妈一定跟你八卦过她真正喜欢的人是谁了吧？”

“嗯。”秦在川眉宇间难掩一阵厌烦的神情，他突然想到了跟自己说起这些的陈楼美的样子。“程丰易，程佳扬的弟弟。她喜欢的是她小叔。”

车子正好在路口停下，冬日里路边站着一排光秃秃的树木，没有风时，褐色的枝干呈现舞动着的姿态凝固在了空中，划破了晴好的天穹。起风时，树枝上一排罩着蓝布的鸟笼来回晃荡着，几近压折枝条，鸟笼里面关着飞不出去的家雀。

“这些人看着锦衣玉食，其实各有各的苦衷。”秦在川正好看见了挂在树枝上结实的鸟笼，低声自说自话起来。

对面的车不知怎么了，突然闪起了大灯，虽是白天但还是闪到了秦在川的双眼，倏然间，一双清秀单薄的杏眼出现在这比白昼还耀目的光亮中看着他。正如同，手若是冰凉到极致反而会感到炽热的烧灼感，昼到了尽头，就成了失明般的昏暗。这耀目到极致的黑暗照亮了秦在川被磨得褪了色的记忆，他记起来了，这是太阳反射在冰层上的颜色。

“铃铃铃……”手机响起来，秦在川一个激灵，像是刚刚才回到这个座位上似的。

“秦队，按您刚才打电话嘱咐我的，我一回来就先让化验科查了齐四指甲上的痕迹，是油渍。从成分上看应该是可食用的植物油。”小陈的声音从手机那头传来，“而且……”

“而且什么？”

“法医说虽然坠楼的尸体血肉模糊，增加了判断坠落前是否受过外伤的难度，但他基本可以确定这具尸体上有与人搏斗过的痕迹，而且痕检那边说死者的落地位置也与跳楼自杀的情况不太相符。死者极有可能在坠楼前与人发生过身体上的冲撞。”

“齐四的同事那边什么情况？”秦在川肯定了心里的想法。

“基本上都反映齐四平时比较霸道，大家对他的印象普遍不太好。”陈木回答，“还有一点，齐四是今年四月份才到这里工作的，可刚来这里便直接进了司机处当了处长，有点儿奇怪。”

“据他老婆说，他之前是在监狱里待着的，怎么可能一出来就直接成了处长？”秦在川觉得事有蹊跷，“去查一下他的人际关系，另外去核实一下十楼餐厅的张新有没有在十点半到十一点之间见过金语娇，见了的话具体又是几点见到的。”

“汤来了，小心烫……”林海端着刚煲好的汤放到了电视前的桌子上，赵苑玫连忙放下遥控器，接过林海手里的碗。

“饭呢？还没盛吗？”赵苑玫看着桌上的四菜一汤，唯独没有饭。

林海笑着点点头，转身从厨房端出来一个盘子。

赵苑玫低头看见盘子里面放着一分为二的煎饼果子，笑着看他，不知该说什么。这是他们两个以前都喜欢吃的东西。

“什么时候买的？我都不知道。”

“趁你不注意买的，来吧，还像以前那样，一个煎饼，加两个鸡蛋，然后一分为二。”林海说话时眼睛始终没有离开过她。

赵苑玫点点头，脸上依旧挂着一如往常的微笑。

两人吃饭间，电视上随机放着几年前的电影，电影里的男女打打闹闹，似乎又是久别重逢的剧情。林海没怎么在意，只顾着叙旧。赵苑玫倒是看得很专心，一边回着林海的话，时不时被屏幕上的台词逗笑。

“这个女生挺可怜的，得病了偷偷躲起来，心里可还一直想着他呢。”林海随意评价了两句屏幕上的人物，“你有没有特别想念的人啊？”林海说完语调一转，带着点儿调皮的神情故意把头伸到赵苑玫面前。

“嗯？”赵苑玫怔了一下，目光从屏幕移到林海脸上，又移回了原处，思绪有半秒的停滞。只有她自己知道想起了什么人。

林海有些奇怪，转头顺着她的目光看去，屏幕上只是一个布满裂缝的盘子，看样子是在一个展览会上，那盘子是件艺术品，被镜头给了个大大的特写。

盘子下面的标牌上是这件作品的署名——“我”。

第6章 红绳手串

显示屏上播放着一段像素不高的视频，桌前的秦在川边看边在记录本上写下什么。外面的天渐渐黑了，台灯的光把他的身影在墙上拉得老长。

周路敲敲门走进来：“电梯监控中发现了什么吗？”

“除了李漪漪和金语娇以外，没有什么可疑的人出现过。但这只是电梯监控，楼层里到底发生了什么，谁也不知道。”

“那金语娇说的是真的吗？”

秦在川微微点点头：“她和李漪漪 9:00 来到二十层的心理诊室后便没再离开，直到 10:31，金语娇又乘上电梯，到十五楼的食堂去了。”秦在川看向屏幕，“然后，也如她所说，10:52 的时候又回到了二十层。”

“齐四的坠落时间呢？”

“10:42。”

“那不就得了，”周路耸耸肩，“电梯监控不是证明了她的说法吗？从 10:31 到 10:52，金语娇都在十五层吃饭，食堂员工张新也证明他看见过金语娇，而齐四是在这段时间里从二十层掉下去的，她怎么可能同时出现在十五层和二十层？难道她还有分身术不成？你还有什么好奇怪的，这明明就是个跳楼自杀案，还有什么好查的？”

“可是尸检结果也说了他身上明明就有搏斗过的痕迹，落地位置也有疑点。”秦在川坚持。

“法医说的是‘疑似’，都算不上有力的证据，你明不明白？都摔成这样了你还想看出什么？”周路的反驳更让秦在川想要探索，虽然秦在川知道，周路想让这件事快点儿结束是为了自己好。

“齐四。”秦在川低声说，“齐四要是自杀，我想不出原因。”

“根据他们初步调查得到的情况，齐四不知是攀上了什么高枝，日子过得并不差，甚至可以说很优渥。虽然还没查清他的人际关系，但起码可以得知他不可能有什么生活上的压力，而且以我过去对他的了解，他不是那种遇到困难会自杀的人。”秦在川把心底的想法说了出来。

“你也说，你是凭过去对他的了解，”周路压低了声音，听起来有些低沉，“但人都是会变的，同时人也是很脆弱的，遇到困难一时没有人劝导很可能就会想不开的。”

“世界上是没有巧合的，”半晌秦在川才说话，“我实在是觉得监控故障这件事很蹊跷，老周，你不觉得这个偶然为杀人提供了一个极大的便利吗？”

“楼层监控的事……”周路顿了顿，“我承认确实是巧了。但是我问你，如果今天换作是其他任何一个人坠楼身亡，你会这么在意吗？”

“我……”秦在川不知该怎么解释，“我不是在意，就算死的那个不是齐四我也会有这些疑问，这跟认不认识没关系。”

周路看着他，又想起秦在川白天的反应，他开始后悔接到报案后没有让秦在川留在警局。

周路看他又不说话了，耷拉着眼皮要离开的样子，不禁问道：“你去哪儿？”

“齐四的东西呢？”

“还在档案室。”

“我不是让你帮我检查一下吗？”

“我这儿也一大堆事，组里谁有空去查跳楼案啊。”周路故意带着不满说道，秦在川也不再说什么，一个人朝档案室走去。

秦在川双手撑着桌子，看着桌上的几样物品，戴上手套，小心地检查起来。

首先是钱包，他打开后发现里面现金不多，却有一张银行的金卡。他小心取出银行卡放到桌上，出乎意料地，“啪嗒”一声，有什么东西掉到了地上。

秦在川俯身刚要去捡，手在伸出的一刻像是被人捏住了一样，僵在了半空中。

地上是一串红绳，上面串着指头肚儿大小的用桃核雕的小老虎。这是十多年前流行的小手串，红绳都已经磨得发黑，不难看出它被买来已有年头了。

“人呢？”门口突然传来周路的声音，“不是要检查吗？我推了别的事来帮你。”

秦在川下意识地一把捡起地上的手串，趁着起身的工夫揣在了兜里。

“这儿呢，”秦在川连忙回他，“还没发现什么紧要的。”

“噢。”周路说着走过来，看看桌上的东西，目光立刻被金卡吸引了。

“你不是说他之前在坐牢吗？他老婆都还在做保姆，他怎么会有金卡？真有金主啊？”

秦在川摇摇头表示也不知道，接着把钱包里剩下的东西一一取出来，衣兜却开始慢慢变得滚烫，像是有什么秘密融化了，马上要淌出来似的。

“这有张名片？”周路拿起一张名片，那是钱包里为数不多的东西之一。

“刘倩，”秦在川接过名片念着上面的名字，“盛荷酒吧销售副经理。”心里想起金语娇先前说的，齐四喜欢拈花惹草。

他把名片单独放在一旁，又拿起桌上的手机，发现通话记录和微信里出现次数最多的一个名字重合了——刘倩。

“金语娇说过齐四在外面有女人，可能就是这个人。明天早上开完会我就去一趟这里。”说完秦在川用手指点了点名片上的地址。

警局后院的铁门旁，深夜里红色的光点一明一暗。秦在川靠着大铁门，烟圈一股一股从他头顶飞起。月光洒下白冰一样的色泽和温度，打在冰凉的铁门上，他大口大口吐着烟雾，发泄似的猛吸一口，又大口地吐出来，直到被呛得眯起眼睛，眼睛还看着手里那串红绳。

“喏，给你们的。”齐四遥远的声音在黑暗中响起。那是秦在川的记忆在说话。

“谢谢四哥。”这是秦在川欣喜的声音。

“嗨，小孩子的玩意儿，你也稀罕。”另一个哑喉咙的声音响起，话虽如此，那人也同样接过了红绳。

“咱们仨一人一个，拜了兄弟怎么也得有个证明。”

“拜了兄弟，起码也算有个证明。”秦在川突然紧紧握住了手串，低声自说自话，力气大得像是要把它捏碎，这样它便能消失了。

第二天一大早，秦在川就来到警局听组员汇报昨天调查的情况。

“司机处的人普遍对齐四印象不好，说他平时是十分霸道的一个人，经常开着公司的车到处闲逛，为此还耽误过很多正事，不满意他的大有人在。”

“不只是司机处，齐四在�酒店可以说是臭名昭著，游手好闲不说，还经常骚扰女员工。”

“他行为这么恶劣，没人向上面反映吗？公司还不把他炒了？”周路觉得很不解。

“我听到员工们之间的议论，齐四似乎有些来头。其实单是因为他在半年前突然就进了公司，还干上了个不用做事的闲职，多数员工就明白了他不是简单来路，都对他有些忌惮，平时也是能忍就忍。如果按秦队说的，我觉得他杀的可能性还是很大的，毕竟得罪了这么多人，这背后说不定还有隐情。”陈木说。

“你别在那儿乱猜。”周路有点儿没好气地说，又极快地扫了秦在川一眼，看见他眉头皱得更紧了。

“保安室那边又说什么了吗？监控故障的原因还是不清楚吗？”秦在川接着问。

“我又去问了保安室的负责人吴晨，据他说……”

“你再说一遍？”秦在川很少在这种时候打断别人说话，组员都觉得有些诧异，转头朝他看来。

陈木不知道自己说错了什么，连忙低头核对本子上的记录：“我说，我去问了保安室的室长吴晨，”陈木搞不太清状况，语气有些犹豫，“吴晨的说法跟之前一样，酒店这几年因为经营不善，许多设备因为故障太多修不好了，需要换新的，但桃华总部迟迟没有资金下来，只好就这样一直拖着。”

“嗨，小孩子的玩意儿，你也稀罕。”当时那哑喉咙声音的主人，就是吴晨。当年他们三个天天在街上闲逛，每次遇上事儿了喊的声音最大的就是吴晨，久而久之他就成了一副哑嗓子。

周路在桌子底下轻轻踹了秦在川一脚，给了他个眼神。

“没事，继续吧。”

想不到事隔多年，彼此间早就断了联系，认为再也不会见上面的人，原来就在眼前，还是离他这么近的距离，甚至就是他母亲公司旗下的员工，可他从来也不知道。

是自己太冷血、太绝情了吗？秦在川心想。不，他们是自己再也不想见到或是想起的记忆。想起他们，眼前就是一条反射着凄冷白光的黑暗的路。

林海正在办公室里研究着病人的档案，手机“嗡嗡”地震动起来。

“妈？怎么了？”林海接起电话问道。

“怎么了？没怎么就不能打电话啊。”陈楼美的语气显得不悦，她与林海已经许久没有见面了。

“当然不是，只是没想到您这个时间打电话来。”林海连忙解释。

“栎阳，你回来都多久了，回家看了几次？你还当不当我是你妈妈？给你打电话不是不接就是忙，你到底有多忙？”

“妈，实在抱歉，这段时间确实……医院刚建，许多事都人手不够，等这周六，”林海抬眼看了下桌上的日历，发现就是后天，“这周六一定去看您。”

“兄弟俩一个样，就知道干些出力不讨好的事，什么警察、医生，放着轻松的工作不做……”

“妈，好啦，我做的是自己喜欢的事情，您就别因为这点小事生气了。我这周叫上哥一起去看您，让您开心开心。”或许是职业习惯，林海带着玩笑语气说出的话，让人听了心里暖暖的。

陈楼美听他这样说，语气也缓和了下来。

“栎阳，你还是比你哥懂事的。”陈楼美感叹似的说了一句，接着又说，“外婆病了，知道你们忙，咱们就一起去看看她吧。”

“外婆不舒服？怎么不来我们医院？”林海担心地问，虽然他跟外婆没有一起生活过，但毕竟是家人，关心是出自心底的。

“已经没什么大碍了，因为去的是以前一直看病的医院，也就没换了。你不用太担心，人老了容易乱想，你去了正好安慰安慰她。”

林海答应母亲，又跟她寒暄了两句才放下了电话。

秦在川开车行驶在路上，准备去找名片上那个女人，心里却不住地想起刚才会议上突然出现的“吴晨”，舌头无意识地不住舔着发干的嘴唇。

到底是为什么？怎么越是想忘记，就偏要想起来？不知道是不是老天爷在捉弄自己，过了这么多年，好不容易有点儿淡忘了，一场跳楼案倒把两个人都扯了出来。

手机铃声响了起来，秦在川低头看到来电显示，些许意外冲淡了他心里即将凝聚而成的烦乱，他接起电话。

“栎阳，有什么事吗？”秦在川说话前清了清喉咙。

“没什么大事，就是想和你一起去看看妈。上次……你也说了，咱们也好久没见了，所以想问问你周六有空吗？”还不等秦在川回答，林海又马上说，“如果你忙的话就下次，我知道你比较忙。”

秦在川听出了弟弟殷切的语气，不禁微微顿了顿。

“我没事，那我们周六见。”

第 7 章　线索明朗

见到刘倩时，秦在川并没有太惊讶，因为她跟自己之前所想的并无太大出入。浓妆艳抹，八面玲珑。

“刘小姐，您应该认识筠庭酒店的齐四，我说得对吧？”秦在川直接问。

“没错，我们认识。”刘倩也不犹豫，大大方方地承认。

“什么关系？”

“客户和卖家的关系，”说着她顺手向后撩了一下大波浪的头发，“他从我这儿买酒，或者他们公司有活动，酒水都是从我这儿进的。”

“你最后一次见他是什么时候？”

刘倩看向秦在川身后的一个焦点处，像是在思考。此时还没到酒吧营业的时间，店里一片安静，低沉的暖色调灯光把视野压得很低，这种场景下，刘倩的红唇显得格外刺眼。

“三天以前吧。”刘倩回想起来，“那天他来我这儿喝酒，还说起他们公司又要庆祝什么活动，打算在我这儿先预定下位置，不过这事儿也没下文了，说要再联系也没来找我。”

“他死了。”秦在川记得齐四手机记录里显示最后一次与刘倩联系的时间确实是在三天前，但还是冷不丁地来了一句，让本来有些抱怨的刘倩瞬间满脸写上了惊讶。

“怎么回事？”刘倩马上问道。

“坠楼身亡。”秦在川一句带过，“所以现在需要你配合调查。齐四平时经常到这儿来吗？你和他很熟吗？”

“这您就误会了，”刘倩一听连忙摆手，“我们就是单纯的客户关系，我们做销售的平时和客人喝酒吃饭都是正常的，这哪能算熟啊。他嘛，”刘倩似乎想极力撇清什么，语速也不由得加快，“也不常来的，就从几个月前才来的，我是看在他平时从我这儿买了不少酒的分儿上，才跟他没事客套两句。”

“几个月前？”

“两三个月吧。”

“他从你这儿一共买过多少钱的酒？”

“这我可记不住，需要查账，”刘倩说，“不过绝不是小数目，他每次买的不仅是好酒，而且数量也不少，我不想失去这个客户才一直跟他保持联系的。”

警方到现在也没查清齐四到底是哪里来的那么多钱，他可是一个刚出了监狱不久的人啊，只凭公司发的工资怎么够他这么挥霍？

“麻烦你把与他交易的账目明细交给我，我们需要用作调查。”

刘倩一边答应着，一边转身去办公室取来了账本。秦在川看得出，现在她为了撇清可能带来的任何怀疑，对自己提的要求都十分殷勤地配合着。

刘倩抱着一叠账本翻阅着，秦在川在一旁等着。有几秒钟他的目光因为长时间的聚焦而无意识地落在了眼前的纸张上，突然他顿住了，视线跟随意识立刻清晰了起来，不等刘倩反应过来，他伸手一把夺过账本。

“哎，”刘倩想拦住他，“这是公司文件，不能随便给外人看的。”

秦在川好像完全没听见她的话，目光紧紧锁住账本上的一个名字。

吴晨。

“这个人，他怎么会出现在这里？”秦在川手指戳着账本，把它举在刘倩眼前。

“谁啊？”刘倩有些不情愿，伸过头去一看，恍然大悟，“吴晨啊，从我们这儿买过酒的老客户名字当然在账本上面了。”说到这儿，刘倩想起了什么，“这么一说还真巧，他也是筠庭酒店的，不过他跟齐四那种高消费的人不是一路，他买酒都是替他们公司部门买的，顶多就是个跑腿的。”

“他们经常一起来吗？”

“一起？我印象中没有啊，这两个人好像不熟吧，虽然他们是一个公司的。”

"为什么这么说？"

"因为有一次我在店里，看见他们两个正巧都在，但谁也没理谁，都在各自的位置上坐着。"说完刘倩耸耸肩，"不过想也知道，齐四财大气粗的流氓样子，吴晨看着就是老实人，怎么会主动招惹他？"

秦在川在心里猜测着他们装作不认识的原因，难道那件事以后，他们两个也就此分道扬镳了吗？

"不过……"刘倩压低声音，眼睛飞快地扫视了一圈周围，确定没有别人后，上身微微探向秦在川，"我倒是知道他俩并不是一点儿关系也没有。"

秦在川瞳孔微微放大："什么？"声音中带着只有他自己才能听出来的心虚。

"我有一次在路上偶然遇见了齐四，看见跟他走在一起的那个女人，以前也跟吴晨一起来过这儿的，虽然是一年多前的事了，但我不会记错。"

"女人？"秦在川提高了警惕，"她外貌上有什么特点吗？"

刘倩瘪着嘴摇了摇头："就是因为没什么特点，才让人印象深刻。我虽不清楚齐四到底是干什么的，但就凭他在酒吧这么个挥霍法，猜也知道跟在这样的人身边的女人怎么也不可能是平庸之辈，但那个女人却十分普通，虽然长得也还算可以，但年龄一看就不小了。"

秦在川听了以后，从包里找出一张金语娇的照片，放到了刘倩面前："是这个人吗？"

刘倩拿起照片，仔细看着："是她，就这姿色……"刘倩轻笑一声，把后面的话给咽了下去。

"她之前跟吴晨也一起来过这儿？你确定吗？"秦在川不太相信。

刘倩忙不迭地点头："我绝对不会认错的，我记得这个女人。我们这儿每桌都是最低消费五百，她头一回跟吴晨来的时候像不知道似的还跟我讲价，我就从来没见过这样的人。”刘倩的语气中带着不屑，“要不是这样我还记不住她呢，后来看见她跟齐四走在一起的时候，我差点儿没吓掉下巴。”

“他们看起来关系怎么样？”秦在川问，“我是说这个女人看起来和齐四还有吴晨的关系。”

“她跟吴晨那个老实巴交的人一起的时候吧，看起来倒还挺开心的，估计那是她第一次来吧。后来在街上看见她跟齐四在一起的时候，倒不怎么说话，自顾自地走路。”刘倩说完耸耸肩。

回到警局后，秦在川在白板上画着已经了解到的人物关系图，现在看来不只齐四和刘倩有关系，金语娇和吴晨的关系也匪浅，怪不得金语娇坚持要和齐四离婚。通过刚才跟刘倩的谈话，他反倒觉得齐四和刘倩更像是逢场作戏，各取所需，那金、吴两人到底是什么关系呢？

秦在川站在白板前，双手盘在胸前，看着眼前的四张照片陷入思考。

金语娇应该是在齐四入狱的时候跟吴晨走在一起的，秦在川推算着他们相识的时间。齐四差不多一年前出狱，因此他们才被迫分开？

目光停留在金语娇的名字上，他有些在意那天她衣服上的汤汁和油渍，这让他很难不联想到齐四指甲上发现的油渍。秦在川顺手拉过从他身边经过的周路，二话不说拿起桌上吃剩的菜汤倒在自己衣服上，形状大小都尽量跟金语娇胳膊上的一致。

“老周，我来推你，想象我现在要把你从楼上推下去。”

周路听后还没反应过来，秦在川便猛地一下子紧紧擒住他的肩膀，把他往后推去，周路脚下没站稳，下意识地抬起手臂挣扎，一把握住了秦在川的手臂，试图保持平衡，把后仰的身子直起来。

秦在川手上松了力，顺便把周路扶稳，不等他发牢骚，掰开他的手拉到眼前：除了手心沾满汤汁之外，手指包括指甲也都被浸湿了。秦在川继续仔细看着周路的指甲，可不过片刻上面的油脂就干了，并没有留下什么明显的痕迹。

“再试一次。”秦在川让周路把手擦干净，把陈木叫来替代自己，把刚才的事情又进行了一遍。结束后，他去检查周路的指甲，这一次倒是出现了斑斑色晕。

也就是说，齐四指甲上的油渍不是没可能是被金语娇用同样的方式造成的，但这种情况发生的概率又有多大呢？换句话说，从刚才的实验来看，如果油渍真是这样来的，用“巧合”来形容或许更恰当。

可毕竟金语娇是个女人，仅凭一个女人的力量能把齐四推下去吗？基本上不可能，尸检报告上也没有显示齐四有事先中毒的迹象。

但如果有了别人的帮助呢？就不是不可能。

谁呢？吴晨？

根据刘倩透露的消息，秦在川自然而然地想到了他。其实在此之前，当他在会议上得知吴晨是保安室的负责人的时候，他当即就自动地把吴晨代入嫌疑人的选项，因为如果监控真的是被人为破坏，保安室的员工无疑是最有可能的。只是那时他还想不出吴晨会和这案子有什么关系，直到现在，许多隐藏的关系都渐渐浮出水面，秦在川的脑海中已经基本架构出了整件事的经过。

“你是在怀疑金语娇吗？”周路突然在他身边问，秦在川微微一顿，从思绪中抽离出来，看着他点点头。

“可是你找到动机了吗？”周路手里攥着纸巾，一边擦着油渍一边问。

秦在川沉默着没有马上回答，他在思考自己唯一想到的一种可能是否可取。

齐四无恶不作，老婆受不了就和情夫联手谋财害命？

“老周，你让他们再去查查齐四的财产情况，金主找不到，齐四有多少财产应该是不难查到的，要全面，一切相关的都要查，我倒要看看他现在到底有多少钱。还有，叫陈木带几个人再去员工间了解一下，看有没有人知道吴晨和金语娇有什么关系，吴晨这个人的风评怎么样。我有事还得再去一趟筠庭大厦，回头再联系。”秦在川交代完也不等周路回答，急匆匆地就出去了。

周路把手里的卫生纸团成一个球，朝垃圾桶扔去，又低头看看身上擦不净的菜汤，无奈地抬眼看向四周：“都听见了？听见了还不赶紧去。”

秦在川到了筠庭酒店，先是找到了在十五层食堂工作的张新。

“齐四坠楼那天，你说你在这一层见过金语娇？”

“对，那天我看见她在这儿吃饭。”张新伸手指了指不远处的座椅。

“具体是几点？”

“上午十点半左右。”

“还能再具体一些吗？”

张新听后面露难色，似乎很难回忆起。

“超过十点四十了吗？”那是齐四坠楼的时间。

听秦在川这么一问，张新马上摆摆手，带了些肯定的语气道：“绝对没有超过十点四十，也就是在十点三十左右的时候。因为我跟她打过招呼后，又回去接着忙了，那天我是在烤箱旁工作，我记得是过了一会儿后，我注意了一下烤箱上的电子表，那时才刚过四十。”

正准备要走，秦在川心里突然生出一个想法：“你那天在遇见金语娇前后有在这儿看见过吴晨吗？”

“这您都知道？”张新觉得不可思议，“确实看见了，就在遇见金语娇之前几分钟吧，当时餐厅没什么人，就他俩。不过他们不是一起来的，都各吃各的。”

秦在川来到了二十楼，看见心远诊室开着门，他并没有停下脚步，因为那不是他来这儿的目的。

他一路走到电梯门口，将自己的手表调到10:31，那是金语娇当日出现在电梯监控里的时间。进入电梯后，他摁下十五层按钮，同时看着手表开始计时。中途没有人上电梯，同齐四坠楼当天的情况一样，不到九秒的时间，他便从二十层到达十五层。

走出电梯，他大致按照金语娇的步伐长度，以中速一路来到食堂大厅，顺着餐厅沿途盛了几份饭菜后，走到了当天金语娇坐的位置。

10:34。

尚未到饭点，餐厅没有什么人，秦在川打饭用的时间也因此格外短。他坐在桌前，环视着周围：现在距离食堂开饭还有差不多一小时的时间，大厅里空荡荡的，但有些饭已经出锅，每隔几分钟就会有厨师端着做好的大盘菜从厨房送到大厅。他目光一点点从左到右移动着，辨别着在目之所及的范围内一切可能相关的事物，就在距离他不到三十米的右手方向，他停住了。

那是一扇红色的门，门的正上方是绿色的指示灯：安全通道。秦在川下意识地站起身朝门的方向望去，没注意顺手打翻了胳膊旁的汤碗，汤水洒了一身。他看着洒在桌子上的汤汁，若有所思。金语娇会不会也是因为看见了吴晨，心慌地打翻了汤汁？不然为什么明明认识的两个人，在此却形同陌路？

这时从厨房走过来一个厨师，手里端着一大笼刚蒸好的馒头，在经过秦在川时，厨师客气地朝他一点头。秦在川迅速低头看了下表，10:36。在开饭前的这段时间内，随机遇见一个路人的时间大概只需要短短两分钟。

等厨师走到看不见自己的地方，秦在川马上起身，快步朝安全出口跑去。他一把推开红色的门，呈现在他眼前的是直通顶楼的楼梯：不被仅有的电梯监控记录下来，又能到达顶楼的办法。这里的监控在事发当天是坏的。

他依旧以中速跑上楼梯，到达最后一层台阶时，刚刚到 10:37。

推开二十层通向天台的门，以慢速走到天台边缘，时间依旧是 10:37。

齐四坠楼的时间是 10:42。

五分钟的时间内是可以发生很多事的。

秦在川站在二十层的天台边缘，傍晚的凉风是刺骨的，天空的颜色像灰色的纱巾，脏脏的，洗不干净似的。他闭上眼睛，耳边似乎响起了厮打声、咒骂声，还有带着惊恐的、渐渐变小的哀号声。

手机传来震动，秦在川接起来。

“秦队，员工基本都不知道吴晨和金语娇还有关系。不过，我有个亲戚也在这儿工作，我托他打听了一下，才知道两个人之间不简单，在齐四出狱前吴晨和金语娇还曾经同居过，关系十分暧昧。”一个警员打来电话。

“可以肯定吗？”

“可以，我亲戚说他问的是跟吴晨关系很好的人，应该不会是假的。”

如果只有一个人这样说，有可能是谎言，两个人这样说，有可能是巧合，那三个人呢？

秦在川想着，打开通讯录，找到了李漪漪。

第8章　母　子

“我是秦在川。”

“有事吗？”尽管隔着电话，秦在川听到李漪漪那毫无生机的语调时都不禁觉得周围的风更凉了。

“有事。”秦在川语气也变得严肃了，“现在方便说话吗？”

“不方便就不说了吗？”话虽如此，李漪漪还是起身，脸上带着歉意对屋内的人点头一笑，朝房间外走去。

秦在川有些无奈：“漪漪姐，办案需要，我就问你几个问题，你现在在哪里？我去找你。”

“我吗？”李漪漪的语气饶有趣味，“我在和你妈吃饭，怎么，要来吗？”

秦在川握着电话的手不觉紧了：“在哪儿？”说到这儿，他马上改口，现在他更担心的是另一件事，“金语娇在你旁边吗？”

“现在不在，一会儿可能会过来，怎么了？”

“那就这样说吧，因为要问有关她的事情，碰上面不太好。”秦在川怕打草惊蛇。“坠楼发生的那天，金语娇情绪有什么异常吗？”

“跟平常一样。”

“你知道她中途离开了吗？”

“不知道，不过她后来告诉我了，她经常在我看病的时候去那个食堂吃饭。”

“她大概半年前住到你家，你有问过原因吗？”

“她和她丈夫关系不好，正在离婚，她实在找不到地方住，我就让她住了。”

“你有注意过她平时跟别的人有什么过分亲密的关系吗？我是指，男性。”

说到这儿，李漪漪的回答不像之前那样想都不想地脱口而出了，过了几秒后她才说：“没注意。”

秦在川立刻提高了警惕：“事关人命，不是开玩笑，如果知道就马上告诉我。”

“秦在川，在你看来我是那么闲的人吗？闲到去关注一个保姆的日常？”李漪漪语气突然变得很不悦。

“真的不知道吗？”

“我不知道啊！你这些无聊的问题上次不都已经问过了吗？”她的声音已经由不悦转为愤怒，“你要是再没事给我打这种电话，我才懒得接。”说完，秦在川的耳边只留下电话挂断的嘟嘟声。

李漪漪收起手机，转身推开半掩的门：“不好意思，久等了。”

屋内餐桌前的陈楼美淡淡一笑，随口问道：“是谁打的？让你这么生气。”

“以前一个朋友，总是让我投资地产什么的。自家小叔就是盖楼的，还从别处买什么房子啊。”李漪漪用玩笑口吻轻轻带过，坐下后眼睛轻轻扫了一下身后站着的金语娇，幅度极轻地点了下头。

林海在办公室整理好文件正准备下班，桌上传来手机的振动。

“喂，怎么了妈妈？”林海接起手机。

“没什么，”陈楼美说，“就是怕你忘了，明天别忘了来看外婆。”

“嗯，不会忘的。”

“那个……你哥他说要来吗？”陈楼美的语气中透露着些许期待。

“他来，”林海赶忙答应下来，“他已经答应我了，妈妈放心吧。”

“那就好。”

通话结束后，林海随即就给秦在川发了条微信，提醒他不要忘记明天去医院看外婆和妈妈。

秦在川回到警局已是晚上，忙了一整天也没什么胃口，看到林海的微信后，心里不禁升上一阵烦躁。如果林海不提醒，他还真忘了，毕竟他现在一心都扑在案子上，根本没有别的心思。

陈木看见他进了办公室，马上拿上档案跟着他走了进去。

“秦队，你让我们去查的有结果了。”陈木边说边把手里的档案袋递给他。

“什么情况？”

“齐四名下有三所房产，两所在市北，一所在市南，车子是宝马X5，年初刚买的，也就是他刚放出来之后不久，他每月在酒吧会所之类的地方至少会消费数万元，生活极度奢靡。他在牢里那五年没有什么可查的，五年前他的生活可以说一直很优渥，但我查不到他那时有固定工作。”陈木说。

“来源呢？”

“还在查，但给他钱的人像是在故意掩藏痕迹。”陈木懊恼地说，“齐四每月都会有一笔可观的收入，但并不是电子转账，我猜测他每个月都会去见那个人，收到现金后自己存到银行里。”说着陈木用手指着几处高光标注的记录，每月初齐四的账户里都会有十万元左右的新存款。

秦在川向前翻着记录，五年前，每隔半年左右他账户上就会突然多出一笔存款，有时三四万元，有时十几万元。秦在川也看出了端倪：“他这是勒索了什么人吧？向对方要几万花几万，钱不够了要得更多，他一定是威胁了什么人，不然哪有人这么不爱惜自己的钱，给齐四这样的人。”

“这是什么？”秦在川翻到一张单子。

“他之前签过的一张保单，”陈木解释，“保单内容大致是他若出意外，他的家人能够获得300万元的保险赔偿。”

“秦队，就目前情况来看，我觉得金语娇动机是很大的。”陈木说。

“为什么？”

“齐四品行恶劣，想也知道他通过要挟别人或其他不正当手段，日子过得一直很不错。金语娇在不知情的情况下跟他在一起，没多久想必就能察觉齐四不是什么正经人，可她既舍不得钱又不想跟人渣在一起。正巧这时，也就是五年前，齐四进了监狱。齐四一进监狱，金语娇终于松了口气，但一个人又太过孤单，这时候如果有一个踏实肯干的好人出现，肯定能让她安心很多。我们去调查的警员回来反映，吴晨平日里话少不多事，工作勤恳，名声很好，只是没什么钱。两人凑到一起，各取所需，谋财害命不是不可能。”

“你怎么知道吴晨就是好人？”秦在川打断他，马上他注意到自己的语气，手不自然地揪了揪衣领，“我是说你的猜测太武断了，现在顶多只能说金语娇和吴晨有这个嫌疑，没有证据就不能确定，说得跟你看见了似的。”话虽这么说，但秦在川心里承认他分析得不全无道理，“人不止一面”这句话又一次经过了他的脑子。

“半年前金语娇就住进李漪漪家了，说明金、齐两人感情是彻底破裂，金甚至不愿和他住在一起，但她拖到现在迟迟没有离婚，不觉得更有点儿像舍不得家属这个身份吗？保单的事就是解释。而且即使没有保单，齐四的家产你也看见了，比起离婚分一半，作为遗产全部继承当然更好。”陈木自顾自地分析着。

“小陈，证据呢？”秦在川拍了拍他的肩膀，“没有证据就只能算是推断。”

早上天刚蒙蒙亮，秦在川便睡不着了，他起身坐在床边，头脑还没完全清醒过来，牙齿却在止不住地来回打战。冬天的清晨总是格外凄寒。

昨天晚上他到最后也没理出个头绪来，需要查的事情还有很多，可一想到今天还不得不放下工作去见陈楼美，他头又隐隐地痛起来，被烦躁充斥了。

第 9 章　意外线索

八点刚过，他驱车朝外婆陈依曼所住的仁心医院驶去，快要到时才接到陈楼美的电话，要他先去一趟家里。

“你怎么不早说？”秦在川心里本来就烦乱，难以抑制地朝她抱怨。

“爱来不来，”陈楼美语气也变得不悦，很快，她又尽量压制脾气，语气稍微有所缓和，“我有话跟你说。”

又来。秦在川当即挂了电话，心里想每次都是这样，只要她一声令下，让自己回去，他就得立即照办，哪怕再不愿意，就好像他没有自己的事情要做似的，就好像他这一辈子都被她紧紧攥住了似的。想到这儿，他一个急刹车，猛地把车头调转，赌气似的大力踩下油门。

陈楼美听着挂断电话的声音，有些愣神儿，心里不免燃起一阵火，使劲儿把话筒往桌子上扔去。

“怎么了？”林海闻声走来，看到这情景明白了大半。他用亲切的声音安慰了陈楼美几句，随手把电话筒放好，在陈楼美身边靠着她坐下来。

“哥还没起吗？”

“怕他没起床，不敢早早打电话，他倒好，大清早就跟我这儿甩脸子。”

“可能是工作上的事太烦心了，妈妈你别在意，他也是转头就忘的人，说话急了也不是真心的。”林海说完轻轻拍着她的肩膀。

陈楼美不知是不是被林海安抚下来了，渐渐没了刚才的火气，声音变低了，像是在自言自语：“他才不是转头就忘的孩子。”

三人在桌上吃着极为丰富的早餐，秦在川没什么胃口，全程只有林海在调解着气氛，陈楼美话也不多。难得的母子团聚，远没有她想象得那般融洽。

差不多快吃完的时候，陈楼美放下手中的水杯，看向明显在走神儿的秦在川，微微清了清嗓子。

“秦在川，”她说，“有重要的事，你爱听不听。”

秦在川回过神儿来，看着她，表情有些复杂：“什么事？”声音愈显无奈。

陈楼美看他这副样子刚要发作，考虑到林海在场还是忍了下去。

“昨天，你是不是跟程佳扬他老婆打电话了？差不多傍晚的时候。”陈楼美问。

“李漪漪？”秦在川一听连忙侧过身来，“是啊，怎么了？”转而他又说，“她跟你说的吗？”

“她没跟我说，所以才奇怪。”陈楼美回答，“她说是以前的一个朋友打电话给她，但没说是你。”

秦在川的精神在这一刻终于醒了过来，他马上换了副语气：“她为什么会这样说？”

“你打电话去的时候，我无意间看见了来电显示，我想她还不至于好心到为了要减少咱们之间的矛盾而故意不告诉我是你的来电。所以我在想，是不是跟你昨天问了她什么有关，她怕我回头告诉你才这样做的。”陈楼美看见秦在川这个反应，眉头舒展开来，声音也不再赌气似的了。

“昨天跟你们一起吃饭的还有谁？难道她身边那个保姆也在吗？”秦在川马上反应过来。

“吃饭只有我们两个，但她的那个保姆也一直在房间里。”

“金语娇？”

"我不知道她叫什么，总听李漪漪叫她'金姐'。"

果然，李漪漪确实有事在瞒着他，只是以她的性情，秦在川即使用尽招数也不可能从她那儿知道了。

林海在一旁听得有些糊涂，看着秦在川思考的表情，猜想应该是跟他在处理的案子有关。

"李漪漪？"听到他们对话中出现的名字，林海突然想起来，"哥，是上一次我们在筠庭碰见的那个李漪漪吗？"

"嗯。"秦在川点点头，"不过跟她倒没有直接的关系。"秦在川想到案件对外要保密，家人也不例外。

"上一次咱们在筠庭见面之后，我在停车场看见她的保姆了，怎么说呢，总觉得有点儿不对头。"林海皱着眉头开始回忆。

"你在停车场看见她了？怎么回事？"

一周前，林海和赵苑玫从筠庭大厦的地下车库准备离开，因为赵苑玫随身带着很多厚重的资料不方便行动，便让林海替她抱着先在原地等一会儿，她去取车开过来。

就在林海等待赵苑玫回来时，不远处传来的争执声引起了他的注意。他闻声向前走了几步，撞见了柱子后面的金语娇和另一个男人。

说到这儿，秦在川打断他："等一下，你先看看是这个男人吗？"

饭桌上，林海接过秦在川递来的手机，上面是吴晨的照片，他点点头："我觉得奇怪是因为我先前听你说那天跳楼死的是她丈夫，但我在停车场看见的这个男人，感觉上跟她关系更为亲密。"

秦在川确定了心里的想法，因为林海不可能骗他。"然后呢？接着说。"

金语娇和吴晨注意到了林海，很快停下了争执，两人脸色十分难看，吴晨拉着金语娇马上消失在了林海的视线里。

林海觉得有些纳闷，但也没去深究。又等了一会儿，迟迟不见赵苑玫开车回来，只好打电话向她询问。接通电话才知道，赵苑玫绕来绕去找不到林海原来站的地方了，干脆让他去D区找自己。

林海一听不禁嘲笑她依旧是路痴，边开着玩笑边朝停车场D区走去，巧的是，又遇到了金语娇和吴晨。

“他们在干什么？”秦在川问。

“他们当时站在停车场安全通道的门后面，关着门在说话，我是透过门上的玻璃看见的他们，两个人看起来都挺激动的。”林海回答。

“在场的还有别人吗？李漪漪在附近吗？”

“这倒没注意，应该是没有。”

“听见他们说什么了吗？”

林海思考着摇摇头：“当时离得不是非常近，而且他们关着门也听不清楚。我经过离他们最近的地方时，隐约听见女人的哭声，但我也没理由停下来跑过去听他们的对话，只好继续走了。”

“记得一句话也好，听不清也没事，努力回想一下。”秦在川不死心。

林海皱着眉头使劲儿回想：“我记得，她好像哭着说，‘不放心让你一个人去，要是你出什么意外，我再也活不下去了’之类的话。”

秦在川不再发问，抿着嘴唇回顾着林海的话。

“妈，”秦在川突然叫了一声，脸上难掩解决了难题般激动的神情，“抱歉，今天不能和你们一起去看外婆了，有件事急着要去解决。”

说完秦在川便起身，林海一看连忙拦住他：“也不急这一时，来都来了就一起去吧。”

“你去吧。”陈楼美打断了林海，“等你把案子解决了，下次我们再一起去。”秦在川听后不禁停下了穿衣服的动作，回头看着陈楼美，心里着实意外，除此之外难免生出些感激，忍不住朝她微微笑了下。

秦在川走后许久，林海还是觉得是因为自己的多话才让他离开的，对陈楼美感到过意不去。

“栎阳，你哥他多久没这样笑过了。”林海正想着怎么安慰母亲，陈楼美带着笑意的一句话，让他惊讶之余也舒了口气。

周路刚起床不久，手机铃声便响个不停，本想安静过个周末的，恐怕又要泡汤了。

“老周，”秦在川一听接通了，不等对方说话就抢先一步，“你去一趟筠庭大厦，把案发当天所有的监控录像都拷回来，既然当时只有十楼到二十楼的楼层监控出了故障，那除此之外的其他楼层和停车场的监控肯定没有问题。”

“这点事儿，你叫陈木去不就好了。”周路禁不住抱怨。

“去监控室说不定会碰上吴晨，他肯定会起疑心，我怕陈木应付不来。”

“好吧，我去。”周路虽不情愿但还是答应下来。

“谢谢你，”秦在川说，“因为吴晨和我……他不可能已经忘记我，我还不能……”

“行了，我知道了。”周路听到这儿，只是简单地打断了他。

意外地从陈楼美和林海那里得知了这么重要的线索后，秦在川已经可以把案发当天的情形大致在脑海里勾勒出来了：金、吴两人的计划，最初应该只有吴晨一人动手，这样也更合理，金语娇放心不下，所以才一定要去顶楼帮助吴晨。两人当时在十五楼相遇，金语娇心里必然是担心他的，但又因为要避嫌，所以与他不会有交流，但吴晨一定不想让她出现，因为作案人数越多，出现纰漏的可能性也越大，需要抹掉的痕迹也会越多。金语娇当时看见吴晨，出于担忧或是别的什么理由不慎打翻了汤碗，没想到这油渍最后竟真的巧合般地成了留在齐四指甲上的证据。

至于动机，钱。这是秦在川从齐四众多来路不明的财产所散发出的诱惑上看到的结论。

他很清楚，吴晨是为了钱什么都可以做的人，齐四也是。这是他从十六年前发生的事上得到的结论。

只要周路将案发当天停车场和安全通道内的楼梯监控都拷回来，这就是板上钉钉的证据。

事情偏偏总是出人意料，正当秦在川把一切准备都做好时，周路一个电话打来，说停车场和安全通道的录像也不翼而飞了。

“怎么可能？明明之前说只有十楼以上的监控看不了，”秦在川马上就明白过来，“应该是吴晨删的。”

“还有，”周路说，“保安室的员工说吴晨从昨天起就没上班了，说是休假了，会不会是……”

“找回来！不管用什么方法一定要找回来！”秦在川知道如果现在不把他们带回来暂时拖住，将来就再也别想找到他们了。

“可是上哪儿找呢？”周路说，“昨天起吴晨就没上班的话，说不定已经走了。”

“不会，”秦在川脑海里快速过滤着事情的经过，“不可能这么快，如果要离开一个地方，肯定会有些不得不处理完的事情，他们最想要的是钱，光是卖掉齐四那几处房产就不能这么快。你先跟我去吴晨家里看看，同时通知弟兄们查一下他们有没有订飞机或火车票，再查一下有没有他们在宾馆入住的信息。”

“好的，我马上办，待会儿吴晨家楼下会合。”周路挂断电话后，马上安排下去。

吴晨家里乱作一团，明显是匆忙收拾后的场景。周路看到这情景，即使之前还在怀疑秦在川的推理有问题，此时也不得不相信了。

秦在川仔细检查着屋子，期待可以发现什么有用的线索，可家里许多地方都显得空荡荡的，似乎少了不少东西。

“我看值钱的东西都不在，应该是把家当变卖了不少吧，”周路打量着房间说，“看来是早就做了准备。”

秦在川打开吴晨的衣柜，里面的衣服多数都留了下来，他仔细翻了翻这些衣服，没有发现有价值的线索，刚要关上柜门，目光却被一个衣角吸引了。

他揪着衣角把那件衣服提了出来：“怎么会有小孩子的衣服？”

周路闻声走来，看见一件白色的短袖，上面还画着维尼熊的图案，大概是三四岁的孩子穿的。

“吴晨并没有孩子啊，”周路也觉得奇怪，“他到现在都没有结婚，也没人见过他还有孩子啊。”他们又仔细翻找了一下衣柜，却并没有发现其他童装，仅此一件。

这时有警员打来了电话，说是在飞机场附近的酒店查到了金、吴昨天登记入住的信息，现在两人还没退房，但不在房间内。秦在川和周路听后，连忙朝酒店赶去。

在路上，周路对秦在川说：“如果，真的是吴晨杀了齐四，你也不要想太多。我知道你们三个曾经是好兄弟，但小时候因为你……不，我是说主要是因为他们两个发生了那样的悲剧，多年来彼此间也再没联系过，和陌生人没两样了。而且你也应该早就认识到了他们是怎样的人，不必替他们觉得惋惜。”

周路了解秦在川是容易感情用事的人，秦在川也知道周路是在提前给自己打预防针，他用手轻轻提了下衣领：“我还没那么脆弱，而且我们三个早就没什么关系了，没什么好在意的。不过我以前确实是想过，如果有一天齐四死了，一定是因为作恶太多被人杀死的。”

到酒店后，秦在川一行人跟酒店员工交代好，便埋伏在酒店内，只等金、吴两人回来。

等金语娇、吴晨一进房间，秦在川和其他警员立刻冲了进去，随后将他们带回了警局。

第10章 审 讯

审讯开始前，秦在川对周路和陈木说了一下自己的办法，周路听完皱着眉头问："这样能行吗？"

"不行也只能赌一把了，在找到决定性证据前只能先这样拖着，如果什么都不做，就只能眼睁睁看着他们走了。"说完，秦在川看了看陈木，陈木明白他的意思，他现在的任务就是以最快的速度去找秦在川所说的唯一可能留下的证据。

秦在川和周路商议好，他负责审问吴晨，周路负责金语娇。

审讯室内，周路一言不发，只是低头来回摆弄着桌子上的几张纸，故意磨金语娇的耐心，十几分钟后，金语娇果然忍不住了。

"警官，为什么要带我来这儿？"她强装淡定，声音听起来十分不自然。

周路放下手中的东西，抬起眼皮打量了她好一会儿，才开口慢悠悠地说："那你为什么要去酒店？怎么，李漪漪不让你住她家了吗？"

"那个……"金语娇抿了下嘴唇说，"不是的……"

"那是因为你不干了？所以她把你赶出来了？"周路不等她回答又问，"好好的工作为什么不干了？"

"因为不想做了，所以不做了。"金语娇有些应接不暇，干脆不解释。

"是因为挣得少，所以不做了是吧，"周路没停下，"那做什么挣得多？跟个男人白天去酒店，就挣得多了？"

“你胡说八道！”金语娇被他这话激怒。

“噢？”周路不屑地笑，“我胡说？那你大白天去什么酒店，他可不是你丈夫吧，你丈夫我记得是一周前刚从楼上掉下来摔死了，但你今天就能和别的男人去开房，心还真大啊。”

“你知道什么？”金语娇反驳，“我跟齐四早就半点关系没有了，不过是他迟迟不肯离婚，我跟吴晨光明正大的，被你说得像什么似的。”

“光明正大？”周路一脸好笑，“如果光明正大地见面，有那么多地方可去，为什么去酒店？”

“我……”金语娇有些语塞，“我们想去哪儿就去哪儿，这碍着别人什么了吗？”

“没碍着别人，你们爱怎么样就怎么样，”周路说，“但你们去酒店带什么行李，订什么机票？今天下午五点的飞机，你们要去哪儿？”

“齐四死了，我心情不好，吴晨陪我散散心。”金语娇稍微顿了顿后回答。

“刚才不还说跟齐四早就没关系了，怎么还会心情不好？”

“我想去哪儿就去哪儿，你管得着吗？”金语娇又一次被周路阴阳怪气的语气激怒，忍不住爆发出来。

周路一巴掌拍在桌子上，整个审讯室为之一震，金语娇同样被吓得一个激灵。

“到底是心情不好，还是因为害怕想要逃跑？”周路不再保持之前的语气，声音变得严肃起来。

“我有什么好害怕的？”

“我听说人如果是被杀的，他不甘心，就会化成鬼找到杀他的那个人，纠缠她，折磨她，让她整日心里难安。你不害怕吗？”周路的声音听起来透着阴森。

有些出乎他意料的是，金语娇竟然轻笑一声，抬头看着他，语气中充满了坚定："我没什么好怕的。"

秦在川穿过熙攘的走廊，一步一步朝审讯室走去，一些模糊的声音掺杂在了来往的人群中：孩童惊恐的尖叫声，慌忙逃跑的脚步声，冰面清脆的破裂声，红绳手串被拉扯的断裂声。

从推开门到在他面前坐下，吴晨自始至终只抬起眼皮看了秦在川一眼，目光随即落在了别处。这场景不是任何一种秦在川曾经想象过的画面。

"知道为什么抓你吗？"秦在川当然也从没有想过，面对十六年没见的人，开场的第一句竟然是这样的对白。

"我还要问你呢。"吴晨依旧沙哑的声音从他布满胡楂的唇边响起。

"如你所见，我和金语娇的关系……我知道她结婚了，但齐四已经死了，我又没老婆，我们去哪里、做什么，应该都不会对谁有什么影响吧。"吴晨不等秦在川发问便自己回答。

"带上全部的家当，还办好了美国的签证，你们这一趟去得有点儿远啊。"秦在川知道面前坐着的不是一个轻易就会招供的人，被情绪扯远了的精神立刻集中起来。

"待够了这里，想离开不行吗？"吴晨又抬起眼皮，眼里无光地看着秦在川，"秦在川，你应该也早就待够了吧。"

"一点儿也不。"秦在川知道他是故意这样说，"我永远也不会离开这里的。"

"其实你一点儿也没变，你知道吗？"吴晨故意装作听不见他的话，嘴角忍不住带上讽刺的笑，"还是一样的，只知道躲避。"

秦在川放下手中的笔，紧紧盯着对方的眼睛，他已经在尽量压制情绪了。

周路看出金语娇已经没有开始那么紧张了，她明显已经适应了这里的环境，说话也有条理起来。他低下头皱起眉头，手里装作在记录着什么，实则心里在快速地整理思路。突然，周路发出一声轻笑，缓缓放下笔，抬头看着金语娇。

“你知道我们在齐四身上发现了什么吗？”

金语娇因为他突如其来的笑，稍微松懈的神经马上又变得紧张起来：“我怎么会知道。”

“不要以为人摔得血肉模糊，就什么都可以掩盖了。”周路说，“他手上，有油渍。在指甲上。”说着他伸出自己的手掌，在金语娇面前晃晃。

“油渍怎么可能留在指甲上？”金语娇脱口而出，很快她原本微张的嘴唇，下意识地紧紧合上了。

“怎么不可能？指甲上沾上油这不是常有的事吗？你也太激动了。”周路故意带上不知情的语调。

秦在川告诉过他，身上洒上汤汁一定不是金语娇预料之内的，人对于计划之外的事都是没把握的，一定要抓住油渍这点不放。当她被突然告知这个信息的时候，当下一定会马上回忆事情的经过，好判断是不是自己疏漏了什么。在这种情况下，人的思维是有所松懈的，趁机抓住那个机会，一刻也不要停，动摇她的心理防线。

“你和齐四按理说应该很久没见面了，他身上有没有油渍你这么在意干什么？”

“我没在意。”

“噢。”周路点点头，“可是我很在意，我记得，我们第一次在筠庭大厦见面的时候，也就是齐四坠楼而亡的那一天，你的衣服上可是很巧地也有大片的油渍。”

“那个是之前在食堂吃饭不小心洒在身上的。”金语娇目光快速地向左游走，手不自然地向后蜷缩。

“吃饭洒在身上的。”周路重复着，若有所思地点点头，随即身子向前倾向她，“你知道现代科技发达到什么程度吗？从同一碗菜汤里洒出来的油渍，哪怕落在了不同的地方，我们也能比对出来。”

这话让金语娇猛地想起来什么，瞳孔有明显的放大，可不到三秒后，她的情绪又平复下来，松了口气般。

“我知道，就算我们现在去你家翻个底朝天也不可能再找到你那件带有油渍的衣服了，原因你自己知道，所以你在想，就算我们手上有齐四指甲上残留的油渍，没有对比物还是毫无用处。”周路发出轻笑，“可是这口气，你别松得太早。”

“警官，我听不懂。”金语娇的语气中略微带着得意，刚才的惊慌不过是一闪而过。

周路脸上却没有半点懊恼，他继续说：“但是你能保证自己穿那件衣服的时候，什么地方都没碰到吗？”

“什么意思？”

“油渍，应该很容易就黏附在碰到的物品上吧，虽然眼睛看不见，但碰到了就一定会留下。哪怕你只是把胳膊搭在椅背上放了一小会儿，或者无意间在桌子上蹭了一下，因此留下的成分哪怕只有百分之零点零一，但那样也足够了。”

金语娇双手攥紧了，来回上下地搓动，眉心浸出的细汗挂在眉毛上，脸色瞬间变得很难看。

“回想也没有用，被遗漏的细节是不可能想起来的，”周路打断她，“我们的警员正从筠庭大厦回来，带着你残留在那里的油渍。”

实际上，根本没有警员去筠庭大厦，事情毕竟已经过了一个星期，诊室又是最注重整洁的地方，油渍残留早就被清洁干净了。但眼下这种情形，他只能先放一个空响炮了。

“怎么会……”金语娇低声喃喃自语，身体在座位上已经坐不住了，目光开始四下游走着。

“哼，”周路轻笑着，“所以我劝你也别费工夫了，早点儿说了早点儿结束，反正也只是时间早晚的问题。”

“不对，”金语娇低头思索片刻后突然打断他，“不对，”她抬起头看着周路，眼神中虽然还有犹豫，但隐约有一丝坚定，“如果像你说的那样，你应该审讯一开始就跟我摊牌，根本没必要一个劲儿地问我，你是在虚张声势，瞎编故事想骗我说出没做过的事。”

这句话，让周路意识到他之前小看了金语娇，他没想到这个女人在这种高压情况下还能冷静地思考，不禁有些发瘆，她背后到底是有什么强大的力量在支撑着？

“我只是想给你个主动坦白的机会，可如果你不识好歹，就别怪我把话都说绝了。”周路面色平静地说。

“没有证据就不要说这些污蔑人的话了。”

周路紧盯着她的反应，心里突然有了一个想法。她和吴晨那天在停车场见面应该只是偶然。两人把齐四从楼上推下去后，为了减少怀疑，金语娇肯定要尽快回到二十楼，只是没想到在陪李漪漪回家的时候在停车场偶遇了吴晨。

因为刚刚杀了齐四，两人心里一定都是深有震动，难以平复，遇见了才会忍不住交谈。这样的话，吴晨必然是后来才意识到停车场的监控问题，才会把本来有的停车场监控也很突兀地删掉了。既然监控是吴晨负责的部分，他会不会没有告诉金语娇停车场的监控问题呢？周路想赌一把。

“你还真是不见棺材不掉泪，”周路语气变得更加严厉，“你那天和吴晨去地下停车场了，还在那里说了好久的话，我说得没错吧？你说你们，刚刚做了那么大的事，竟然这点儿耐心都没有，非要在布满监控摄像头、车来车往的停车场来这么一出。实话告诉你们，你们的一举一动都被那里的监控录像完完整整地记录下来了，搞坏了楼梯的监控，忘了停车场也有吧？如果你觉得还不够，我还有人证，他亲眼看见、亲耳听见你们在那里做了什么、说了什么。”

“你骗人。”金语娇声音带着轻微的颤抖。

“不相信啊？觉得不可能？那我是怎么知道你和吴晨那天在停车场的？这难道也是我瞎编的？”

金语娇不说话了，沉默了片刻后，原本交叉紧握的手也不再合十，慢慢地松开，眼睛看着地，又不像在发呆。

“还不够是吧？好。”周路起身就朝门外走去，“我去打电话，把证人叫来，让他亲自说给你听。”

“等一下。”周路的手已经搭上门把手，还差一秒就要推门离开时，金语娇突然开口了，“是我。”

“你说我跟过去一样，难道你就有变化了吗？”秦在川看着吴晨，冷冷地问。

“哼，”吴晨看都没看他一眼，“你用不着跟我这样说话，你现在这样只会让我觉得你虚伪无比。同样都是恶狼，起码我没装，不像某些人，披上了张羊皮就真以为自己是善类了。”

秦在川心里明白，像金语娇那样的人，如果给她施以高压，她是有可能自己承认的，但对吴晨，绝对不可能。即使秦在川手上有确凿的证据，吴晨也会拼死给自己开脱，更何况他没有，虚张声势对吴晨行不通。

“你想太多了，我只是说这个。”秦在川说完，从衣兜里拿出了件东西放在他面前。

已经发黑了的红绳手串，末端串着桃核雕的小老虎，桃核都已经磨得快看不出形状。

吴晨眼神聚焦，突然一愣，手快速地伸进衣兜想摸自己的口袋，马上又意识到自己被带回来前身上口袋里的所有东西都被拿走了，忍不住眉头紧皱。

“这是在案发现场发现的。”秦在川敛去了话语中的语气以掩饰谎言。

“这不是我的。”吴晨想都不想脱口而出。

吴晨的声音明显提高，秦在川知道他是心虚了，自己的猜测也是正确的。这手串是从死者齐四的随身物品中找到的，他们三个当年还是大哥和小弟的关系时各有一串。不知是什么缘由，齐四过了这么多年都留着它，所以他猜会不会吴晨也一直留在身边。果然，此时吴晨显然是把眼前这串当成自己落在顶楼的了。

“这话你跟别人说可以，对我说，你认为我会信吗？”秦在川将计就计。

吴晨不说话，但样子不像放弃了反抗。

“你知道像这样的物品，长久地带在身边，会在上面留下什么吗？”秦在川说，“主人的 DNA。只要测一下留在上面的 DNA，做一下比对，马上就可以知道这是谁的，你还要坚持吗？”

吴晨皱着眉，还是不说话。

“这东西，既然你留着就该小心，它这么小，你走路、跑步、搏斗，一个不留神儿它就掉了，这可是让它的主人完蛋的证据。”秦在川的声音带着狠劲儿。

秦在川目不转睛地看着对面的人，吴晨双脚下意识地向后退了半步，后背也不再倚靠在椅背上，整个人陷入一种紧张的防备状态。

“为什么去顶楼？”秦在川看准时机，“既然去了，为什么监控里没有你？为什么要特意走楼梯掩盖自己去过的痕迹？”

吴晨开始躲避秦在川质疑的眼神，慌乱中目光无意间又落到了桌上的手串上，恍然间，他脸上的焦虑开始缓慢消散。

“你说检测就能证明它是我的，那你怎么还不去检测呢？”说完这话，吴晨又缓缓抬起眼皮，眼神里的嚣张开始重聚。

“我没有去过顶楼，监控里当然没有我。”吴晨看到秦在川没回答，冷笑一声，“而且，即使你能证明它是我的，那又怎么样呢？我之前就去过顶楼，不小心把东西落在了那里，这难道也要被抓吗？我连平时去趟顶楼的自由都没有吗？”

“我算是明白了，”吴晨嘴角向上弯起，“你根本没有证据。”

被吴晨识破是在秦在川意料之内的，秦在川这样做本来的目的也只是跟吴晨打心理战，磨他的精力。在陈木找到决定性证据之前，他只有这样拖时间。

“而且，你也敢把这手串拿来问我？”吴晨沙哑的喉咙带上冷冷的语调，听起来十分阴森，“我倒要问你，你的那串去哪儿了？”

我的那串在当年，她弟弟死前拼命反抗时被扯掉了。秦在川在心里说。他眼神里闪过一丝阴影，下意识地看了下桌边的录音开关。

“证据都被你消除了，我自然不能那么快找到，”秦在川把话题转开，“但你难道不知道，除了物证算证据以外，还有人证吗？有证人目睹你和金语娇在案发当天出现在地下停车场，而且证人听到了你们的谈话内容。”

“那我们说的什么？”吴晨打定主意秦在川没有证据，话语间也听不出丝毫惧怕。

“……金语娇说：‘我实在不放心你一个人去，要是你出什么意外，我再也活不下去了。’他们两个看起来都十分激动，金语娇还在哭……”

秦在川用手机播放了一段录音，那是林海按照他的要求录好发来的。一边播放着，秦在川在一旁注意着吴晨的反应，充满不屑的一张脸上情绪有细微的变化，不等音频放完，秦在川故意按下了停止键。

“听清了吗？证人可是听得一清二楚。”

吴晨抬起头，手虽然握紧座椅把手，脸上还是保持着常态：“就这么点儿？我是听不懂他说的是什么，你拿着这个去起诉我吧，看法官听了这些没头没脑的话是不是会把我抓起来。”说完这句话后他便微闭上眼睛，任凭秦在川怎么发问，也始终保持沉默。

秦在川看了下时间，已经过去了近三个小时，如果他们在传唤时间内不能拿到他的口供，就只能让他回去，可他一旦出去了，会不会就此人间蒸发就难以预料了。

秦在川中途离开过几次，得知金语娇已经承认，却坚持说是她自己一人所为，跟吴晨没有半点关系，同时陈木还没有找到证据，这让他越来越没底气。

时间在一分一秒过去，他知道吴晨是打算跟自己死磕到底，只要熬过这几小时就可以了。

距离传唤时间结束还有两个小时，秦在川看着房间里的吴晨一副心安理得的模样，紧紧攥住了手里的笔，他决不容许凶手就这样在他面前溜走。

第 11 章　物　证

“你可能在想，我没有板上钉钉的证据，只好来套你的话，所以只要自己死不承认，到时间我就只能放你走是吗？”秦在川再一次开口问吴晨。

“那你就错了，并不是因为我不确定才会跟你兜圈子，”秦在川见他没反应也没有停下来，“我可以百分之百确定你就是凶手，作案方法、动机，我全都知道，我只想看你还有没有最后一丝良知去承认错误罢了。”

“得了吧，秦在川。”吴晨闭着眼睛说，“你知道什么是良知？”

“为了钱，你已经到连杀人都能做的地步了吗？”秦在川没理他，“就为了那么几套房产，就为了那保单，它能比一个人的生命还重要吗？！”

“保单？”

“我承认，三百万是很多，齐四那个人是很该死，但你这样做就不怕承受心理上的折磨吗？那是一个活生生的人啊，有什么事情是比一个人的生命还重要的呢？”

吴晨睁开眼睛静静地看着情绪激动的秦在川，眼中出现前所未有的神情，表情也是秦在川从未见过的，那是一种连解释都觉得是浪费的无奈。

“你离做一个好警察，真是差太远了。”

秦在川顿住，不太理解他的意思，但此时时间只剩下不到一个小时，他没有心情再去细想这些无关的话。

“我是不配做一个好警察，但你连一个人都不配做。我跟你实话说了吧，即使你可以删掉停车场的监控视频，但你们说过的话、做过的事也总会留下痕迹。你可别忘了，那是车来车往的停车场，汽车是有行车记录仪的。”

吴晨当即抬头看向他，这是他没想到的。

“筠庭大厦的地下停车场划分得很清楚，每个区域有指定的出入口，哪辆车在什么时间从哪个入口进入的，从哪个出口离开的，其间停留了多久，取票时电脑都会有记录。目击证人已经明确告诉我们，他当时是在停车场D区看到的你们，只要找到那段时间停在D区的车辆，查看他们的车载记录仪，你们的一举一动都会被视频记录得清清楚楚。现在，你在和我磨时间的同时，我的同事们正在搜寻这些视频，这并不难找，也不是难事。”秦在川故意不紧不慢地说。

“整个D区有上百辆车，你们就算查……”

“上百辆车怎么了？”秦在川不等他说完便打断他，“从二十三个小时前，我的同事们就开始一刻不停地搜查，不要以为这会是什么大工程，最多不过半个小时，就会有结果。就算是超过传唤时间才找到，我也立刻就能把你再带回来，因为在此期间你算是有重大嫌疑，哪里也不能去，只要一有新的证据你必须无条件配合我的调查。所以现在，你做的抵抗已经没有任何意义了，结果只是时间早晚问题。”

“只要你没找到，就没有理由再留我，我想去哪里就去哪里。”吴晨说话虽然还硬气，但语气已经不再像之前那么毫无顾忌。

“即使自己走也没关系吗？”秦在川看出他开始动摇，“告诉你，她早就已经招供了，所以最后只有你自己离开也无所谓吗？”

“什么？”吴晨转瞬变得愤怒起来，“你们是不是逼迫她了？”

门“咔嗒”一声被推开，陈木看了一眼吴晨，直截了当地说：“找到了，附近车辆记录仪录下的视频找到了。”

“吴晨，你还有什么好说的？”秦在川转头看着他。

吴晨因为愤怒紧紧攥着拳头，眉毛纠结得扭成一团疙瘩，但依旧没有秦在川预想之中的反应，他大声朝秦在川喊：“放给我看！”

“你真是无药可救。”秦在川愤愤地说。

“我记得很清楚，我们在停车场，根本就没说什么紧要的话。”吴晨咬着牙说，“你还有很短的时间确定我说的是不是真的，去检查视频吧，看你凭那个能不能指认我。”

秦在川快速地扫了一眼陈木的神情，心里一凉。他想起来了，那天吴晨和金语娇被林海发现之后就去了安全通道的楼梯口，他们剩下的对话是在那里进行的。

秦在川不死心，总觉得停车场里一定可以找到些什么，连忙跟着陈木走了出去，他要亲眼确认。

视频里，只有吴晨责骂随即又安慰金语娇的片段，都是断断续续咒骂的语句，根本没有实际意思。

"秦队，对不起，已经尽力找了。"陈木在一旁说，"我本来是想趁机吓唬他的，谁想到他记得那么清楚。"

"不是你的错。"秦在川感到精神有点儿恍惚，想到刚才吴晨说的那些话，自己果然算不上个好警察，犯人就在眼前，可连个证据都找不到。

他觉得腿上没什么力气了，抽出凳子无力地坐了下来，隔着玻璃看着对面的吴晨，不知还能做什么，只剩不到十五分钟了。

一阵急促的敲门声后，周路推门进来："川儿，有人找。"

秦在川出门，屋外站着一个他从没见过的人。

"你好，我是成宇。"面前站着的是一个四十出头，面色看起来十分冷峻的男人，鬓角的头发掺杂着些许的白色，一身笔挺的商务西装价值不菲。

"你好，秦在川。"秦在川快速打量他一眼，回想着自己是否曾经见过他，"请问有什么事？"

"这是我的名片。"成宇递过来一张名片，一起交给他的还有一个U盘。秦在川不解地看着他。

"时间仓促，就不正式打招呼了，是你母亲让我过来的，她让我把这个交给你。这是从桃华集团总部保安室拷下来的视频，集团下所有公司的监控系统都是跟总部同步的。"

秦在川接过U盘，马上明白了他的来意，但心里很快泛起疑问：

“她是怎么知道的？”

“集团最近本来就在准备改进筠庭大厦的安保系统，派去整修的人在检查监控故障的时候，发现筠庭的监控很像是有人故意破坏，所以顺便查了一下别的视频，意外发现了这段有人在楼道里争吵的视频，他们的对话内容似乎和不久前发生在筠庭大厦的案子有关。”

监控不是都被吴晨删掉了吗？秦在川心里存着疑惑：“这么说，我可以查一下案发当天的所有视频吗？”他并不知道这些监控竟然都是同步的。

“如果有人事先搞坏筠庭大厦的监控，总部的视频同样不会有记录，但如果是事后才删除的，已经同步的备份是无法被删掉的。”成宇说。

“那……就多谢了。”秦在川明白了，停车场和楼梯的监控是吴晨后来意识到才删除的，所以在总部的备份得以保留下来。他对于陈楼美送来的这份出乎意料的证据，一时不知说什么好。

“客气了，发现这样的视频本来也是要报警的，陈总说还不如就直接交给你，说不定你还能用上。”

看着成宇离去的背影，秦在川低头看着手里的名片，“桃华集团法务部部长成宇”。

吴晨正准备起身离开，秦在川推门而入又把他摁回到座位上，在他面前打开电脑，按下播放键。

“那个警察像是看出了什么，问我和齐四的关系怎么样。”

“那只是正常的询问，你不要再多想了。今天你根本就不应该上来，多么危险，不是跟你说过了不要来。”吴晨听着自己的声音从电脑里传来，眼睛里顿时充满愤恨，朝秦在川看去。

“我一定要亲手杀了他，不然我这辈子都不会安心的。而且我对这里的路线很熟悉，也找到了证人证明我当时在食堂。”金语娇的声音带着恨意。

“我又担心你出危险，实在不放心你一个人去，要是你出了什么意外，我再也活不下去了。而且刚才，幸亏我上去了，不然你一个人怎么对付得了他。”金语娇边说边用袖子不住地抹眼泪。

“我懂，这是唯一的办法，如果不这样做，咱这辈子怕是没法儿消停了。”

吴晨说到这儿，上前抱住了金语娇，两个人许久都没有再说什么。

庆功宴上，一组人喝得醉醺醺的。说是庆功宴，也不过就是几个人找了家还不错的饭馆，点上几道菜，好好吃顿饭而已。

“来，在川儿，”周路拿着一瓶酒在秦在川身边坐下，伸手揽过他的肩膀，一边给他倒满酒，“咱俩好好喝一杯，庆祝又破了个案。”

秦在川拿起杯子一口气喝完，不知道为什么总是感觉闷闷的，什么话也没说。

“你说这次的案子，一眼看过去就是跳楼自杀嘛，有哪个警察会像你这样非要去查，还一定能查清楚的？我服了，干！”说完，周路又醉醺醺地喝了起来。

“有什么好佩服的。”秦在川无聊地摆摆手，他也喝了不少酒，只是意识还清醒。

“怎么感觉你不太对劲？”周路看了他一眼，“案子都解决了，还想什么呢？”

“我也不知道，”秦在川低头，端详着手里的杯子，“明明物证、人证都有了，犯人也承认了，可我总觉得还有事没结束似的。”

“唉，”周路叹口气，低声在秦在川耳边说，“要我说，你是又被心结给绊住了吧。吴晨和齐四，都是你小时候的好朋友、大哥哥，如今一个变成杀人犯，一个成了受害者，你偏偏又是他们案子的警察，这事搁谁身上都不好受。不过你想，当年要不是他们俩找那对姐弟的麻烦，那小男孩也不会在逃跑的时候出意外淹死在湖里，他俩这行为跟杀人犯也没两样，从头到尾就不是什么好人。”

“可是如果不是我，他们两个也不会去找那姐弟俩的麻烦，我又算什么好人呢？”酒精让秦在川的思维松懈了，周路一听他这话，连忙坐正身子看看四周，又朝他使个眼色让他不要乱说话。

“唉，喝吧喝吧。”周路不再多话，只能尽量给他灌酒，酒精带来的困意才能让他麻痹自己。

第 12 章　动　机

第二天，秦在川一起床头就痛得受不了。不过昨天多亏周路给他灌了一肚子酒，他才能回家倒头就睡，不然肯定是一夜不眠。

秦在川来到警局，准备收拾一下已经结束了的坠楼案的资料，昨天那种做错了事的感觉又来了。秦在川实在觉得心烦意乱，随手把刚叠好的几份资料往桌上一扔，想好好思考一下自己到底为什么会这样反常。

“你离做一个好警察，真是差太远了。”

“你知道什么是良知？”

“我一定要亲手杀了他，不然我这辈子都不会安心的。”

“保单？”

很快，秦在川意识到自己还是因为吴晨说过的话耿耿于怀，之前尽管一直试图劝服自己，吴晨那些不太符合常态的话全都是狡辩，但他还是没法儿控制地觉得奇怪。他听周路说，金语娇在审讯时整个人也相当理智，完全不像是一个觉得自己有错的人。

秦在川翻了翻眼前堆叠的资料，找到了调查时查到的保单，按照上面的号码拨打了过去。

挂断电话后，他觉得一定有什么事情不对了，那种不好的感觉终于坐实。

电话里，保险公司的人说，齐四的家属并没有在他死后联系他们咨询保单的事，也没有来申领过保险金。

“不可能。”秦在川低声自言自语，迅速地重新捋了一遍案情。证据确凿，罪犯认罪，自己不可能出错，那到底是哪里出了问题？

“动机。”秦在川在座位上喃喃自语，“他们从来没有承认过自己的动机。”

之前，他一直以为那是因为他们的阴谋被揭穿后，残存的一丝良知让他们不再辩解，但现在秦在川开始怀疑自己了，难道是自己急功近利昏了头，光想着要拿下这个案子，忽略了什么重要的事情？

如果真的是为了钱，三百万元为什么不要？如果不是为了钱，那究竟是为什么一定要齐四死？

秦在川连忙翻找着桌子上堆叠的资料，找到了成宇送来的视频，反复地回看当时的情景，越发觉得金语娇和吴晨所说的话跟当时的情形不相称。

金语娇说一定要亲手杀了齐四，不然这辈子都不会安心，吴晨说的也是这个意思。如果只是谋财害命，事后更可能的情形是两人得偿所愿，不应该是这样悲戚的样子。难道是因为害怕？可是金语娇明确在审讯中说了，自己根本不害怕。

究竟是为什么？

秦在川看着视频定格在吴晨抱着金语娇的画面，丝毫看不出两人有半点得手后的欢喜之情。

“小陈，查一下吴晨的行踪，把时间从半年扩大到一年，看看这一年他有没有经常去的地方，或者经常见的人。金语娇也是，查查看她在做保姆前曾经是干什么的。”

放下电话后，秦在川又找来吴晨和金语娇近年来的信用卡消费记录，希望从中可以找到些之前遗漏的，能反映他俩生活的蛛丝马迹。

回溯到半年前的消费记录都没有什么异常，直到今年五月初，一条记录让秦在川开始觉得有些不对劲。

吴晨的信用卡流水账单总是跳跃性地每隔两个星期左右，就会有一条从 ATM 提取现金的记录，金额一般在千元左右。起初秦在川还没注意，以为只是普通的提现，但固定的周期性行为引起了他的怀疑，可以刷卡为什么一定要用现金？一种可能是要消费的物品只能用现金结账，另一种可能是他有意避开了信用卡的消费明细记录功能。因为如果是刷卡消费，顺着银行的流水单据必然可以找到消费商家。

秦在川去了银行，找工作人员查到了这几笔现金提取的 ATM，均是在桃华百货的新天地广场内。

他平时几乎不去桃华百货，对新天地广场卖的东西也知之甚少。在驾车前去的路上，他仔细揣摩着吴晨这么做的用意。既然是在百货商场购物，商家没理由只收现金，唯一的可能也只有吴晨是有意为之。他想隐瞒的是什么？为什么要隐瞒呢？是怕谁发现吗？

来到新天地广场，秦在川迫切地想知道吴晨到底是在众多商家中的哪一家买了什么东西。可急匆匆地跑进商场大门时，他便停住了脚步，看着眼前的景象，他知道自己根本不需要再费力查找了，因为这里所有商家卖的都是一类商品——儿童用品。

脑海中很快闪过那天在吴晨家里发现的，那仅有一件的儿童服装，维尼熊的图案。

秦在川挪动脚步，走到了一家以维尼熊为主题的商店。

“是啊，是有那么一个人，总是带着现金来消费。”柜台前的员工想都没想便脱口而出，“不管买多少东西，每次都用现金，虽然他好久没来我都还记得呢。”

“是这个人吗？”秦在川拿出了吴晨的照片。

员工拿起来仔细看了看，肯定地点点头。

“有时会和一个女人一起来，有时他们会各自单独来，但总是用现金这一点，两个人谁都没有变过。”

“买的什么东西还有印象吗？”

“嗯……具体什么记不清了，但无外乎就是一些童装、玩具，小孩子用的东西什么的，女人还总是说自己家的孩子很喜欢维尼熊。”

“他们家……孩子？”

“嗯，不过他们两个有一点挺奇怪的，”员工语气中带着疑惑，“一般父母都会带上他们的孩子来逛像我们这样的商店，可他们家竟然连一次也没有过，我还真从来都没见过他们的小孩。”

秦在川顿时被一种说不清的情绪笼罩，他看着店内价格不菲的商品：奶粉，服装，玩具……他突然不敢再跟着直觉走下去了。

陈木的电话打断了秦在川的思考：“吴晨的行踪查起来有些困难，短时间内查不到有价值的线索，但找到金语娇之前的工作了，在郊区一所福利院做老师，差不多从三年前开始做的，一直到一年前她辞职，开始给李漪漪当保姆。”

“把福利院地址发过来，查一下这个福利院，看吴晨有没有去过，金语娇在辞职以后是否还会去。”

齐四五年前入狱，那之后金语娇不得不自食其力开始工作，可是去福利院工作怎么也不像她会做出的事。

秦在川照着地址找到了这家离市区极远的福利院“欣欣之家”，汽车开了一个多小时才到，这里已经算是宁海市的边缘了。

秦在川在门口停下，眼前是一扇锈迹斑驳的铁门，或许是冬天的缘故，院落四周看起来格外萧条，就连零落的几簇冬青也稀疏发黄。秦在川找到院长，说明自己的来意。院长引着他来到办公室，一路上也不见一个孩子的踪影，阳光像是照不进来似的，走廊显得格外幽寂阴暗，每走一步都响起回音。

“正好是午饭的时间，孩子们都回屋里吃饭了。”院长是一个五十上下、背有些驼的男人，眼睛不大，想事情的时候眯着的眼睛显得更小了。

路过走廊尽头一间教室，里面有几十个孩子在安静地低着头吃饭，旁边坐着一个老师紧紧盯着他们，眼角向上吊着，即使一言不发也凶相十足。秦在川向里面看了一眼，目光扫过教室后面堆着的玩具，一只维尼熊静静躺在其中。

“院长，请问您对金语娇这个人有印象吗？”

“我记得她，她以前在我们这儿工作过，后来又做过志愿者，直到前阵子才不知道什么原因不来了。”

“她在福利院工作过，为什么后来又不做了？”

“这个……”院长声音有些犹豫，“人家自己的事，我们哪能知道。”

“您应该是一直在这里当院长吧，”秦在川的声音多了几分严肃，“很多事别人不知道，但您应该最清楚，还希望您配合调查，知道什么情况马上告诉我。”

院长一听脸色也变得谨慎起来，声音却有意地压低：“人家的私事，我确实不太清楚，不过当时在我们员工间有些传言，我猜可能是因为那个她才辞职的。”

“什么传言？”

“院里当时有一个孤儿，金语娇对他格外照顾，这本来是好事，这些孩子都是从小就缺乏父母关爱的人，有像金老师这么负责的人实属难得。但不知怎的，又或许是因为她太负责了……”院长的语气有些委婉，“有人开始说那个孤儿或许就是她的孩子。这话……你知道的，虽是嘴碎的人传出来的，但也不好说。”

“什么叫当时有一个孤儿？”秦在川觉得这话有些歧义，“你的意思是现在这个孩子已经不在这儿了？”

“这个……”院长的语气又变得吞吞吐吐，“这个孩子不久前失踪了，我们当时也报过警，但一直也没有音信。”

“失踪了？”秦在川感到惊讶，“具体什么时候的事？”

“半年前左右。”

“那孩子现在应该多大？”

“三岁。”

“金语娇就是那个时候辞职的吗？”

“不不，她是一年前就辞职了，那时谣言传得太凶，她一个年轻女人又有丈夫，这种传言也不是什么好事，因为这样她才不得不辞职的吧。”

“你了解她丈夫吗？”

“这个……”院长已经是第三次吞吞吐吐了，“只是听说，好像不是什么善茬儿，说是以前在蹲监狱，现在不知道出来了没有。”

“她辞职以后呢？”

“我记得她没过多久就回来说想当志愿者，一周只用来一次那种，当时我们这儿老师少忙不过来，她又很热心，我当然是欢迎。”

“那些谣言具体是怎样的？跟我描述一下。”

“其实吧，这些话也不是空穴来风，”院长又换了个语调，听起来很诚恳，“警官，我也不敢跟您说假话，就说当时的实情。金语娇第一次到这儿来工作确实是三年前，正是那个孩子被放到我们院门口没几天的事，她对孩子的照顾也确实……可以说是无微不至，要说是亲妈那没人不信，我还听说给那孩子的奶粉都是单冲的。后来她回来做义工，即使每周只能过来一次，但来了以后那热乎劲儿，两人就像母子似的。这孩子也认人，别的老师带他他总是不好好吃饭，金老师一来他高兴得跟什么似的。另外还有一个男的，也是隔三岔五来做义工，每次来都给这孩子带不少吃的用的、衣服玩具什么的，这才有了传言，说这孩子可能就是那两人的亲生孩子。但自从那孩子失踪以后，她和那个男的也就没再来过。”

“金语娇知道孩子不见的事吗？”

“这倒有点儿奇怪，”院长又眯起了眼睛，“按理说她每周才来一次，应该不知道，可孩子不见的那天我记得是周三，但那周的周末她没有来，像是知道了一样。”说到这儿，他又清了清嗓子，“不过，也有可能人家就是不想来了，毕竟志愿活动都是自愿的，金老师有别的事当然可以不来，也不一定是为着谁才来的。”

“你看是这个男的吗？”秦在川拿出吴晨的照片。

“对，就是他。”

几乎是在听院长说到孩子失踪的那一刻，秦在川立刻想起了一件事，新闻广播里直到现在还常常报道的新闻：半年前发生在渔山上震动一时的孩童抛尸案，至今悬而未决，就连小孩子的身份都没能确认，因为孩子的面部损毁严重，报道以后从来也没有家属打听过。那个孩童的骨骼年龄经测定大约就是三岁。

“不可能会这么巧。”一种掺杂着惧怕的愧疚开始在秦在川心底无限放大，他因为一丝痕迹执拗地开始了对坠楼案的追查，终于找到了他好奇的那个动机，可他又怕自己没有承受的勇气。

“不可能。”秦在川踩下油门，不停地自我否定一直涌现的念头，可脑海里接踵而至的声音像呼吸般根本无法停止。

要是渔山死的那个孩子就是金语娇和吴晨的私生子呢？吴晨和

金语娇想尽办法把孩子藏起来的原因无非就是齐四。按齐四死前的经济能力，完全可以找私家侦探或者以其他任何方式来调查他们两个，吴晨一定是想到了这一点，所以才会连信用卡也用得如此谨慎。

可如果齐四终究还是知道了孩子的存在呢？

所以他把孩子杀了？

而金语娇和吴晨是为了报仇才这样做的呢？

第 13 章 撕心裂肺

“李漪漪，”秦在川握紧了方向盘，“她一定知道些什么。”

陈楼美跟他说过，李漪漪曾经为了金语娇故意向自己隐瞒实情。还有视频里金、吴两人是在地下停车场相遇的，当时李漪漪一定是看见了吴晨的，可她不仅连质疑都没有，反而把空间留给他们，所以她应该是以前就知道吴晨和金语娇的关系。

秦在川把车子开得飞快，转眼就到了李漪漪家门口。

连着摁了几次门铃，都不见有人开门，秦在川忍不住攥拳在门上敲砸起来，此时他心里面充满了惶恐和急迫。

门突然一下开了，秦在川连忙收住拳头，开门的是一个二十岁左右的年轻姑娘，一副学生模样。

“你是……”

不等对方问完，秦在川便推开了门，四处寻找李漪漪的身影，鼻尖却嗅到了屋内的酒气。

耳边飞过一阵风，随即脑后传来巨大的“哐当”一声响。一个酒瓶半秒前狠狠朝秦在川砸过来，扔出酒瓶的当然是此时站在他面前的李漪漪。秦在川一个侧身快速闪开了，他身后的门被砸出深深的凹槽。

"滚出去，谁让你进来的！"李漪漪的面色相比平时更加憔悴，眼睛红肿着，看着秦在川。

开门的女学生看到这情景吓得不敢说话，双手使劲儿搓着系在身上的围裙。

"我让你开门了吗？你脑子进水了？"

"是我自己要闯进来的，我有话要问你。"秦在川打断她。

"哼，"李漪漪不屑地轻笑，"你以为……"说到这儿，她还是尽量克制了一下，眼睛看向旁边的人，"你今天先回去，跟中介说一声来上班吧。"

女学生应该是来代替金语娇的，不过显然她也没想到女主人是这样脾气的一个人，吓得脸色发白，连忙低声应着离开了。

门刚一关上，李漪漪便上前两步，一把揪住秦在川的衣领："秦在川，你以为你是个什么东西？以为自己当了警察就了不得了是吗？这天底下无论什么事你都要去管一管是吗？你还敢来找我？"

秦在川看她激动得眼圈泛红，半天说不出话来，只好任由她骂。

"漪漪姐，"秦在川哽咽住，"我想问你，金语娇和吴晨是不是有一个孩子？齐四是不是知道了这事？"

"是！"秦在川话音刚落，李漪漪终于爆发了，刚松开他衣领的手又一次攥紧了，"他们是有一个孩子，叫小雨，你知道了，你现在知道了，你早干吗去了？"李漪漪睁大的眼睛里汩汩淌下泪水，"他才三岁啊，人生甚至都没开始，以孤儿的身份在这世上才刚刚过了三年啊，他甚至都没有身份证明，就消失在了这个世界上，就像从来没来过一样。他就那样被丧尽天良的齐四给杀死了，我一个外人知道了都心痛得难以承受，你有想过他爹妈的感受吗？"

秦在川看着面前声嘶力竭的李漪漪，鼻子一酸，眼眶一阵发热。

"你为什么一定要抓金语娇啊，你为什么非要抓着他们不放啊，他们只是报仇！小雨死前不知受了多少折磨，面目全非，孤零零地被抛在荒郊野岭上，那对他爸妈来说是撕心裂肺的痛楚啊！金语娇每时每刻都在想着要小心翼翼地护着这个孩子，怕被齐四发现，又怕孩子没有爹妈的关爱，不敢养在身边只好送到福利院，好不容易在福利院能够放心照顾他，却又被同事指手画脚，既怕这个又怕那个。金语娇全部的期望就只有一个，那就是看着自己的孩子能健健康康地长大，能过上幸福的生活，谁知道最后连句‘妈妈’都没能听他叫一句。孩子死了，金语娇甚至连尸骨都不能去看上一眼。秦在川，”李漪漪用手指狠狠戳着他的肩膀，“你的心怎么这么狠，死掉的那个是最该死的人，你为了那样的人把世上最可怜的人给抓起来，你就一点儿也不觉得愧疚吗？”

李漪漪泣不成声，秦在川一动也动不了，一句话也说不出来，四肢的血液一点点倒流回心脏，攒聚得像秤砣一样坠在心头，马上就要把他坠倒在地。

“为什么……为什么不报警？如果他们报警或者告诉我也好，说不定我还能避免这一切的发生。”秦在川大声问。

“齐四威胁他们两人，谁要去报警就会杀死另一个，齐四心狠手辣，他们已经承受不起再失去一个重要的人了。”李漪漪啜泣着，“而且过去了半年这么长的时间，他们一直在等着你们警察能破案，每一天都在等着齐四被抓起来，把唯一的希望都放在你们身上了，可最后什么结果也没有，该受罚的恶人还在逍遥法外，过得安闲自在。他们没有办法了，如果不报仇，这辈子也没法儿心安。”

“但他们不一定非要选择这样的方式，这样跟杀死孩子的凶手不就一样了吗？不管原因是什么，他们杀了人确实是错了，如果错了就该受到相应的惩罚。警察……这怎么能是警察的错呢？这么重要的线索我们都不知道，如果早就知道的话……”

“秦在川，你品格高，我们这些人都不配与你相提并论。你心中只有法律上的对错，从来不讲求人情吗？我们是人，活生生的人，这点都打动不了你吗？我就知道，即使你事先知情也还是会把他们抓起来的。”

“没能早点儿查清真相是你的错，没能早点儿抓住齐四是你的错，揪着不放非要把金姐抓进去也是你的错，你有什么资格做警察？”

离开了李漪漪的家，她的声音却还在秦在川耳边回绕。秦在川明白李漪漪说的是气话，但心里的愧疚就是难以消散。他驱车来到渔山所属的警察局，找到了负责幼童抛尸案的警察。

回到辽海分区的警局后，周路已经按他之前电话中说的准备好在车上等他了。秦在川上车后，回头看了一眼后座上的金语娇和吴晨，想说点什么，最终还是什么话也没说。

到了渔山所，金语娇几乎是在搀扶下才跌跌撞撞地走进了房间，在看到白色被单的一刻，倒是吴晨先跪倒在地，一个四十岁的男人，无法控制地大哭了起来。

秦在川转过身去，即使心里成百上千次地告诉自己，自己在这件事上没有错，可当他紧紧攥着手里的红绳手串时，实在无法不把自己归咎为这副情形的罪魁祸首。如果当年那孩子淹死在湖里的时候自己勇敢一点儿承认在场了，齐四和吴晨也被绳之以法，今天会不会一切都不一样？

金语娇一步一步走向小雨，在此之前孩子的尸体因为在等待家属认领，所以一直被冷冻着。金语娇轻轻把手放在小雨冰冷的小手心上，眼泪啪嗒啪嗒地落下来。

“小雨，阿姨来了。

“小雨之前一直吵着要的维尼熊，阿姨已经给你买好了，本来是想给你当生日礼物的，早知道就不藏着了，早点儿给你就好了。不知不觉，原来我们小雨……我们小雨，已经……已经是快要四岁的大孩子了。以后可不能再动不动就哭鼻子，没吃饱饭一定要说，摔倒了如果没有人扶也要自己爬起来，吃饭千万记得要洗手，东西掉在地上一定不要再捡起来吃了……

“等再过两年，我们小雨就到了上学的年龄了，阿姨会用最好看的卡纸给你包好书皮，给你准备好满满一盒漂亮的铅笔，让别的小朋友只有羡慕的份儿。对了，我们还要有小熊维尼的书包，每天小雨都要背着它高高兴兴地去上学。

“还有……还有很多，我想跟你说的话还有很多。等上了初中要继续好好学习，千万不要早恋，不要逃课，等到以后上了高中……上了大学……还有还有……我还有好多话想对你说。

“小雨，要记住，以后不管去了哪里，都要记得……按时吃饭，十点前一定要睡觉，每天要吃一个水果，这样才不会生病，才能……”金语娇喉咙被哽住，从嗓子里使劲儿发出声来，“这样，才能健健康康地长大。”

“还有，你要是走路的时候看见一个老婆婆要给你喝东西，千万不要去喝，那个一点儿也不好喝，记得不要喝。”金语娇的泪水扑簌簌地落在冰冷的小雨身上。

“千万……千万不要喝，喝了就记不住阿姨了啊，你记不住我，阿姨去找你的时候，你就认不出我了啊。答应阿姨，一定一定，不能忘记阿姨，一定要记住我。”金语娇几乎发不出声音的嗓子咕噜咕噜地发出低沉的哭泣声。

“我所期盼的，不过是你小手握在我手里的片刻温存。我只要这点就足够了，我只要看着你就可以了。所以，你回来，让妈妈再看看你好不好？”

秦在川一步一步走出屋子，来到走廊，后背倚靠在冰冷的墙壁上。房间里是金语娇和吴晨撕心裂肺的哭声，那是失去至亲的声音。透过这声音，秦在川似乎看到了一幕自己从未真正目睹却想象过上千次的画面。

“她也曾经承受过这失去至亲的痛苦吧。”秦在川低声自语，“你弟弟死的时候，你是不是也是这样撕心裂肺地痛哭？”

他手里依旧紧攥着那截红绳手串：“如果齐四当年没逃脱，那么这一切都是可以避免的。”

秦在川抬起头像是对着空气说话，又像是对着什么看不见的人在说。他挺直身子，朝向屋内，深深弯下了腰，头垂落的一瞬间，一滴泪砸在脚下的瓷砖上。

“对不起。”

第二部分

—— 在昼犹昏 ——

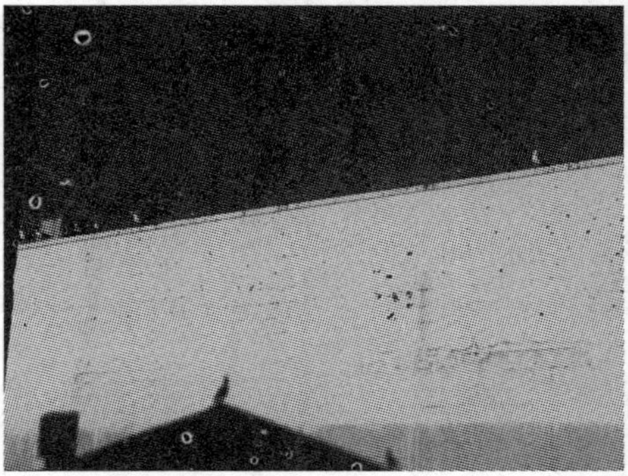

“今天有什么想说的吗？”

“我以为你会问，我为什么一直看你。”

“你不是一直这么看着我吗，从我小时候起，这有什么可问的。”

第14章　姐　弟

日子平淡地过了快一周，秦在川每天都在努力找些别的事做，分散自己的注意力，然而李漪漪说过的话、金语娇抱着孩子痛哭的场景却总是游荡在他的脑海。

他只要一看到警局的同事就会不自觉地想起工作，精神紧绷着根本没办法放松。秦在川一年到头也很少回家，从陈楼美那里获得安慰更是不可能。他一直想找个能说些平常简单的话语的人，这样的情况下，他想到了林海。不仅因为他是精神科医生，懂得怎么安慰人，更主要的原因是这些年他们少有联系，秦在川面对他时可以不用顾忌天天见面的尴尬，再加上亲情的维系，心里自然容易接受些。

周六上午十点，秦在川准时来到与林海约好的咖啡厅，林海还没有到。秦在川随便点了一杯咖啡后便看向窗外，脑海中的声音又响起了。

“你根本不配做警察。”他不自觉地皱起了眉头。

不知不觉，桌上的咖啡已经变凉，还保持着原样。林海的身影在窗外出现，他正关上车门朝这边快步走来。

“哥，”林海进屋后人还没来得及坐下便开口解释，“不好意思啊，今天早上突然有个病人情绪不太稳定，我实在是走不开。”

“没事的，我也来没多久。”

林海点好饮料坐定后，看着秦在川，两人一瞬间都有些许尴尬。还是林海先露出了笑脸，稍微化解了凝固的氛围。秦在川明白，他和林海之间的距离不是空间，而是十多年的时间。

“上次……”秦在川说，“当时因为有个很急的案子，所以说好了要一起去看外婆也没去成，实在不好意思。”

“家人间是不用说抱歉的。”林海和缓的语调带着职业性的亲切感，“案子现在解决了吗？”

“嗯。”秦在川点点头，语气带着迟疑。

“那太好了，”林海笑着说，“既然事情也解决了，不如我们吃完饭下午去看外婆吧，妈妈应该也在医院。”

“好。”秦在川答应，又问，“妈一直都在医院照顾外婆吗？外婆病得这么严重，我都不知道。”

“你不要太担心，外婆现在已经没有什么大碍了，主要是在医院休养，妈妈不放心所以经常会去看外婆。”林海解释。

两个人十分客气地你来我往说了几句，秦在川在迟疑该如何开口。

“其实……我找你来，是心里因为工作上的事情不太好受，也对自己的能力有了怀疑，所以想找你开导，你不是……专家吗。”秦在川目光落在眼前的咖啡杯上，没有直接看着林海，说到后来忍不住笑了。

林海显然有些意外，但随即明白了：“你能跟我说这样的话，我很高兴，我也会尽我所能帮你，就像弟弟对哥哥那样。”

秦在川抬起头，眉头不知不觉已经舒展了。

“我亲手抓了一个犯人，她杀了人。我本以为她是十恶不赦的罪人，所以拼尽全力也要把她捉回来，可是到最后我才知道，她做的一切只是为自己的孩子报仇。她的孩子被很残忍地杀死了，她无法心安理得地看着罪犯逍遥法外，也不相信警察，所以选择了这条路。她虽然杀了人，但比起被她杀的那个，她根本不算是恶人。而且，这案子如果我不开始，根本查不到最后，她的行为也会被掩埋，最重要的是……”

“你没有错。”他还没说完就被林海打断了，林海好像知道他接下来想说什么。“你并没有做错，你只是做了一个警察该做的事，犯人有罪，你捉犯人，仅此而已。不管她的理由是什么，她选择这样的做法就是错的，你也只能尽你的责任。相反，如果你不这样做才是错的。”

秦在川看着他，心里却别有一番滋味，当下只觉得林海还是太善良了。面对这样的林海，他没有说完的话更是开不了口了。

“如果……是由于我以前犯的错误才导致这一切的呢？”

“什么意思？”林海不解。

有人推开餐厅的门，顺带溜进来一缕风，吹过秦在川，让他有些清醒，他抬起头，马上换了副语气，勉强笑笑：“我是说，如果我能早点儿把杀死孩子的凶手抓进去就好了，这不是警察的责任吗？”说完手不自然地理了理衣领。

“你也只是一个普通人而已，管不了那么多的事。”林海说，“就算真的是你有什么错，比起懊恼，尽力补救才是应该做的。”

我已经在拼上我的性命去补救了。秦在川看着林海，只能在心里默默回答他的话，有胡楂的脸上显露出疲惫的笑。

“这也快中午了，我可是饿得不行了，咱们找个地儿吃饭去吧。”谈心似乎一下子把人拉得很近，林海也想和他多些交流。

秦在川一路驾车跟在林海后面，很快他认出这是往�庭大厦去的路。

停下车后，两人面前是一家规模不大的家常菜馆，门檐上一块仿古的横匾写着“平安如意”。

“你以前听说过这家吗？地方菜做得特别地道。听朋友说每周六都会有特色菜品，味道还不错。”林海边走边说，说话间目光似乎在搜寻着什么。这是之前赵苑玫给他推荐过的饭店。

秦在川低声笑道：“我平时哪有时间出来吃饭，也就组里破案立功的时候一群人出来胡吃一通，去的是哪儿也不知道。”

“其实我也是，”林海挠挠头，“忙起来也顾不得吃饭了，我姐都说我好几次了。”

“你跟赵医生怎么认识的啊？”两人坐定点好菜后，开始闲聊起来，秦在川对林海总是挂在嘴上的“姐姐”不由自主地感到好奇，“在美国的时候吗？”

“也不是，”林海说着不自觉地笑起来，“其实在国内就认识了，爸妈离婚后，我不是跟着爸去了上杭市吗，在国际学校准备出国的时候认识她的。后来我们又去了同一个国家，而且又是同一个城市。”

“原来是这样。”

“在美国，她上的是大学，我上的是高中。她毕业后在那里工作了几年，我因为学医，在大学读的时间久，所以直到她回国我都还没毕业。算起来，也有三年没见了。”林海说到这儿，声音变低了，“说实话，以前还没分开过这么长时间。”

“我记得你跟爸走的时候也就十二岁吧，还是个小不点儿，”秦在川忍不住想开玩笑，“肯定是你天天跟在人家后面，她才注意到你的吧。”

“哥，”林海打断他，“这你就猜错了，是她先叫住的我，不然我怎么可能主动和她说话？”

“讲讲看。”

林海回忆着：“一到上杭市，爸爸就给我改了名字，后来又说要送我出国，所以我就去了国际学校。那里老师说的都是英语，开始的时候什么也听不懂，我算是插班生，又是最小的，谁都不想搭理我。你应该记得，我以前根本就没什么朋友。”

说话间，菜已经上齐了，两人拿起碗筷。

“我还记得，那天下了很大的雨，我迟到了。我赶着跑去教室，跑到走廊时，看见她走在我前面，走得不紧不慢。开始我还在想怎么避开她，因为我实在是不知道怎么跟她打招呼。我两步跑到她前面，想在她之前进教室，那样也用不着说话了，却看见她脚上的鞋带开了。我都跑过去了，但心里想着她可能会被绊倒，还是停下来回头告诉了她一声。”林海说。

“说到底，还是你先跟人家搭的讪。”秦在川故意调侃他。

“我那时是真没想那么多，只是单纯怕她摔倒而已。”林海连忙解释，“说完后我转身要走，她就叫住我了，说让我等等她，和她一起走，她不想一个人进教室。我猜她可能是害怕自己被老师批吧，两个人总好过一个人，我就停下来跟她一起走了。就是从那之后吧，我们就渐渐熟了。”

秦在川低头笑笑：“赵医生看起来是个很和善的人，”他回想起和赵苑玫的上一次见面，她脸上也是带着笑，就像此时的林海一样。他看着眼前的人，恍惚间却又觉得不一样，“就是有点儿……”

“有点儿什么？”林海看秦在川脸色微微有些变了。

“啊，没什么。”秦在川意识到自己走神儿了，连忙把话咽了下去。

就是有点儿不真实。秦在川也不知自己为什么会有这种感觉。

快吃完的时候，秦在川端起茶杯，喝了一大口水漱了漱口。

“说真的，我觉得你变化挺大的，”秦在川身子向后倚着靠背，“性格、习惯都变了很多，是变得越来越好了。”

林海听到他的感慨，缓缓放下筷子：“其实，我的变化基本都是因为她。小时候爸妈老吵架，我也不爱跟别人讲话，所以很多珍贵的感情我都没有体会过，甚至连做决定的勇气也没有，爸爸妈妈要我怎么做，我也就照做了。姐姐让我改变很多，自信，成长，最主要的是让我有了勇气吧。”

“你本来就不是胆小的人，只是小时候过得太孤单了，这也少不了我的缘故，我没尽到做哥哥的责任。”秦在川内心涌上一股愧疚。

“那时你也只是个孩子，提什么责任。”林海换了副轻松的语气，

“小时候的事我记不清了，到现在爸爸也没有清清楚楚地告诉过我，为什么一定要带我走，其实我并不想和唯一的哥哥分开的。”

秦在川下意识地抿住了嘴唇，没有接话。

林海没有在意：“在上杭的时候，妈妈总是给我寄来很多钱，我平日里也不太在意，结果被流氓盯上了。我那时不敢跟爸爸说，和姐也还不是很熟，只好自己整天担惊受怕，钱都被他们抢光了，他们还是缠着我不放，我差一点儿就去偷别人的钱给那些流氓。”

“这么严重？”秦在川严肃起来，“然后呢？”

“然后，她就突然出现了。”林海说话间嘴角边的酒窝更深了，“在公交车上，不知道她什么时候上的车，也不知道跟了我多久，反正就突然攥住我的手把我拉下车了。当时如果再晚一秒，我的手就伸进别人的包里了。”

“如果那天她没有出现的话，我现在可能也不会坐着和你吃饭聊天了，或许我们会以另一种方式见面，你还是警察，而我是被你捉住的犯人。”林海的声音带着苦涩，秦在川不知该说什么。到底是怎样的情况，让林海被逼到去偷钱？秦在川此时比起惊讶更多的是自责。

“幸亏有赵医生。”桌上的茶有些变凉，秦在川过了半天才只说出这么一句话来。

“哥，”林海突然叫他，“你不用感觉内疚，”林海听出他的语气，安慰道，“这不是谁的错，每个人都会或多或少经历这些，只不过我比较幸运，有人拉住了我。”

“不过从那件事之后，我倒是发现她有个神奇的能力，就是无论做什么事都会很顺利，好像只要我跟她在一起，也能变得很幸运，所以我当然更不可能离开她了。”林海半开玩笑地说。

“能跟自己最喜欢的人在一起这么久的时间，你自然是很幸运了。”秦在川也说。

“不只是这样，”林海解释，“刚才我跟你讲的小时候被流氓找麻烦的事，结果你知道是什么吗？”

“不会是赵医生把你从流氓手里救出来了吧。”秦在川依旧带着玩笑的语气。

“也差不多，我跟我姐放学一起走的时候，又碰见那些流氓了，但那就是最后一次了。当时我姐还带了一个同学一起走，他爸爸是警察，来接他的时候那些人被逮个正着。”

“那真是太幸运了，不然被那些人缠上不知还会出什么事。不过听你这么一说，赵医生还真是个幸运星。”

“她把幸运给了我，自己却替我挨了一巴掌，那些人要打我的时候她挡在前面了。”林海说，“她也那么小呢，也不见她害怕。结果脸肿得老高，鼻血淌得满脸都是，我反倒是吓得一动都动不了，只知道躲在她身后。”

“她真的很勇敢，从来也没见她怕疼，”林海声音放缓，“看着她，我也能变得勇敢起来，第一次有了想保护人的念头，想要努力变得优秀，想要保护她。”

“秦警官？”

赵苑玫带着鼻音的声音从林海身后传来，林海几乎是同时转过了头，却被身后的一面隔板挡住了视线。

“赵医生，”秦在川看见她立刻起身，“好巧，你也来这儿。”

赵苑玫点点头又朝前走了两步，林海这时站起身，从赵苑玫眼里看去，他像是突然出现似的，她脸上不由得浮现惊讶，随即出现惊喜的神情。

“林海你也在，好巧。”

“快坐吧，别站着了，”秦在川在一旁说，“没吃的话，我们再点几个菜一起吃吧。”

赵苑玫抽出林海身旁的凳子，在秦在川对面坐了下来：“刚结束，送走一个病人，打算出来吃点儿东西，谁知道这么巧碰上了你们。你们有没有点只在周六卖的那个鱼啊？”赵苑玫拿起桌上的菜谱边翻边说。

“有心自然巧。”秦在川故意调侃地看了一眼林海。这里离筠庭大厦这么近，看样子赵苑玫经常到这里来吃饭，不用说也知道林海为什么非要来这里吃。

吃饭间，林海对秦在川说，可以让赵苑玫帮他开解一下烦恼，因为她是专业的心理医生，如果平时他有什么心结解不开，也可以去找她帮忙。

秦在川本不想麻烦赵苑玫，但既然已经提起来，他便又把之前跟林海说过的话讲了一遍。说话时，他第一次这么近地注视着赵苑玫，明明人就在眼前，可不真实的感觉却愈加强烈。

“我觉得林海说得对，”赵苑玫听完同样目不转睛地注视着秦在川，“我们每个人在社会上都有他的职责，或者说他所扮演的角色，秦警官你只要做好你该做的事就行了。”

秦在川觉得她的话总是很奇妙，每次都反复地盘旋在自己的脑海里，挥之不去，细想之下，那话又像有什么言外之意似的，可她又怎么会对自己刻意说有深意的话呢？

三人离开饭店的时候，天空已经飘起了雪花。

“下雪了。”

“宁海已经很多年没下过雪了。”秦在川看着雪花不禁感慨。

“姐。”林海停下了脚步，回头叫了声赵苑玫，手指向了路边。

赵苑玫顺着看去，是路边一个做煎饼果子的小贩。对于林海来说，这也是他很珍贵的回忆的一部分。

林海对身边的秦在川说，多年以前，在自己被赵苑玫拽下公交车的那一天，赵苑玫什么都没有问，只是拉着他在路上走了好久。后来在路边，她买了一个煎饼果子，给饿了一天的林海。

一个煎饼，加两个蛋。为什么是两个呢？林海经常想，是因为要把煎饼一分为二，给两个人吃吧。

第15章　匿名快递

秦在川和林海到外婆陈依曼的病房时，陈楼美也在那里。

除她以外，她的弟弟陈戚也在。他因为姐姐的缘故在桃华百货得了个闲职，整天游手好闲。秦在川看他带着一脸堆挤出来的笑看着外婆，突然觉得那神情像极了看到主人的狗，想到这儿他忍不住收回了目光。很快，他注意到了陈楼美身边的人，依旧整洁的西装，脸上看不出情绪。那是上次来警局找过他的成宇，秦在川记得他。成宇能跟着陈楼美到这儿来看望陈依曼，可见陈楼美对他的信任程度。

“这是栎阳吧？这小子真是没变样，这么多年过去了我还是一眼就认出来了。”陈戚看着林海，故意一副夸张的口气，把秦在川晾到一边。秦在川跟家里人关系很疏远，同样的，家里的亲戚对他也没什么好话，更何况他是警察，陈戚看见他总觉得心虚。

林海笑着点了下头：“我刚回来没多久，都没来得及去看看舅舅，医院里事情太多，实在是走不开。”

陈戚也极为客气地摆摆手：“做医生的每天忙着的当然比我重要不知多少倍了，这么多年没见你，还能想着我，我就挺满足了。”

“来，栎阳和在川，都到我这儿来。”陈依曼招呼着他们，语气虽然温柔，可听起来却并不慈祥。她头发已经花白，脸上的皱纹因为保养得好并不像同龄老人那样多，可神态也不像同龄老人那般尽享天伦之乐的样子。

“你虽然一直都是跟着你爸过的，不过应该还记着些小时候的事吧，那时候你舅舅还经常带你去我那儿玩呢。现在你回来了，也该多来看看我们这些家人，不然我还以为你把我们都忘了呢。”陈依曼半坐着，倚着枕头看着林海，语调一点儿也不急促，神态上也看不出见到久别重逢的外孙应有的欣喜。

简单说了几句后，陈依曼话题一转又问林海：“上次你来看我，我也没来得及问你这几年的情况，我记得前几年你不是出国了吗，怎么突然想着回来了呢？”

林海脸上始终挂着笑，他没想到分别这么久，外婆还惦记着自己：“读完大学后，我仔细考虑后还是决定回国工作，毕竟家人都在这里。一开始我是在上杭市实习的，后来医院在宁海开了分院，主任对我期待也很大，所以把我派到这儿来了，我这算是带着任务回来开疆拓土来了。”

“治病救人是好事，你平时就够累的了，别的事就不要操心了，公司的事，你妈忙得过来。如果你妈非要强塞给你什么公司的工作，一定要到外婆这儿来诉苦啊。”陈依曼拍着他的肩膀继续说。

林海没太听明白她说的是什么意思，觉得她应该是想让自己多休息，连忙一口答应下来。

说到这儿，陈依曼又转头看向一旁的秦在川：“还有你，你忙警局的事，一年到头也见不着人影，上次听说要来，结果又去忙了，这么些年下来，你回来看我们的次数我都能数过来，不知道的还以为你是故意躲着你妈呢。”陈依曼似乎是在开玩笑，只是话语中没有一丝笑意，让秦在川听了很不舒服。他不自然地笑笑，眼神不经意扫了一眼对面站着的母亲，陈楼美的神情突然让他一阵冷战。

“妈，咱们既然一直都在一起，他不爱回来，要躲也不是躲我一个，不是吗？”话语从陈楼美的口中说出，令秦在川感受到一股前所未有的寒意，甚于这寒冬的冰天雪地。

“当然，一家人当然是要捆在一起了。”陈依曼也神态自若半仰着头笑着说。

秦在川知道她们各自都话中有话，在场的应该也只有林海听不出来。可秦在川即使听到了，也不想费力去深究那话中的意思。他总是避而不见不是没有原因的，除了总想起小时候的事情来，她们之间的对话时时刻刻都在刺激着他的神经，即使工作压力几乎要把他击垮的时候，他也从来别想在家人这里得到片刻安慰。就像她们说的，明明是一家人，可印象中，大家似乎从来都没有好好说过话。

即使不是母子，秦在川也能看出陈楼美现在已经是在竭力忍耐了，他不能理解为什么陈楼美一定要在这里陪着陈依曼。秦在川听父亲讲过陈楼美小时候是怎么在陈依曼重男轻女的观念下长大的，再加上她们平时总是针锋相对的态度，他几乎可以确定两人不可能会有太深的感情。所以当林海说起陈楼美经常在医院陪床的时候，他难免感到惊讶。

“这位上次见面的时候也没来得及好好打招呼。”秦在川看向成宇，故意找了个话题想缓解一下屋内尴尬的氛围。

“你好，我是成宇。上次事态紧急，我想以后应该还会见面，所以就没有正式自我介绍，还望见谅。”成宇往前走了几步，伸出手。

“哪里的话，上次多亏您及时送来的东西，案子才得以解决。”秦在川也伸出手，和成宇简单地握了一下。

“这位是我们公司的法务部长，精通法律的人才。”陈楼美看秦在川难得对公司的人有些兴趣，说完这句还想再说些什么，却发现已经无话可说了。

“嗯。”秦在川点点头，目光忍不住又在对面的人身上多停留了片刻。

“要谢，您应该谢陈总，下面的人发现监控视频有问题后向我报告，本来是想报警的，是陈总要我一定给您送去，不放心别人还要我亲自去一趟。如果当时报警的话，或许被别的警局拿走也不一定，那样不知道多久才能传到您手里。”成宇解释。

“这样啊。”秦在川点头应着，朝陈楼美看去，感谢的话就在嘴边，可说出来却比想象的要难得多。

正犹豫着，一个护士敲敲门走进来：“陈依曼女士，有您的急件，送快递的人说一定要本人签收。”

陈依曼脸上浮现疑惑的神情，又看看陈戚和陈楼美，两人也皆是同样的表情。

成宇接过了快递，来回翻了翻，上面并没有任何署名。

“谁会给我寄东西？应该没什么人找我才是啊。”

“老太太，还是小心为好，来路不明的物品还是谨慎一些。”成宇担心快递的安全，“我来开吧。”

陈依曼没有拒绝，成宇小心地撕开快递，把里面的东西倒在床头的桌子上，其他人都不约而同地凑上前去。

秦在川对寄来的东西无意关心，突然陈依曼发出一声惊恐的大叫，刚准备要离开的秦在川连忙转身挤上前去。陈依曼此时脸色惨白，紧紧攥住被单的手不住地颤抖。

“怎么了？”几个人的声音同时响起，大家都不知发生了什么。

秦在川快步走到桌子前，桌上有一张他从没见过的男人的照片，一旁还有一个透明袋子。他拿起袋子，还未看清陈楼美便迅速一把抢走，连同桌子上的照片，一起狠狠地塞回了信封里。

陈依曼支撑着身子坐起来，抓紧了陈楼美的胳膊，死死地盯着她，颤抖的嘴半天才说出一句话来。

“是你！是不是？”陈依曼声音中带着怨恨，可转瞬间又换了副语气，像是要哭出来似的，不知在对谁大声喊叫，“不是我，不是我！”

成宇见这情景，转身问护士送快递的人在哪儿，护士说还在楼下，成宇马上跑出病房去找快递员。

“把照片给我。”秦在川看着陈楼美，声音中带着逼迫。

“你和林海先回去，有什么话回头再谈。”陈楼美攥紧了手中的信封，力气大到几乎要揉碎硬邦邦的纸壳。

“那照片上的人是谁？你们看了为什么这么激动？”

“快点走，别等我叫人来赶你。”

秦在川注视着面前目光同样坚决的陈楼美，使劲儿皱着眉努力回忆着刚才朝透明袋子一瞥看到的东西，好像是一枚药片和一支罐装的药液，可惜只有一眼，实在拿不准。

外婆还在大声呼叫，陈戚在一旁手忙脚乱，不知如何安慰她。林海看看外婆，又看看母亲和哥哥，也感到手足无措。秦在川和母亲僵持数秒后终于忍不住说：“还是先叫医生吧，你没看见外婆都成什么样了！”

“我让你快走！”陈楼美像是变了一个人，命令的声音甚至超过了陈依曼的尖叫。

秦在川看着神态狰狞的她，片刻前心里生出的温情转瞬变冷，扭头便走了。在医院的走廊里，他遇上了回来的成宇，连忙上前问他有没有追到送快递的人。成宇摇摇头表示没有，送快递的人早已不知所踪。

第16章　软　肋

“成部长，听说下午老太太受了惊吓，我今天来看她不碍事吧？”

傍晚，程丰易对着驾车的成宇好奇地问，车子马上就要开到医院门口。

“没什么大碍，老人喜欢胡思乱想，之前您说好了今天过来，要是不去反而让她怪失望的。”

“怎么回事啊？我听说是收到了什么快递，不会是恐吓信吧？”程丰易的眼睛几乎眯成一条线，近五十岁的他眼角的皱纹变得更加明显。

“我也不清楚，不过老太太受到点儿惊吓，又不肯让医生看，您待会儿可要帮着好好劝劝。”成宇依旧带着和善的微笑，落在程丰易眼中，更让他觉得这是个笑面虎无疑。

成宇在桃华集团的法务部能立住脚，没替桃华集团办成过几件大事是不可能的，程丰易和他哥哥程佳扬也是看中这个人嘴严、办事得力才大力提拔。桃华集团下面产业众多，许多拿不到台面上的事必须要有一个精通法律、有能力的人来善后，成宇无疑是最好的人选。然而随着成宇在集团的地位越来越稳固，程丰易也逐渐发现他似乎没有明显的站队，既帮助自己，也帮助哥哥，陈楼美更是极为重视他，久而久之三人竟没有谁能单独使唤动他。成宇平时面上做事公私分明，在员工中有着很好的形象，但程丰易每次看到他一副明明搅了浑水却还置身事外的样子就来气，成宇谦恭尊敬的态度更是让他觉得虚伪。

程丰易和成宇来到病房门口刚要敲门，里面传出玻璃破碎的声音，两人一对视，自知来得不是时候。

正为难之际，成宇手机传来震动，他低头看了眼手机，示意自己先去接电话，程丰易见状也准备先离开，可在转身的间隙他听到了病房里传出说话的声音，注意力一下子被吸引了过去。

程丰易看着已经走远了的成宇，轻声将门拉开一条小缝，向屋内侧了侧身子。

“是你，就是你，”陈依曼几乎是朝着陈楼美咆哮，“你害不死我，就想要吓死我是不是？你看我上了年纪不经吓，以为给我寄张死人的照片就能把我吓得一病不起是不是？我告诉你，没门儿！”

“我从来就没寄过什么照片，那档子事如今谁还想提？”

“哼，你那点儿心思我会不知道？你把两个儿子都留在身边，不就是想着把这些财产都让他俩继承，一点儿都不留给你弟弟。可惜啊，两个儿子谁跟你都不亲，秦在川要是知道他亲爸是被你害死的，你说他会不会把你抓进大牢？”

“你够了！”陈楼美突然大吼一句，把站在门口的程丰易也吓了一跳，“当年逼着我害死纪彦的是你，办法也是你想的，就算查第一个也是查你，你不怕，想鱼死网破我也跟你耗到底！”

“你到底有没有良心，我不过是想让你给陈戚留点儿财产，你至于绝情到这个份儿上？”陈依曼的声音中充满了愤恨。

“我没有良心？你们吃的、用的，桃华的股权，哪一样不是我给你们的？你要开茶社，如你所愿我给你开，赚的黑钱我一分没要过，陈戚要进公司，我也没有阻拦。可你不想想，我是冒着多大的风险才得来的现在这一切，可你们竟然一而再，再而三地逼我，得寸进尺想要全部夺走！先不说这些年你们打着公司的名义干了多少违法的事，单说陈戚，他出过半分力没有？我凭什么把资产交给他挥霍！”陈楼美激动的声音中带着哭腔，多年来对母亲和弟弟的一再容忍让她终于受不了了。

“你信不信我现在就给秦在川打电话，毒死纪彦的主意虽然是我出的，但却是你亲手做的。”陈依曼不依不饶地威胁。

陈楼美听到她的话笑了起来，声音中有着不顾一切的绝望：“你也不想想都用这个威胁我多少年了，如果他真的要抓，也是把咱们两个一起抓起来！反正我们母子的关系也不能再差了，抓就抓吧，我不在乎，不过这样做的唯一结果就是——公司，你、我和陈戚咱们谁都别想得到。”

“鱼死网破是吗？我告诉你，就算是你这条鱼死，我的网也不会破！我看你是忘了我从吴晨和齐四那里拿到什么东西了。”陈依曼的声音突然多了几分底气，陈楼美却哑言了。

程丰易在门口听得目瞪口呆，听懂了些，很多又听不明白。他跟陈楼美认识近二十年，却不知她背后竟还有这么多的事情。陈楼美的厉害程丰易是领教过的，十六年前，陈楼美、自己和程佳扬三人联手把走私案扣在当年的创始人之一梅挚头上时，程丰易就觉得这个女人不是善类，今天才意识到从前还是小看她了。

不过此时程丰易更在意的是两人提及的纪彦，他迫不及待地想要查清这其中到底发生了什么，因为这或许可以帮他一个大忙。他看着回来的成宇，朝屋内打了个手势，示意今天不宜进去，两人朝外面走去。

在车上，程丰易暗暗思量，几次朝成宇瞥去。直到成宇将他送回家，他也没有提及半句刚才意外听到的秘密，而是等成宇走了以后拨通了手下郑钧的电话。他几番思考，虽然成宇的能力极强，让他去调查肯定能第一时间得到自己想要的信息，但这样的事一旦被他知道，不知他调查中会不会牵连出其他事情，极有可能把所有的把柄都送到他手里，很难想象成宇日后会做出什么事。程丰易看得出，成宇的野心绝对不小，所以他找到了郑钧——同样在法务部，而且是自己许久之前就开始培养的人。

程佳扬从桃华集团的大楼出来时天早已全黑，他几乎一直是这座大楼最后走的一个，因为回家也只有冷冰冰的房间。他伸手从兜里掏出怀表，已经八点半了。

这块表曾经是梅挚特别宝贝的一块，那时他还开玩笑说，如果有天梅挚不要了就送给他。后来梅挚因为走私案被警方带走调查时，这块表被留在了办公桌上，他便收起来了。

即使到现在，他每次看时间，都会不可避免地走神儿。

一阵急促的震动从衣兜里传来，来电显示是家里新招的专门照顾李漪漪的保姆，一个年轻的女学生。

他紧皱的眉头更深了，电话还没放到耳边，就传来了女学生焦急无助的声音。

“程先生，您在哪儿？快来帮帮忙吧……”女学生说，“太太又在外面喝多了，她还不让我打电话，把我的手机抢走了，她现在喝晕了，我才有机会拿回手机，但我扶不动她，您快来帮帮忙吧。”

“我不是让你看着她不让她再喝了吗？”程佳扬忍不住动怒，声音中却带着一丝心痛，“你们在哪儿？”

程佳扬的银色奔驰在路上接连变道，几分钟便飞驰到酒吧。他推门进了包间，女学生试图摇醒李漪漪，但她伏在桌上沉睡不醒。

程佳扬从钱包里抽出钱让女学生打车先回家，自己把外套脱下披在李漪漪瘦弱的身上，然后就在旁边静静坐着，直到整个酒吧的喧闹声都暗了下去。他的目光一直没从李漪漪身上移开过，几个小时内却想了许多事。

李漪漪猛然惊醒，侧头看见程佳扬。整夜没睡，他的眼睛失去了平时的锐利，变得柔和了许多，唇边的胡楂也多了几圈，只有头发还保持着精神的样子。

李漪漪酒意消了大半，但还是有些头晕，她移开落在程佳扬身上的目光，故意无视他，用手撑着头。胃中像是有火苗在舔，她急需一杯凉水的浇灌。

程佳扬用手背把面前一杯温水推到她面前，也不说话。李漪漪抿下嘴，犹豫了下还是拿起水杯，喝了一口，甜的。不知道他什么时候去准备的。

两人的相处从结婚以来便是沉默多过言语，开始的时候程佳扬觉得虽然自己得到她的方式不那么光彩，但哪怕会让她记恨自己，总比她将来看着弟弟跟别人结婚要舒服。而且两人朝夕相处，怎么可能不生出感情？可他后来才意识到，李漪漪倔得就像一块石头，冰冷得也像一块石头，平日里很难对自己表现出半点温情，总是很冷漠。程佳扬知道问题的根源是什么，却更加无奈，无法改变也无法逆转的无奈，只能看着她日渐消瘦、日益敏感。他有时无法忍耐也会爆发，可怒气却让李漪漪对他除了怨恨还生出了惧怕。他知道李漪漪沉浸在往事中备受折磨，只好为她找心理医生，希望她能过得轻松些。谁料不久前却在心理医生那里碰上了跳楼事件，她受了不小的刺激，又被打回了原地，终日靠酒精麻痹自己，喝醉了喃喃说的也只有讨厌程佳扬之类的话。程佳扬一生没有做不成的事，只有这一件事似乎永远做不成，难道只有离开她的世界她才能好起来吗？他整夜没睡，无数次地问自己。

“知道我不让你喝酒为什么还出来喝？”程佳扬在一夜沉默后终于说了第一句话，李漪漪听后微微一怔，额前的头发飘落了几绺到眼前，低头继续喝水不作声。

程佳扬忍不住伸手想替她拂去，可这伸手的动作却让低头一直喝水的李漪漪一个激灵，身子向后缩去，以为他要打自己。程佳扬的手停在空中，片刻后只好收回。

李漪漪低头看着水杯里的水，不知道稍后是否会有一场无休止的争吵或是责备，她害怕听到别人朝她大声训斥，当下只想逃离，或者想要程丰易在身边保护她。因为程丰易说过的，不管他跟谁结婚或者跟谁在一起，心永远是在她这儿的，不管遇到什么问题，只要去找他，他就会保护自己。

“走吧，送你回家。”程佳扬的话有些出乎她的意料，打断了她的思绪，说完后他便起身准备离开。

李漪漪立刻放下手里的水杯，猛地站起。酒劲儿还没散去，她有些恍惚地又坐回了原处。程佳扬连忙回头扶她，把从她身上滑落的衣服重新披好后，用胳膊环住了她。由于头晕的缘故，李漪漪也没有挣脱，两人慢慢朝屋外走去。

清晨天微亮，太阳还没有全部升起，程佳扬驾车在只有零星车流的街道上行驶，快到家时路过了云山桥。

云山桥他永远记得的，这是他第一次遇见李漪漪的地方。车速慢了下来，他注意到桥下的小商铺已经开始出摊卖早餐了。

他侧头看了看装睡的李漪漪，朝桥下的早餐店开去。

“吃饭，下车。”

早晨的风吹得李漪漪精神渐渐清明，她依旧低头，一言不发地端着程佳扬给她点的热腾腾的鸡蛋汤，一口一口喝着。胃里确实比昨夜舒服了很多，心底的某个部位好像有些消融，程佳扬并没有想象中恐怖。

“你怎么不喝？”李漪漪看到程佳扬在干啃包子。五十多岁的他掺杂着银丝的头发在冷风中终于也不再抖擞，只是面容依旧硬朗，即使在市井中身上也没来由地散发出一种气度。

“身上没零钱了，昨天都给小敏打车了，大钱他们找不开。”程佳扬的语气不由得带上一丝无奈。

“你也会有没钱的时候。”李漪漪不禁被这番回答逗笑了，故意挖苦他。程佳扬听后眉头终于舒展，也笑笑没说话。

“你喝吧，我剩下的。”李漪漪还没把碗递到他面前，程佳扬便又把汤碗摁回了她面前：“你喝。”

太阳从江边升起，红彤彤的，看样子是个很好的天气。带着暖意的阳光洒在江边简陋的早餐棚和泛油的小桌子上，照在他们身上，李漪漪看见阳光中有热气汩汩地从桌上升腾，冬天的风在这里好像格外暖。

“我不是故意不按你说的做，”李漪漪吃饱后说，“不是你想的那样，你不让我喝酒我非要气你和你反着来。”

“我知道。”程佳扬回答得很简短，一边把李漪漪吃不动的包子端到眼前，自顾自地吃起来。

“我太难受了。”她的声音低下去，并不想在程佳扬面前过多提起金语娇的事，但想起来神情又暗了下去。

“我知道的。”程佳扬放下筷子，看着她垂下去的头，慢慢伸出手轻轻拍了拍她的脸。

李漪漪没有抬头，眼泪滴落在汤里，像是融化了的冰川，或者说是季节性暂时消融的冰川。

“我知道市里新建了一家疗养院，那里很好，也不会离家很远，等我忙完这一阵，我带你去好好休息，那里有温泉，有水疗，风景也很好。你想不想去？”

“我想问问赵医生。我去了是不是就见不到她了？我会想她的。”李漪漪敏感的神经对一切新的事物都很警惕。

“可以啊，你问问她，如果她愿意可以一起来。就是她建议我带你去做疗养的，这样对你好。”程佳扬依旧耐心十足。“我知道你害怕，但你记得吗？一开始我带你去见赵医生的时候，你不是也很犹豫？现在你都把赵医生当成你最好的朋友了。”

“那好吧，”李漪漪点头，“那我问问她。”

第 17 章　暗　查

仅仅一个多星期的时间，郑钧便查清了当年的真相，这样的速度让程丰易感到意外地欣喜。

调查的结果让程丰易惊讶。原来陈楼美在三十年前就曾经结过一次婚，对方是泰州市一家中型百货公司的老板，名叫纪彦，两人结婚没多久纪彦就因车祸死了。当时家属不同意尸检，警方最后得出的结论是工作压力大导致休克，然后引发车祸。那家百货公司是家族产业，很快被纪家人接管。当年事发突然，纪彦并没有立下任何遗嘱，所以陈楼美只分到了很少的一部分财产，公司的股权和不动产都被纪家人抢先占有了，那之后陈楼美就悄无声息地离开泰州市来到了宁海市。

“太奇怪了。”程丰易自言自语，“她如此争强好胜，怎么可能不去争财产？”

“确实奇怪，所以我又调查了一下那家公司。”郑钧回答，“百货公司在纪彦死后不久财务方面发生了严重的危机，当时的调查显示应该是内部人员所为，有人私制百货公司储值卡对外贩卖，同时又不在账面上登记，所以许久没有被发现，直到发生财务危机才一路追查到原因，可是当时负责人调查了全公司的员工也没有找到操纵者。”

程丰易用手摩挲着下巴，陷入思考：“陈楼美当时跟纪彦关系密切，一定可以得到许多只有内部人员才能知道的信息，三十年前公司管理制度也并不完善，她只要再买通几个人，这事就完全可行。”

“因为她只分到极少数的财产，别人都把她当作被纪彦兄弟欺压的遗孀而抱有同情，况且事后她远走他乡，调查公司财务情况时已经离纪彦去世过去了一段时间，所以没人把注意力放到她身上。”

“也许她分到的财产确实不多，但得到的钱绝对不可能少，不然她是不会这么安静地离开的。”说到这儿，程丰易突然背脊一阵发凉，“纪彦的死难道真的是……”

“我猜测是这样的，应该是她私制储值卡的事被纪彦发现了，所以陈楼美和陈依曼两人联手杀人灭口。只是年代久远，不管是私制储值卡这种经济犯罪还是谋杀纪彦，只怕很难找到证据。”

“据我所知，秦在川他爸十多年前跟陈楼美离婚后，就带着他们家小儿子秦栎阳去了上杭市，那这个所谓的‘纪彦’跟秦在川又是什么关系？”

“我去查了下陈楼美来到宁海市的时间，大概是1987年的秋天，之后不到一个月便和秦荀医生结婚了，秦在川出生的时间是隔年的春末，前后不到半年，就算是早产，时间上也并不可能。所以陈楼美的前夫秦荀应该只是小儿子秦栎阳的父亲，秦在川的生父另有其人，就是纪彦。”

“她真是丧心病狂，连自己孩子的父亲都能杀。”程丰易忍不住发瘆。

“怪不得她和秦荀离婚后又和梅挚搅在一起……嫁给不会生事儿的秦荀是想藏住秦在川，后来故意接近梅挚是找个有钱人盖住身上的财产。”程丰易觉得这女人的手段实在厉害，“能把一家百货公司险些给搞垮，她是一点一点搬走了多少钱？对了，查清楚纪彦的真正死因了吗？陈楼美和陈依曼究竟用的是什么方法，就连警察也没察觉？”

“这个还没有。纪彦当时是死于交通意外，我找到了当年的报道，说是在驾驶途中车子突然失控被经过的卡车碾过，警方最后的认定也是交通事故，所以除了她们母女俩，应该也没有其他人知道真相。”

“尽量查，看纪彦到底是怎么死的。我听到陈楼美说是陈依曼出的主意，陈依曼以前干过药剂师，她懂些医学，先从这个方向去查。”程丰易琢磨着，手指无意识地来回摩挲。

郑钧走后，程丰易独自坐在办公桌前翻着郑钧调查得到的档案，透过缥缈的烟圈，他突然想起了十八年前的梅挚。想到这儿，一直来回摩挲着的手指停了下来。

郑钧的档案里关于陈楼美的资料十分详尽，主要是三十年前纪彦的事，还有十六年前梅挚入狱后，陈楼美曾因担心梅挚的儿女有父亲留给他们的证据，找过两个小混混去要证据，结果梅挚的儿子梅远出了意外从冰面上落水淹死了，此事只被警方当作意外处理了，那两个小混混也被释放了。这部分调查因为年代久远，许多具体细节无处可查，十分模糊。

程丰易知道当年梅远出意外的事，但并不知道梅挚的女儿去哪儿了。而十六年前梅挚之所以入狱，正是因为陈楼美和他联手把走私案陷害给梅挚。那件事至今知道的也只有陈楼美、他自己还有帮他善后的程佳扬。

一阵铃声响起，他接起电话来，手机那端传来女人的哭声。

“漪漪？”他听出声音的主人，“跟我说怎么了？”

“丰易，”李漪漪泣不成声，“我们见一面好不好？我一个人实在太害怕了。”

“你别怕，我马上过去。”

程丰易挂断电话起身便往外走，一路拳头狠狠地紧攥，上车后他终于爆发似的大吼：“程佳扬，你给我等着！”

程丰易来到哥哥程佳扬家，李漪漪正趴在餐桌上，满屋的酒气，桌子上的酒洒得到处都是。程丰易缓缓伸展开紧攥的双手，走到她身边，轻轻拍了拍浑身颤抖的李漪漪，李漪漪条件反射似的猛地抬起头来。

一看到是程丰易，她终于不再默默流泪，而是放声大哭起来，一头扑进程丰易的怀里。

程丰易轻拍着她的后背，一边安慰她一边又感到深深的自责，双眼浮上一层水汽。

许久过后，李漪漪终于平静下来，她仰头看着程丰易，向来空洞的眼眸有了一丝情感。

“漪漪，你慢慢跟我说，到底发生什么事了？”

“程佳扬那个混蛋，他……他要送我去精神病院……”李漪漪说到这儿又哽咽住了。

“什么？”程丰易眼前立刻浮现出哥哥那张让人生厌的嘴脸，此时只恨不得狠狠在他脸上捣上一拳。

“丰易，丰易，”李漪漪突然紧紧抓住他的胳膊，“你要救我，你一定要救我，我根本没疯，你要相信我，是他故意要把我逼疯，然后把我送到没人管、没人问的疯人院。我知道他是怕我，他怕我到处乱说话，怕我把你们嫁祸梅大哥的秘密告诉别人，但我不会说的啊，我已经告诉他我不会说的，就算是为了你我怎么会把那件事告诉别人，我怎么会让那些警察来伤害你……”

李漪漪说着又哭了起来：“我差点儿上了他的当，幸亏我问了赵医生，才知道那不是什么疗养院，赵医生说那是给精神病人住的，去了就出不来了。你可千万不要告诉别人赵医生提醒我的话，那样程佳扬可能连她也不放过了。我唯一的朋友也被我连累了。”

“他不只想要逼疯你，他的目标是我，他想让我也疯。”程丰易的声音陡然提高了，整个人十分激动，“你放心，我会保护你，我不可能让他伤害你，哪怕让他消失也不会让他得逞。”

“他知道我不爱他，但他也并不爱我啊，为什么非要用婚姻困住我们两个？”李漪漪平静下来的情绪又被点燃，绝望的哭泣声又响起。“你带我走吧，好不好？你知道的，如果不是他用表哥和你威胁我，我们两个早就结婚了，我也不用像现在这样跟个游魂似的人不人鬼不鬼地活着，这一切都是错的……都已经过去这么多年了，梅大哥也早就死了，他想把我当成在你面前炫耀的战利品也该炫耀够了，他为什么还不肯放过我？”

程丰易泛红的眼眶里翻涌着泪水，又夹杂着一丝心虚。眼前毫无生机的李漪漪跟多年前第一次见到她时的活泼少女判若两人。

“他就是那样的人，只要我有一丝可能得到的，他就会不惜一切代价地霸占，公司是，你也是。就算不要了，也没有感情了，只要能刺激到我，他就不会放手。”程丰易的声音中充满着愤恨，往事一幕幕滑过眼际。

“我知道，”李漪漪说，“结婚是我的决定，我不会怪任何人，你为我做了太多事，跟他结婚保护你是我唯一能为你做的，但是……但是，太煎熬了。”

程丰易看向墙上挂着的李漪漪和程佳扬的结婚照，顿时控制不住地拎起桌上的酒瓶朝它狠狠砸去。

随着“哐当”一声巨响，相框的玻璃碎了一地，照片也从墙上滑落到地上。李漪漪被这一声吓得呆住了，可不等她反应过来，更令她感到害怕的事发生了。

第 18 章　桃华集团

玄关的门被推开了，程佳扬走了进来，一身高档西装和额前永远梳得齐整的头发让他显得格外年轻，可在其余两人的眼里像个衣冠禽兽。

程佳扬面无表情地看了一眼他俩，目光最后落在了地上破碎的结婚照上，微微停顿后，他又看向程丰易。

“滚出去。”程佳扬的声音平静得出奇。

“程佳扬，你折磨一个女人算什么，从今以后任何事情都朝我来，咱们之间的事再也不要扯到别人。”程丰易握住李漪漪的手，在程佳扬灼灼的目光下显得格外坚定。

“自身都难保了还想保护别人？”

程丰易听完这句话，握着的手突然松了，李漪漪不解地抬头看着他。

程佳扬看在眼里，露出不屑："别忘了，你答应过我，只要我活着你就得听我的，除非，你有本事让我死，那我无话可说，公司、女人都给你，你以为我稀罕这么个残花败柳。"说完他瞟了一眼还在发抖的李漪漪，裤兜里的手却紧紧握成了拳头。

"你放过她行不行？你无非就是想向我炫耀你得到了她，我没有。但她是人不是东西，你究竟还想折磨她到什么时候？"程丰易被愤怒冲昏了头脑，可此时即使有天大的怨恨，他也因为各种牵制无法全部发泄。

"你本来有得到她的机会的，你为了什么放弃她你自己知道。"程佳扬一副淡然的口吻。这话他从未在李漪漪面前说过，怕伤了她的心，但今天不知道李漪漪为了什么又去找程丰易，他的理智有些失控了。

李漪漪眉头一皱看着他们，程丰易嘴唇紧抿，无话可说的样子让她忍不住收回了手。

"滚。"程佳扬吐出一个字，程丰易本来还想反驳，被李漪漪拉住，示意他赶紧走，程丰易无奈地凝视了李漪漪片刻，最终还是离开了。

屋里只剩他们两人，还有一地的玻璃碴，刚才弟弟和李漪漪紧握的手像是符咒一样定格在程佳扬脑中，挥之不去。

李漪漪撑着还在颤抖的身体，蹒跚地经过他，走回自己的房间。程佳扬仍然立在原地没有动，目光停留在那张破碎的结婚照上，许久没有离开。

第二天一早，程丰易来到了程佳扬的办公室，不再是昨日怒不可遏的样子。

"你跟她离婚吧，哪怕是为了她能多活几年。算我求你。"程丰易低头了，这是他最后的妥协。

程佳扬笑了一下，依然低头边看着手里的文件边用悠闲的语气说:“记得吗,你曾经求过我一次。”

程丰易当然记得,在十六年前走私案暴露时,他跑来求哥哥救自己。说来也矛盾,明明自己是为了对抗哥哥才去走私积攒资金,可出了事唯一能想到的庇护还是哥哥。当年他无路可走,才想到哥哥是自己唯一的亲人,所以他低头了,求他为自己善后。可也因此永远被他握住了把柄。

“你求我,所以我答应了你,为了救你,把我最好的朋友都搭了进去。”程佳扬故意带上讽刺的语气继续说,“如今你又来求我,让我把我老婆搭进去。”

程丰易看着他,语气开始冷下来:“你好意思说梅挚是你最好的朋友?你当年跟梅家的两个孩子关系那么好,梅挚死后,他老婆精神不好,两个小孩没人管才出了意外。梅远那么小就死了,梅雅到现在都还下落不明,你说这话我听着都觉得好笑。你可真虚伪,你之所以帮我,还不是因为你自己打心眼里就想让梅挚消失,除了梅挚没人能阻拦你开发地产。你之所以不去揭发伪造签名的陈楼美,是因为你手上有鉴定专家的报告,你可以把她的短处握住留着以后再用,陈楼美是有她的目的,但还是顺便帮了你的忙,你当然不会去揭发她。而我因为走私,把柄就永远留在了你手里,你拿着当年货物被扣的海关证明就可以处处为难我,逼着漪漪嫁给你。我去求你正中你的下怀,让你得以制衡我们所有人。”

“梅挚家破人亡到底谁是罪魁祸首?”程佳扬被他的话激怒,大吼着说,“你也敢这样说,如果不是为了救你……”话音戛然而止,程佳扬被自己的情绪哽住了,怔怔地看着弟弟,他从来没想过原来自己的亲弟弟一直是这样想的。

许久,程佳扬闭上微微发热的眼眶:“既然你执意想让我离婚也可以,但你也要答应我一件事。”程佳扬很快平复好情绪,倚上椅背看向他，“你也离婚，然后马上娶她，你只要能做到，我也绝对说到做到。”

程丰易怔住了，这件事，偏偏他做不到。

程丰易的老丈人佟万青是宁海市最大的建筑公司——兴业建筑的老板。他的妻子佟琴是佟万青的独生女，兴业建筑的继承权将来全部都会归佟琴所有。程丰易现在负责的就是桃华地产公司，建筑业和房地产关系密切，如果没了他老丈人这棵大树，他有许多事都是干不成的。

“没话说就出去，如果你真的像自己说的那么在乎她，为什么又娶别人呢？”

“那是因为你们已经结婚了！我有什么办法？”程丰易大吼，脸色因为愤怒而涨得发红。

“你不要以为没人知道你早就和佟家定了婚约。”程佳扬打断愤怒的他，“不是所有人都跟李漪漪一样傻，只知道相信你。如果我不娶她，难道眼睁睁让她看着你娶别人？这么多年你不敢说，我怕她知道后受刺激也不敢说，替你隐瞒，这反倒让你成了她心中的好人，我是那个横刀夺爱的人。”

程佳扬没有说谎，他早就知道弟弟和佟琴的婚约，为了不让李漪漪对弟弟失望，宁愿自己去做那个横刀夺爱的，故意让单纯的李漪漪以为如果不嫁他，他便会揭发程丰易。至于程丰易娶了别人，也是因为李漪漪自己结婚在先，他才只能这样做。

程丰易气急败坏，但又哑口无言。他愤怒是因为程佳扬说得都对，无言是因为被人道出了自己一直想掩藏的实情——他确实为了在集团的地位，放弃李漪漪在先。

程丰易离开了哥哥的办公室，重重关上门后，他倚靠在门上。愤怒和多年的忍耐、生活的压力一齐浇灌过后，脑中只剩一个声音在盘旋：要是程佳扬不存在就好了。

又是一夜未眠。程丰易看着身边的女人，越发觉得自己陷在冒着泡的沼泽里，每一秒都在下沉，越要挣脱反而被困得越紧。佟琴喜欢他，他早就知道，即使在自己和李漪漪恋爱时，他也为着私心没有拒绝过佟琴，所以当佟家提出订婚的时候，他没有拒绝。而现在他更不能与她离婚。建筑业和房地产同根同息，如果不是明确规定房地产开发公司不能用自己家的建筑公司，他也不用如此重视和佟琴的这层关系。他们结婚后，她父亲的兴业建筑成了他最大的助力，多年下来双方也都从这块肥肉上得了数不清的好处。一旦离婚，感情破裂还是次要的，中间层层利益牵扯，哪根筋也动不得。

然而，每天对着不爱的女人展露笑脸，最爱的人却在另一个沼泽里受苦，长久下来程丰易的精神已经疲惫不堪。更折磨人的是，明知道这一切都缘于自己的懦弱和自私，却丝毫没有破解的办法，只能原地把壁垒越筑越高。

他疲惫极了又无法入眠，冬日破晓前是最寒冷的，卧室厚重的窗帘把即将要升起来的太阳遮得微光不露，他干脆起身来到客厅，点上了烟想冷静一下。

他突然想起很久以前，那时他和哥哥程佳扬、梅挚、陈文远四个人还很年轻，不过二十岁出头，正是大好时候。梅挚和程佳扬是大学同学，程丰易则因为学习不好没考上大学，只上了一所中专学校，陈文远就是他在学校认识的好朋友，也是因为陈文远，他认识了李漪漪。

四人毕业正赶上二十世纪八十年代中期，改革开放的春风刮得最强的时候，程佳扬是个极有远见的人，他和梅挚又都是学过工商管理的大学生，两人商量一番后，决定也顺着潮流下海自己干。但他俩都是穷学生，根本没有创业的本钱，程佳扬让弟弟程丰易劝服了陈文远一起下海。陈文远家原本就是开酒店的，那时的老筠庭酒店便是他父亲经营的，陈家虽算不上是豪门但也绝对是富贵人家。

有了陈文远家的资金投入，他们有了启动资金。程佳扬和梅挚看准了零售行业，心中有了在宁海市建立第一所特大型百货商场的蓝图。刚开始时举步维艰，平时为了面子上够排场，生活上能省则省，累了一天下来四个人只能分几个馒头吃，天寒地冻的季节只能靠猛灌热水强撑着。

那已经是很久很久以前的事了。程丰易用手轻揉着太阳穴，又一阵痛楚向他袭来。

终于百货公司初具雏形，名字是梅挚给起的，桃华。桃之夭夭，灼灼其华，他们希望公司能像春日里无比灿烂的桃花一样，在经过漫长的冬天后盛开。但那时他们还不知道，等公司的冬天过去时，属于他们的冬天才刚刚来到。

就在桃华步上正轨不久后，陈文远父亲的筠庭酒店因为经营不善破产。三人深知酒店对陈文远的意义，便有了买下那所大楼跨足酒店服务行业的计划，可业务的快速扩张造成的后果难以预料，程佳扬和梅挚考虑多方面因素，对发展酒店服务行业持观望态度。但陈文远不顾后果执意如此，程丰易则选择坚定地站在陈文远一边。最后不管是出于情义，还是出于公司发展前景考虑，他们四人还是决定投标筠庭大楼，结果那次感情大于理智的决定导致桃华百货的资金链险些中断，四人也因此第一次生出了隔阂。

再之后公司股份制改革，成立了董事会，经过协定，程家兄弟和梅挚分别获得董事会股权的百分之十三，陈文远占百分之十二，但筠庭大厦全权归他所有，四个人的股权共占董事会的百分之五十一。虽然股份分配得公平合理，可在他们心中，这意味着分家，四人都觉得彼此之间的距离被那些具体的数字拉远了。

之后的是是非非，无外乎是因为大小决策触犯了自己的利益，他们也不再是当年做事先为对方考虑的兄弟了。

真正让他们四个越走越远的原因，是心不在一处了。

至于李漪漪，程丰易第一次见她的时候，她还是十岁大的小姑娘，放学后来学校找表哥陈文远玩。等十年后程丰易功成名就时，李漪漪正是最好的年龄。

程丰易此生最后悔的事，就是让程佳扬认识了她。

"哥，我今天带你去见一个人。"那是程丰易第一次介绍程佳扬和李漪漪认识。

程佳扬只是觉得那天的天气很好，难得是冬天里很暖和的日子，正想出门走走。他一直有摄影的爱好，随手带上了相机。

那时的云山大桥并不存在，有的只是云江上的一座石桥。程佳扬在桥上四处寻找着最佳的镜头，全然没注意弟弟在一旁都说了什么。就是那个时候，镜头里走进了他见过的最赏心悦目的风景。

在他摁下快门定格人物的一瞬间，程丰易对他说："来了，就是她。"

之后的事是程丰易始料未及的，哥哥程佳扬出现在李漪漪面前的次数越来越多，程丰易没有想到，像他哥哥那样除了事业对什么都冷冰冰的一个人，会喜欢上这么一个小女孩。

因为李漪漪，他们两个的关系真正开始受到了影响。

当时，以程佳扬为首的许多董事一致看好房地产的发展前景，梅挚却不同意，他觉得现在走得太快了，同时涉足零售业和酒店服务业已经不易，站稳脚步把百货公司做大、做强才是当务之急。程佳扬觉得他没有眼界和决断力，眼下的时机不抓住只会让别人抢占先机。无奈两人股权相当，支持梅挚想法的董事也很多，程佳扬的方案迟迟没法儿通过。

但程丰易知道这个决定他哥哥迟早要做，既然做就一定会推举人选专门负责房地产。如果能拿下房地产，势必能压过程佳扬一头，程丰易的最初想法只是这样而已。所以，他才会私下里为获得房地产经营权而尽一切可能努力着。和佟琴在聚会上认识是偶然，程丰易即使心里喜欢李漪漪，但还是为了那些可能性给自己铺好了路，从来没有拒绝过佟琴。

他深知，想要获得更多股东的支持需要大量资金，但他本身是没有太多可动用的资金的。在最终下定决心走私前，他只是做了准备工作便犹豫了，更没想过这简单的准备工作会被陈楼美发现。

和陈楼美约见前，程丰易做好了最坏的打算，可陈楼美的反应却出乎意料，不仅不打算揭发他，还说要帮助他。

“我不知道你在盘算什么，但这是违法的事情，我也打算就此收手，你就不要再想了。”程丰易不想和梅挚的秘书搅到一起，他甚至怀疑是梅挚让她来套自己话的。

“就算你现在想收手也晚了，如果你不答应我继续做下去，我马上就到检察院揭发你。”

“你到底想要什么？也想从中分到好处吗？做这个来钱确实快，但风险太大，我不能冒险。”

“你不用担心，我已经替你想好了办法，正是因为风险大，所以才要提早找好替罪羊。”

“你什么意思？”

“我手上有梅挚所有的印章，他的签名我可以模仿到连他自己都分不清，用他的名义进行走私不就行了？”陈楼美真的很会说服人，她这个办法正好可以解决程丰易最头疼的问题。

程丰易只知道她和梅挚关系密切，公司不少人传他们的闲话，却不知道他们背后到底有什么隐情。

“放心好了，不是他叫我来试探你的。我其实也不为钱，就只是单纯想报复他而已，他迟迟不肯跟他老婆离婚，我不会让他好过。程总，这事如果您做，完全可以帮您解决燃眉之急，筹够资金，如果您不做，还让程佳扬知道了，事情又会变成什么样呢？”陈楼美的心机在那个时候就毫不避讳地显露了出来。

“丫头片子，敢威胁我？”程丰易气不过被她这样牵着鼻子走，却偏偏被她拿了短。这件事绝对不能让程佳扬知道，那样不仅地产的事全泡汤了，说不定他还会把自己送去法办，借此除去情敌。

因为梅挚和程佳扬交好，程丰易对他积怨已久，况且梅挚在的话，公司要发展房地产行业不知要拖到什么时候。不如就这样做吧，他心想，况且走私也未必会真的暴露，可能梅挚从始至终什么都没察觉事情就结束了。

就这样，程丰易和陈楼美联手了，进行的所有交易都在陈楼美的帮助下，改成了梅挚的名义。

程丰易通过走私获得了大量资产，可好景不长，有一批货被检察院听到了风声，事情暴露只是时间早晚问题。虽然有梅挚这个挡箭牌，但毕竟刚开始的时候是有他的痕迹的，而且他对陈楼美不放心。很快，他又从熟人那里得到信儿，果然自己被注意到了。程丰易慌了手脚，想来想去，只好去求程佳扬，反正也已经露了马脚，程佳扬要把他送去法办也跟被带走没区别，说不定他能看在亲兄弟的情分上帮自己一把。

程丰易费尽了口舌，就差给哥哥跪下了，程佳扬最终答应了他。程佳扬动用了所有的人脉关系，买通了笔迹鉴定专家，把梅挚逼得百口莫辩，就这样保住了程丰易。

程丰易虽然躲过了那一次，但代价却远比他想象得要大。梅挚的入狱让程佳扬发展房地产的计划顺利实施，而程丰易不可能再去跟程佳扬争夺那个位置。程佳扬不仅顺理成章地成了负责人，而且走私货物被海关扣押的相关文件也在他手上，他说什么自己就要做什么。更让他心痛的是，他永远失去了李漪漪。程佳扬是一箭双雕。

程丰易觉得自己生活在一个充满了谎言和威胁的圈子里。

而充分利用了这件事的，不止程佳扬一个。

梅挚直到入狱前最后一刻最信任的人还是陈楼美，这也归功于她精湛的演技。梅挚察觉到了是最好的朋友联手在背后捅了自己一刀，他失望之余最放心不下的是两个孩子。那时他的妻子韩静精神已经出现了问题，孩子们又太小，根本没能力保护好自己。他把希望都放在了陈楼美身上，相信她会照顾好自己的家人，于是快速地跟她名义上结了婚，让她以家属身份获得了他的财产，包括公司的股份。这是他在所有兄弟都背叛的情况下，能想到的保护家产的唯一办法。

反应过来的程家兄弟不可能让她钻这么大一个空子，不管是为了谁也不能让她进公司坐上梅挚的位置。然而陈楼美的胁迫比程佳扬的更甚，在走私这件事上，她知道全部的经过，一旦她告发，即使自己被牵连却也能让程家兄弟谁也跑不了。陈楼美是一箭三雕。

陈文远看梅挚入狱本想相救，可因为妹妹夹在程家兄弟之间，他无法为了梅挚放弃家人，看着昔日好友斗得不可开交，最终他宁愿选择退出，哪边也不站，�庭大厦也无心经营了。曾经亲如兄弟的四个人，到头来被彻底冲散了。

程丰易和佟琴最终结了婚，在佟家的帮助下，这些年程丰易终于在桃华地产有了一席之地，只不过只要程佳扬一句否定，他的全部计划都无法实施。程丰易被他压制多年，忍耐多年，已是忍无可忍。后来随着桃华名下几个产业的合并、桃华集团的形成，程佳扬竟然主动把房地产交给他负责。程丰易本来觉得欣喜，程佳扬却告诉他，自己需要管理集团总部，房地产发展的大好势头已经过去，就把吃剩下的留给他玩玩也没什么不可。

新仇旧根，经年累积，血缘的捆绑反而成了束缚。

“起来了？”佟琴阴冷的声音突然打断了他缥缈的思绪，程丰易定睛看了看窗外，日头早已升得老高。

“嗯。”程丰易把快要烧到指头的烟头掐掉，起身看着妻子，烟灰缸里已堆满烟蒂。

“心情不好？”

“没有。”

佟琴走到他身边，手轻轻搭在他肩上：“在我的身边睡不好觉，在那个贱人身边就能睡着了是吗？”

“你说什么呢？！”程丰易厉声反驳她。

佟琴笑笑，面色平常地看着他说：“说什么你自己清楚，我只是想提醒一下，你现在还用得着我的时候就给我放老实些，再跟那个女人不清不楚，就算我不说什么，你哥恐怕也不会让你好过。”

见程丰易没说话，佟琴继续阴阳怪气地说：“北边那些廉租房倒塌，我爸刚派人去安慰住了要上访的居民，你说你哥知不知道那批房子是你搞的鬼啊？”说完还眨眨眼看着他。

“佟琴，你……”

“你放心，只要你别再跟李漪漪走得太近，我是不会怎么样的，不然的话，你猜你哥知道他把这么大的房地产公司交给你管理，你却和建筑商一起私扣资金，偷换材料，成了居民房倒塌的罪魁祸首，他会怎么想啊？”

佟琴的声音像是一座钟发出的巨响，震得他神志清明。又是程佳扬，无论是谁，不管想让自己做什么事，都能用他来胁迫自己。这一切都是程佳扬的错，若是他不存在，就好了。

程丰易捏紧的手突然放开了，脸上的冷漠也渐渐消散。

“佟琴，这是说什么话呢，咱们夫妻，有什么事不能商量着来吗？”

佟琴冷笑一声，手依旧搭在他肩上：“你还记得我们是夫妻就好，记住我说的话。”

她离开后，程丰易脸上的笑容也很快消失，那个想了不知多少个夜晚，逐渐描绘清晰的念头，此时无比深刻地烙在他脑子里。那是他无数次推翻又重立，琢磨了上千次，把每一个细节都打磨得不能再精确，最终得出来的一个想法。一个可以暂时让他和爱的人都喘一口气的计划。

他来到车里，确定周围没有任何人能听到他的声音后拨出了一个电话。

“郑钧，你确定陈楼美谋杀纪彦用的就是这个方法？”

“没错，本来因为过去太多年证据不好找，但您上次说陈依曼在医院收到过一封快递，看了以后极为惊恐，我从那个下手才找到了启发。”

“那就好，几件事尽快准备一下。”程丰易直直地盯着前方，目光散出前所未有的寒意。

第19章　告　别

这几天程佳扬感觉事事都不顺心，从小到大弟弟的无理取闹已成常态，这次更是无所忌惮直接冲到了他办公室里来闹。然而，每次出事后都是他去给弟弟善后，当年走私的事是，现在廉租房倒了居民闹着要上访的事也是。

公司里的事足够让他烦心，从会议室出来时已经接近下午了。胃里似乎有火苗在一点一点舔舐着，他看着酒柜里的酒瓶，强忍着才没有灌下一肚子酒把这怒气熄灭。他掏出怀表看了看，已经一点了。

“程总，这份文件本来要副总签的，下面急着要，但他不在，您看怎么办？”秘书的声音打断了他的思绪。

他已经一个多星期没有见到程丰易了，接过文件他忍不住问：“副总去哪儿了？”

“他手下的人说他去出差了。”

程佳扬听后又是一阵火大，廉租房倒塌的事还没完全解决，程丰易又想做缩头乌龟，把事情扔给自己解决。为了给程丰易善后，几天的忙碌把他搞得疲惫极了。倒塌事件天天上新闻，兴业建筑找去的人没起一点儿作用，反而激化了与居民的矛盾。为了安慰群众，他接连派去了公关部几个能手，又承诺赔上相当可观的一笔钱，对方才暂时罢休。

除此之外，前几天他在电梯间遇到一个从未见过的，自称法务部的员工，突然说要约他在公司外见一面。

“是性命攸关的事，还请您务必要来。”

他留下这样的话，让程佳扬没法儿不在意。他去了一趟，听了许多话，感觉思绪有些放空。

更糟心的事在回家路上发生了，天下着寒雨，他的车子中途突然熄火了。十一月的寒雨冷得刺人骨髓，他在路边联系保险公司拖车，全身都淋湿了，无比狼狈地回到家时已经比平时晚了许久，没想到开门正巧和李漪漪打个照面。她看起来还是没有什么精神，可一瞬间程佳扬竟生出了一种她是在此处等自己的错觉。

只顾打喷嚏的他也来不及和李漪漪说话，从她身边走过时，“你记得吃药……注意身体”，李漪漪的声音打断了他匆忙的脚步。

他停下来，却并没有转过身：“你也注意身体，别感冒了，也绝对不能再喝酒了，听我的话。”

“我没有再喝了。”

“那就好。”程佳扬说完便径直走回自己的房间，只留给李漪漪一个背影。直到很久以后，李漪漪也总觉得当时那背影，像是在和自己告别一样。

桃华集团，桃华地产，程佳扬，程丰易，这些名字最近半个月来在媒体上出现的频率陡然间增多，自从廉租房倒塌事件曝光以来，几乎每天都可以在新闻上听到相关的消息，无非是桃华集团方面推卸责任和居民抗议不满两种。

秦在川拿着一块怀表，金色的表身在白色手套的映衬下，像是在无声地叙述着什么。身后是云江江畔，他仰头看了看云山大桥，由于汽车的猛烈冲撞造成断裂的护栏还在空中悬着，黑暗中那像是某种生物的利爪，无情地伸向昨夜经过这里的人。

太阳还没升起来，天阴得像是落日后的傍晚，清晨的凄寒能穿透人的皮肤，干巴巴地刺进人的骨子里。从半个月前开始的寒雨一直下到昨天才停歇，不知是不是故意挑了这个难得的好天气，昨天晚上云山桥发生了一起重大的交通事故。

“身份已经可以确认了，就是程佳扬。”周路向他挥了挥手里已经被浸湿的驾照，身旁是刚被打捞上来的汽车残骸，几个警员正在忙着取证。

秦在川点点头，程佳扬的这块怀表他是见过的，因为表身设计很独特，以前一起吃饭的时候他有特别留意。

江上的搜救船依旧来来往往地作业。“都捞了一晚上还没找到人吗？”秦在川看着茫茫的江面问。

“天黑本来就进行得慢，再加上云江这么急，冲到哪儿去都是有可能的。”周路觉得程佳扬生还的可能性几乎是没有的。

秦在川没有说话，算是默认，这个季节的江水即使淹不死人也能冻死人，这是常识。

“通知家属了吗？”

“李漪漪那边已经接到了通知。走吧，大冷天别在这儿杵着了。”周路边搓着手边朝车快步走去。

“嗯。”秦在川也跟上，脚下却在踟蹰。上次的事不知道李漪漪消气了没有，再见到自己她会不会情绪更激动？

李漪漪家坐落在市南的别墅区中，隔着花园和电控的铁门，豪华精致的别墅映入眼帘。虽是冬天，但道路两旁的万年青依旧绿得深沉，树杈修剪得整整齐齐，迎接着前来的客人，没有一丝凌乱，也没有一丝生机。

开门的是上次秦在川见过的那个学生模样的姑娘，看样子她已经代替金语娇在这里照顾李漪漪了。她引着秦在川和周路进屋就座，李漪漪自始至终坐在客厅的沙发上就没有动过，双眼没有焦点地盯着前方。

空荡荡的屋子一片冷清，只有茶几上摆放的一瓶白梅给屋里添了些许生气。秦在川和周路一对视，明白以李漪漪目前的状态，说错了什么都可能会刺激到她。

“漪漪姐，程总的事我感到很抱歉。”秦在川看着她说。

“不用抱歉，他的车子只是掉到江里去了，人不是还没找到吗？”

“对，”周路接过她的话，“人还没找到，这江上有不少渔家，说不定已经把他救上去了。”

秦在川点点头：“人既然还没找到就不能说明什么，我们不会放弃搜寻的，你不要太难过。现在需要向你了解一些情况，这些对案件都是有帮助的。”

李漪漪看了一眼秦在川。一切都发生得太突然，她只觉得最近半个月程佳扬好像一直很忙，以前他再忙，李漪漪在家里也总能见到他，她已经习惯在家看见他，哪怕是在自己身边做着无关紧要的事。她本来还想问他感冒怎么样了，自从两个星期前看见他打喷嚏，她每天都想问，可犹豫再三拖到现在，那话也终究没能问出口。

“昨天晚上程佳扬回来了吗？”秦在川开始询问，时刻注意着她的反应。

“我不清楚，总之我没有在家里看见他。”李漪漪无力地说。

“最后一次见到程佳扬是什么时候？”

李漪漪想了想说：“昨天早上他出门的时候，之后就没再见过了。”

“昨天晚上你在哪里？”

“出去逛街了，保姆一路陪着我，我回来时家里也没有人。”

“他没有回来，你不打电话联系他吗？”

“他做什么是他的事，我过我的，他过他的。”李漪漪的语气听起来有些赌气的意味。

“他有多久没回来了？”

“他每天都会回来，只是什么时候回来的我也不清楚，可能在忙公司的事吧，最近公司不是出事了吗，到处都在传。”李漪漪的语气像是在讲完全不相干的人和事，而不是自己家的公司。

“所以你昨天都没有试着联系他吗？”

李漪漪本来就心烦这个问题，被秦在川揪着问个没完，不由得讥讽：“你难道平时没事会联系你妈吗？”

秦在川一时语塞，周路急忙把话题岔开了。

“程佳扬平时有没有服用类似安眠药的药物，或者最近这段时间因为工作压力大而很疲惫？”周路觉得车子在路上突然失控冲到江里，不排除疲劳驾驶的可能。

“他从来不吃那些东西，而且他工作的事我一概不清楚，不过……”李漪漪说到这里似乎有些犹豫，秦在川看到后马上要求她把话说完。

“最近他有时候会避开我去接电话，以前他倒是从来没这样过，不管公事还是私事他都是当着我的面接，因为我从来都不关心，也不会去听。”

“你记得他都说了什么吗？”

“他都是离开房间打的电话，说的什么听不清楚。”

“他平时有没有一些不良的生活习惯？像是酗酒之类的。”周路又问，话一开口他才意识到，说起酗酒应该是李漪漪更甚。

“他酒量不错，酗不酗酒我就不知道了。不过烦心的事多了，难免会借酒消愁吧。”

这时保姆端过来一些切好的水果放在桌子上，秦在川观察着她，保姆二十岁左右的样子，像是兼职打工的大学生，她放下水果后就回到了厨房。

“金语娇离开后，吃饭还习惯吗？”秦在川看着保姆离去的方向问。

“不习惯你会让她回来吗？”李漪漪语中带刺。

秦在川和周路交换了下眼神，周路立刻明白他的意思，接过话继续询问，秦在川则起身在屋子里慢慢踱步，观察这里的每一个细节。

秦在川走到厨房，快速地扫视着四周，保姆正准备做饭，看见他进来了，连忙停下手里的活看着他。

“你好，麻烦领我去一下程总的书房或者他经常待的房间。”

保姆连忙拿起桌上的抹布擦干净手，摘了围裙在架子上搭好，示意这就带他去。

秦在川有意放缓了步伐，目光还在厨房里游走，他想把细节都记得深刻一些。

“你叫什么名字？”

“吴小敏。”保姆的语速很快。

"还在上学吗？"

"嗯，今年大三了，平时空余时间比较多，所以就找了份兼职。"

"怎么找到的啊？"

"就那样……找到的呗，在中介填好信息，他们如果有了合适的工作就会通知我去面试。"

"这样，"秦在川点点头，"我就是随便问问，因为我知道上一个保姆刚刚离开不久，没想到这么快就又找到了。"

"现在兼职最容易找了，"吴小敏跟他解释，"因为我有好几份申请留在中介，所以他们只要一有适合的位置就会通知我。"

说话间，吴小敏在一间房间门口停下脚步："这里是程总的书房，平时他待得最多的地方就是这里了。"

秦在川推门走入，房间内除了书桌外，两侧还分别立有一组书柜和酒柜。

"你平时有注意过，程总是爱喝酒的人吗？"秦在川目光落在酒柜上，里面立着满满几排酒，他突然觉得不能这么快排除酒后驾驶这种可能。

吴小敏侧头寻思着："我基本都是白天来上班，从来没有见过他喝酒，偶尔晚上我还留在这里也没见他喝醉过，应该不常喝吧。"

秦在川点点头示意她可以走了，他在程佳扬的书桌前坐下，仔细看着屋内。他的身后是书柜和酒柜，右手边是窗户，视野很好，光线充足，他的正前方是书房的门。

秦在川总觉得这书房布局有些古怪，说不出哪里隐隐有些别扭。

早上八点多的太阳透过窗户照射进来，窗边被照得十分明亮，而这书桌却不在那范围之内。秦在川起身看了看窗户的位置，即使日头升到很高，可书桌还是在光照不强的阴影区。他意识到了布局的奇怪之处，一般书桌都会放置在采光好的地方，可程佳扬为什么要把它放在背阴处呢？

秦在川朝书桌正前方走去，关着门他也能听到保姆在门外来回走动的声音，程佳扬坐在这儿办公不嫌外面吵吗？

秦在川拧开书房的门，抬头看到眼前之景，顿时知道了答案。

对面墙上挂着的是程佳扬和李漪漪的结婚照，旁边的屋子房门紧闭，他猜那屋子应该就是李漪漪的房间。

李漪漪的房间里凌乱不堪，梳妆台前各种化妆品堆在一起，首饰也散落四处，环顾一圈只有衣柜里还算整齐。屋内没有程佳扬生活的痕迹，和秦在川猜想的一样，他们果然分房住。

秦在川和周路离开时，李漪漪依旧没有起身。秦在川走到门口时，回头又看了一眼陷在沙发里的李漪漪，那苍白的面孔、瘦弱的身影，还有浑身紧绷的神态，让他觉得像极了四肢被绑上线的木偶，毫无知觉地用尽最后一丝力气舞动着。秦在川不知道自己为什么会有这种感觉。

第 20 章　反　常

他们走到庭院时，正好迎面遇上倒垃圾回来的吴小敏，她看见两人后停下脚步，礼貌地朝他们打招呼。

“小吴，正找你呢。”秦在川叫住她，“有些事还想跟你了解一下，现在方便吗？”

吴小敏朝他们身后看去，脸上浮现着为难的神色，但也没有拒绝。

“太太一会儿需要吃早饭，不过都已经快准备好了，所以应该没关系。”她搓搓手说。

“嗯。昨天晚上你们是几点回来的？还记得吗？”

“记得，是八点四十多一点。”

“记得这么清楚呢。”周路看着一脸认真的吴小敏，带着玩笑的口吻，“是不是过了下班的时间她不让你走啊？”周路对李漪漪的印象不算好，觉得她是娇生惯养又任性的人，猜也知道做保姆的在这儿得受不少委屈。

“啊，”吴小敏被他的话逗笑，随口说道，“因为程总一般都是那个时间回来的。”

秦在川脸上的笑意凝固，他抬眼快速打量了眼吴小敏，她的表情十分自然，看不出什么不对劲。

“你平时除了要给他们做饭，还要打扫卫生吧，整个屋子都是你打扫吗？打扫得真干净啊，工作量这么多，很累吧？”周路说。

“还好了。”吴小敏低头，觉得不好意思，“也没有多少活。”

“程总的书房也是你收拾的吗？”秦在川在一旁问。

“那间不是，另外还有太太的卧室也不是我清理的。太太说不喜欢别人动她的东西，所以我就只是去放洗好的衣物的时候稍微收拾一下衣柜，程总也说不想让别人进书房。”

“昨天晚上你觉得有什么跟平时不一样的地方吗？所有你能想到的都告诉我。”

“没什么……回来已经不早了。哦，对了，”她眼睛一亮，“昨天晚上停水了，这也算吗？当时家里的水还恰巧都喝光了，真是一点儿水都没有了，幸亏司机从车上搬了一箱备用的水送进来，不然我真是要被骂死了……”

“你家太太虽然脾气不是太好，但心不坏，你多体谅她一下吧。”秦在川说。

“嗯，我知道，其实太太她……今天早上很伤心的，在你们来之前……”

“秦在川，问完了吗？问完我要吃饭了。”吴小敏的话还没说完，李漪漪充满不悦的声音从身后的门口响起。

“噢，太太。”吴小敏看了眼李漪漪，又回头看看两位警察，“我这就来做饭。”她眼神中流露出为难的神色。

秦在川对她点点头表示没什么事了，吴小敏如释重负一般露出感激的一笑，转身快步朝屋里走去。别墅的门口，李漪漪看了一眼秦在川和周路，没再说什么，也转身进屋了。

“回去得好好查一下程佳扬最近一段时间的情况了，还有李漪漪和她家的保姆。”

“你对他们什么看法？”

“李漪漪正常，保姆需要注意。”

“李漪漪怎么会正常呢？她说的那些话很不对劲啊，他们夫妻感情不和一眼就能看出来，会不会像金语娇那案子一样……”周路觉得秦在川说得不对。

“他们家情况特殊，路上我慢慢给你说，不过这个保姆，我觉得确实需要注意一下，她有点儿不太对头。”秦在川越发在意刚才吴小敏在一件事上的回答。

“好，还有什么发现？”

“停水停得蹊跷。”秦在川一边发动车子一边说。

“这有什么好奇怪的，谁家还没有个停水的时候？”

秦在川向后倒车，顺手搭过周路的肩膀，把他的头朝窗外转去：“你看看周围，宁海市最繁华的小区就在这儿了，这种高档的小区你以为跟你家一样啊，说停水就停水。”

“现在说明一下目前的情况。”秦在川指着白板上的人物关系和事故现场的照片，开始第一阶段的分析会。

程佳扬在宁海市商界的地位举足轻重，离车祸发生已经过了一天依旧下落不明，本来就引起不小轰动，同时他作为桃华地产的负责人之一，还牵扯到廉租房倒塌事件。廉租房倒塌造成多人伤亡后，居民联合上访，闹到了市政府门口搞静坐，局长开会时下了死命令，活要见人死要见尸，到底车祸是事故还是案件都要查得一清二楚。

“程佳扬，男，五十二岁。于 2015 年 12 月 16 日晚在云山桥发生交通事故，车辆冲破防护栏坠入云江，目前下落不明。因为肇事路段监控只能记录程佳扬所驾驶的银色奔驰车在 20：46 驶上大桥，事发时间桥上车流较少，根据目击者提供的消息，大概在 20：51 车子突然失控，开始来回摇晃，丝毫没有减速地直接冲出护栏掉入云江。已经检查过打捞起的车子，车子本身性能很好，没有任何故障，排除有人故意在车上动手脚的可能。”

“目击者当时距离多远？”刑侦队的队长魏纲问。

“是从对面一侧迎面驶来的汽车的司机，由于中间隔着护栏，相距五十米到六十米。”秦在川回答。

“他是看见车子失控的全过程，还是仅仅看到了一辆失控的车子？”魏纲又问。

秦在川被这个问题突然激发出了某种想法，他回忆起目击者的说法是：云山桥晚上路灯并不太亮，他是个新手，所以开得很小心，开到一半，突然对面来的车大灯闪得厉害，他吓了一跳，赶紧靠边停车朝对面看去。他本以为是司机醉酒，谁知道车子下一刻就在他眼前直接冲出护栏，他这才意识到严重性，赶紧报了警。

“他看见时程佳扬的车子已经失控了。”

“还有什么可疑的地方？”

“被打捞上来的车子两侧的窗户大开着，现在是冬天。”

“这点确实反常。”魏纲思索着，“不过可能性很多，可能他当时在抽烟又不喜欢车里留有味道所以开了窗，也可能他只是想吹风，又或许……家属情况呢？”

“程佳扬的妻子李漪漪事故发生时正在家中，而且是刚到家不久，之前她在桃华百货商厦，陪同的保姆可以作证，另外也查看了商场的监控录像，可以确定。另一位家属程丰易是程佳扬的弟弟，事发时正在外省出差，这一点也在当地警局的协助下核实过了，当晚程丰易跟几个客户在吃饭，之后直接回到酒店，没有离开过。但据桃华集团的部分员工反映，两兄弟的感情不睦已久，两周前曾有人看见两人在办公室里产生剧烈争执。”

“桃华地产名义上是程家老大程佳扬负责，但实际上是程丰易在管理，这次倒塌的廉租房建于三年前，由桃华地产开发，兴业建设建造，程丰易是兴业建设公司老板的女婿，那时他已经参与实际管理。房屋建设费用的计算极其精细，甚至计算到一砖一瓦，如果房地产开发商和建造公司商量好私扣资金，势必会通过改换价格较低的材料来建房，一等砖换成二等砖之类的，换血换得多了，房屋倒塌是迟早的事。假设程佳扬并不知道这些事情，直到居民上访把事情闹大他才了解，所以和程丰易起了争执，再加上程丰易对他积怨已久，不排除程丰易的作案动机。”秦在川说出了自己的分析，接着他又把自己所了解的程家兄弟俩的恩怨讲了一下。

“但他没有作案时间啊，从程丰易当时出差的东洲市到宁海市坐飞机也要四个多小时。”周路说。

“有钱能使鬼推磨，程丰易家大业大，如果他真有这个心，完全可以找专业的人去做，哪用得着自己出面。”魏纲反驳。

“的确，”秦在川说，“现在已经开始调查程家兄弟最近一段时间接触的人。如果程丰易和什么可疑人物见过面，马上会展开进一步的调查。不过根据目前掌握的情况，最大的可能是由于程佳扬疲劳驾驶引起的这起事故。”

“廉租房受伤的人呢？他们中有人想要报复也是有可能的，毕竟钱多招恨，他们分不清谁才是真正该负责的人，只想出一口恶气解恨。”陈木分析道。

“嗯，”秦在川认同他的想法，又接着问，“小陈，你对受伤居民的调查有什么线索吗？”

“据居民反映，兴业建设的人去过几趟，但都是带着打手去的，恐吓他们不要生事。居民商量过后觉得不能就此止步，联合到市政府上访，后来还是桃华那边程佳扬派人又去了，这次是派代表去的，态度也比兴业建设的人好了很多，桃华答应会赔偿并承担一切医疗费用，居民才暂时同意不把事情闹大。”陈木一边看着自己的记事本一边说。

“再回顾一下家属最近的动向，如果实在没有可查之处，之后再把调查重点转到廉租房居民身上，又或者这只是纯粹的交通事故。”话虽这么说，但作为一名经验丰富的老警察，魏纲凭直觉判断这应该不只是交通意外这么简单。毕竟程佳扬是这么大公司的一把手，心智、能力都高于常人，他在极疲惫的状态下不可能不顾身体状况强行开车，随便找个司机都可以解决。无奈车子坠入江中，车内留存的证据也都随着江水的冲刷而消失殆尽。

“据调查显示，程佳扬在两周前的周三晚上，驾驶的车子曾在路上出现故障，后来是保险公司把车子拖走的。当时程佳扬没有受伤，坠桥出事的车也不是那辆有故障的车，看上去和这次事件没有什么关系。”秦在川翻着笔记补充。

“哎？那天是不是下了很大的雨……”陈木顺口说了一句，又觉得自己说了无关的话，没说完就闭嘴了。

秦在川看着白板上的线索，觉得很难有更大的突破。警方仍在全力寻找程佳扬，可依然没有消息，程佳扬生还的可能微乎其微，大家的主要目标已经从寻找他的遗体转移了，尽快调查这起事件才是当务之急。

散会后，魏纲特意留下等着秦在川。

“在川，还记得你刚到警局跟我破案时，我教过你，我所认为的破案的关键是什么吗？”

“不要忽视一切可能和不可能的联系。”

魏纲朝他点点头。

第21章　新保姆

“秦警官？”开门的吴小敏看到他一脸惊讶，没想到他会这么快又到访，赶忙招呼着秦在川进屋，一面又转身跑去通知李漪漪。

秦在川和李漪漪打过招呼，寒暄几句后表示今天自己不是以警察身份来的，只是来探望一下李漪漪。李漪漪看上去的确比昨天见面时更憔悴了。

“我在想一件事，程总出事那天晚上，他会不会回家了，只是当时你还没回来所以错过了？”秦在川刚一说完，目光飞快地朝吴小敏望去，又马上回到李漪漪的脸上，观察着两人的反应，不敢漏掉一秒。

李漪漪的表情变得困惑，像是在思考；而吴小敏，虽然秦在川看向她的时间只有短短一瞬，可就在这一瞬间，一直在专心择菜的她突然抬起头来，两人的目光短暂地交接了。

他可以确定在吴小敏的位置能够听见他们的对话，看似心无旁骛地忙活着的她，下意识的动作却暴露了。

过了一会儿，李漪漪手机上的一个闹钟响了，吴小敏端着水杯和药片走了过来。

“还是不舒服吗？”秦在川问。

李漪漪把感冒冲剂倒进水杯里用勺子调匀，回答他说：“我感冒总是好得很慢，要不是程佳扬我也不会感冒。”

“为什么这么说？”

“他感冒了，结果传染给了我。”

“感冒了？”秦在川小声重复着，随即问站在一旁的吴小敏，“什么时候的事？”

吴小敏没有犹豫就回答了他：“大概两星期前，程总的车坏在路上了，那天雨下得很大。”

秦在川听后点点头，一副若有所思的样子，看着她说：“你记得好清楚啊。”

吴小敏的眼神随即流露出猝不及防，但脸上立刻浮现的笑意替她掩饰了过去：“我记性比较好。”

“小敏你记得确实好清楚啊，我都忘了他是什么时候感冒的了。”李漪漪心不在焉地也附和了一句。

看着衣着朴素的吴小敏，秦在川没有再说话，他需要通过调查核实自己的想法。

“我可以借用一下洗手间吗？”

得到李漪漪同意后，秦在川朝洗手间走去。借着这个理由，他一路上故意放缓了脚步，在屋里用目光急切地搜寻着什么。

他确定自己没有漏掉一丝一毫后，又装作倒水的样子来到吴小敏所在的厨房，漫不经心地跟她说起话。

“刚买完东西回来吗？”

“嗯？”吴小敏手不自觉地停了下来，抬起头，目光中带着不解。

秦在川一边喝水，一边指了指厨房角落购物袋里没取出来的大瓶饮料。

“噢，不是。”吴小敏连忙起身把饮料拿了出来，转身放在后面的圆桌上摆好。

秦在川看她神色匆匆，没再说什么，一仰头，把杯子里的水都喝光了。

“杯子我就顺手帮你刷了吧，你忙你的。”秦在川说完走到她身后的洗水池。站在洗水池前，屋内几乎所有的角落都能落入他的视线。

“东西，什么时候买的啊？”过了一会儿，秦在川冷不丁的一句让吴小敏当下没有马上反应过来，抬起头和秦在川对视了大约三秒后，她意识到秦在川指的是饮料。

“以前买的。”吴小敏快速地回答，说完嘴唇抿得很紧。

秦在川看着她：“噢，我随便问问。”

离开别墅后，秦在川回到车里联系上周路，得知他也刚刚结束对别墅管理人员的询问，两人约好在车上碰面。

“前天那水确实停得奇怪，维修工说他之前从来没见过这个小区停水，检查的时候哪里也没有发现问题，所以他觉得唯一的可能是有人把水源给切了，这种情况一般在房子初建安装水管或是更换大型管道的时候会发生。你呢，你去她家有什么发现吗？”周路上车后对秦在川说。

“她家可是多了不少东西。”秦在川脑海里闪过刚看到的场景，最后定格在吴小敏竭力掩藏慌张的脸上，“只是一天时间，我不知道她为什么整来这么多用不上的东西。”

他依次把昨天和今天一样的场景快速做着对比：“橱柜里多了好几瓶全新的酱油、醋，之前尚未用完的都没了踪迹；冰箱里放的鸡蛋多了一排，可昨天已经有两排了；厨房的盐多了一袋，原先的还有满满一袋没用；洗碗池旁的洗洁精昨天还剩下四分之三，今天却变成了另一个牌子的。”

“你看出来的还真是不少，所以结论呢？”周路以为他在开玩笑，不知道秦在川到底想说什么。

“结论就是，吴小敏有意回避昨天她去采购这件事，或者说她是在试图向我隐瞒昨天她在我们离开后再次出门这件事。”

“昨天？”

“我看到厨房购物袋里的饮料还没拿出来，应该是她做别的事匆匆忙忙忘记了，我就随口问了她一句是不是刚买完东西回来，她含糊地否定了，目光明显是由于心虚故意躲闪，这让我觉得奇怪。如果我问起你一件昨天刚做过的事，比如说，我问你，你来过这儿吗？”秦在川说着指了指窗外的别墅。

“来过啊，昨天才来的。”

“没错，如果是昨天刚刚做过的事，被问起时一般人顺口就会说出来了，但当我问她时，她却用‘以前’这个词试图把时间模糊化。”秦在川放慢了语速，给了周路一点儿时间反应。

“照你这么说，她在我们昨天离开后去了超市，还买了一大堆不需要的日用品，她为什么啊？李漪漪那个状态你也看到了，整个人都是飘的，特别需要人照顾，保姆这个时候怎么还会离开去买这些多余的东西？”说到这儿，周路也想明白了，“除非……”

“除非，她买这些日用品是用来掩饰她出门的真正目的。”秦在川接上他的话，“因为以李漪漪的脾气，你不给她一个可信的理由她是不会让你出门的。”

“有点儿扯了，可能保姆是担心这些东西不够用，未雨绸缪提前多买点儿。”

“先不说为什么原先的酱油、醋没了踪影，她甚至把原来的给换掉也要买这些新的，说明她不是因为担心日用品突然用完才去买的。”秦在川反驳他。

“你是说吴小敏把家里原先的日用品都藏匿了或者是扔了，然后以此为理由，跟李漪漪提出门的要求？”

“李漪漪本来就不是在意生活细节的人，更何况眼下这种情况，估计她连家里有没有吃的都不知道，这个理由足够了。”

“那她出门的真正目的究竟是什么？我倒觉得还有可能是李漪漪昨天突然发神经，让她出去买这些没用的东西。”

“她还不至于。”秦在川的语气有点儿无奈，“不过，我的想法和你有一点一样，那就是吴小敏一定要昨天出门的原因确实是因为李漪漪，因为她要买的东西一定是李漪漪要用的。应该是一种像水一样，不会一直需要，但又是必不可少的，如果该用的时候突然发现它没有了，会让李漪漪大发脾气的东西。只有在李漪漪发现它不见前给买回来，才能避免她生气。”秦在川分析，“咱们昨天去的时候李漪漪还算正常，很可能是她那时候还不需要用到它，也就是说李漪漪只有在某个特定时间才会需要它。”

秦在川打开手机里的地图：“如果以李漪漪家为中心画一个圆，圆圈三公里之内分布着不下五家购物超市。对于吴小敏来说，如果要尽量快去快回，又要携带这么多东西，省钱不打车的话只能坐公交车。”秦在川搜索了一下周围的公交路线，由远及近有三家购物中心门口是有公交经过的。

秦在川又闭上眼睛过了一遍细节，突然想起来什么：“老周，昨天咱们来的时候你有没有注意门口的垫子？”

“没有啊，怎么了？”

“今天那个垫子脏了，上面沾了许多泥渍，而且吴小敏的鞋子两侧的橡胶圈，也多了些泥点。”

“我刚才来的时候是看见有条路的路口标示着部分路段施工。”周路回想着，“香桐路。”

秦在川马上在地图上找到那条路。香桐路上有两家商场，其中一家离李漪漪家的距离已经算是很远了。他发动车子朝香桐路驶去，到了以后，他们看到马路正在进行拓宽，路的两边还有未干的水泥，但并不影响中间车辆的行驶，公交也照常运行。

秦在川和周路先到离李漪漪家较近的那家购物超市，发现超市门口十分干净，离水泥堆积处也较远。

“这么大的超市，咱们来这儿到底要查什么？”

秦在川像是没有听见周路说话，快步走着，扫视着每一排货架上空悬着的物品分类标识。走到厨房用品区，他停住脚步，朝摆放着调味料的货架走去。

“你们这儿卖不卖海盐？”秦在川拉住一个路过的员工突然问。

“没有，我们店不进海盐，只有这种盐。”说完她指了指一旁的货架。

“不是这儿。”秦在川说，“咱们去另一家。”

他们又来到距离较远的那一家购物超市，这一家看起来规模大些，秦在川下车后还没走进超市大门，目光在超市旁边的某处停住了。

那是一间规模不大的药店，店门口不远处是一大摊被围起来的水泥。

脑海里浮现出今天上午在李漪漪家时，手机闹钟响起，接着吴小敏拿着药走过来的画面。

秦在川拉住周路，示意他看向药店。

“不会一直需要，但又是必不可少的，而且李漪漪每天在特定时候都要用到的东西，药。”

“李漪漪感冒了记得吗？”说到这儿，秦在川脑子一清醒，“更重要的是，李漪漪是被程佳扬传染的，按理说，程佳扬也是需要吃药的。”

秦在川和周路走进药店，说明来意后，找工作人员调出了昨天的监控录像。果然，在下午三点左右，吴小敏的身影出现在了监控录像里。

通过消费记录，秦在川发现吴小敏昨天买的只是一盒普通的感冒颗粒。

秦在川知道那就是李漪漪刚才在他面前喝的药，那并没有什么可疑的，可吴小敏费这么大劲，就是要来买这个吗？

“她为什么要买药？”秦在川自言自语，“为什么咱们昨天一去，原来的药就正好吃完了？不会，如果只是吃完了再买，没必要买这么多别的东西大费周章来掩盖，除非……原来的药不该这么快吃完，所以她只能想这么个办法出门买药，那原来的药只能是被她扔掉了。”

为什么要把药扔掉？秦在川想到一种可能，因为吴小敏知道警察昨天会去，她不想让警察注意到那些药，所以才会扔了的，而且一定是李漪漪吃过药后才扔的。如果警察看不到，自然不会问起相关的事。但是今天李漪漪需要吃药，所以她才要出门买，只是她没想到自己会仅隔一天又找上门。这个推测似乎说得通。

“原来的药有问题。”秦在川说。“可以查一下这个人以前还买过什么药吗？”他又问药店的员工。

工作人员通过同一张医保卡上的消费记录很快找到了他想要的结果。

“一星期前买过头孢和感冒颗粒。”

他看到李漪漪喝的是感冒颗粒，那头孢只能是给程佳扬的。秦在川拿过消费记录，有些不解：“这后面的时间是什么意思？都在同一天买的，怎么买两种药的时间还不一样？”

工作人员看了看记录说：“看样子，她是在一星期前的上午 10:18 买了感冒颗粒，然后又在下午 15:15 买了头孢。应该是忘记买了，或者是另有需要吧，特地再跑一趟。”

吴小敏看上去只是个兼职的学生，秦在川对她并不了解，不了解时是无法轻易下结论的。

第22章 疑 点

秦在川让周路到中介调查，他则到吴小敏就读的大学了解关于她的事情。之前李漪漪曾提及，吴小敏在学校是拿奖学金的好学生，因为家里条件困难出来打工。秦在川谎称自己是记者，需要做优秀学生的采访，连蒙带骗地在吴小敏的同学间询问着。

通过问询他了解到，吴小敏来自农村，父亲常年生病，家里经济情况堪忧，她学业优秀，奖学金帮她省了不少学费，但她平时还是需要到处打工补贴家用。据她的一个室友说，吴小敏前段时间很沮丧，因为父亲病重必须尽快做手术，她险些因此辍学。同学们本来想为她捐款，却被她拒绝了。正当大家替她想办法的时候，她突然说找到了一份雇主很好的兼职，给她预支了工资，正好可以解燃眉之急。

"有件事想问你一下，这次一定要跟我说实话。"秦在川给李漪漪打电话。

"什么事？"

"你有没有给你家的保姆预付过工资？或者有没有借钱给她？"

"工资？"李漪漪疲惫的声音带着疑惑，"都是月底交给中介的，给也不会直接给她啊。"

"想什么呢？"秦在川回到警局后仔细回想着吴小敏当天的反应，周路拍着他的肩膀在他身边坐下。

"中介那边怎么说？"秦在川没有回答。

“她的工作确实是通过中介找到的，她之前和程家的人应该也不认识。另外我又确认了一下工资的事情，中介也没有给她预支过。”

“吴小敏除了这份保姆的兼职并没有别的工作，那她的钱是从哪儿来的呢？”秦在川从刚才就在考虑这个问题。

“吴小敏学业优秀但家境不好，应该是个自尊心极强的人，这样的人是很难低头去接受别人捐款的，尤其对方又是她那些整日游手好闲、无所事事的同学，她甚至会觉得这对她是一种讽刺。但如果没有钱她只能辍学，那样她连唯一改变命运的机会也失去了。在那种两难的境地下，她可以说是走到了悬崖边上。穷苦人家的孩子从小肩上背负的重担不是那些生活优渥的同龄人能体会的。她在绝望中，她是最需要钱的人，这样的人，也是最容易被利用的。”周路想了想说。

“我也这么想。”秦在川表示同意，“还记得我们第一次一起去李漪漪家的时候吗？那不是我第一次见到吴小敏，之前我去的时候偶然见过，但两次给我的感觉都是一样的，那是个很细致、很规矩，但也很谨慎的一个人。”

“我昨天让她带我去程佳扬的书房，她当时正在准备做饭，可是离开厨房时还不忘解下围裙，放在架子上搭好，可以说是……一丝不苟。不只是厨房的物品摆放，屋子里凡是她负责清理的地方都井井有条，越细致就说明她越谨慎。那些药之所以被她扔掉，应该是她意识到这有引起警察注意的可能性。我们先后去了两次，都没有看到药盒放在哪里，我想如果不是昨天突然拜访正好赶上李漪漪吃药的时间，这个问题会一直被忽略。

“我在她学校的时候，找老师给我看了她获奖的论文，还去看了她平时出的板报。一个人的字迹是能看出很多事的，她全篇论文三千多字，工工整整，连涂改都没有，没有一个字是超出了边框的。她是个很规矩的人，不会做出格的事，不会做别人要求以外的事，但同时，当发现自己有危险的时候又会很谨慎地保护自己。所以，我的想法是，如果她真的做了什么错事，更有可能是别人让她做的，手段可能是威胁也可能是利诱。”

“咱们第一次去李漪漪家的时候，当时你出来就跟我说觉得吴小敏有问题，你为什么那样说？”周路问道。

“那时你问过她，对李漪漪回家的时间怎么记得那么清楚，她想都没想就回答，因为那是程佳扬平时到家的时间。虽然听起来无可厚非，但她这个回答细想是有问题的。因为那说明，在她的意识里，是以程佳扬为中心来衡量其他时间的。我以为那次只是巧合，于是第二次去的时候，趁她没有戒备我又问她程佳扬是什么时候感冒的，想试探一下，结果她顺嘴就说出来了。记得如此清楚，着实令人意外。”

一个每天只有几个小时在李漪漪家做饭的学生，既要顾及学业，又要担心父亲的病情，应该会忙得焦头烂额，怎么会有心情专门留意男主人的日常，还记得那么清楚？除非她对程佳扬有意思，不然只可能是她特意记下这些时间的。

秦在川怀疑她记下这些时间有两个原因：一个是她自己要做些什么，另一个是提供给别人。如果是后者，那么即使那个人不在程佳扬身边，也能对他的生活了如指掌。

秦在川在拼一幅拼图，首先要把可能的一切都试着拼在一起，才能判断是对是错，以及下一步该怎么做。

在这个过程中，他注意到了许多之前忽略的事情：原来程佳扬出事的云山桥离他家很近，开车不用十分钟就能到；又比如说既然程佳扬也感冒了的话，那他因为淋雨得的感冒会不会也不是偶然？他的车走在路上怎么就会突然坏了？又是在那么个下着大雨的天气。

上午十点的太阳烤得人暖暖的，一股冷空气刚过去，另一股冷空气又要来临，中间这短暂的温暖总是会让人产生天气回暖的错觉，掉以轻心的人便会因此患上流感。

吴小敏每天在各处奔跑，也不例外地戴上了口罩，口罩下鼻子不停地流着鼻水。她连着吸了好几下都没什么用，只好停下脚步从兜里掏出一小块卫生纸，撕成两段，把剩下的一段重新放回了衣兜，用手里攥着的一小块擦干净了鼻子。

吴小敏今年大三了，课业不是太紧张，她一下课便匆匆离开学校朝公交站走去，要在中午前赶到李漪漪家给她做好午饭。上次就是因为晚了几分钟，惹得李漪漪大发脾气，险些丢掉一份可以挣得这样多的工作。

突然她身边响起一声车喇叭的长鸣，她下意识地转头看去，秦在川从落下的车窗里探着头，显然是在等她。

吴小敏看了一眼周围，还好并没有什么认识的人，不然谁知道又会传出什么话来。秦在川其实是特意没开警车，他也不想让这个自尊心极强的女孩有什么麻烦。

秦在川示意她上车后，朝李漪漪家开去。

"我正好要去程总家，既然碰见你了就顺路带你一起去，不然你坐公交车怎么也得一个多小时才能到吧。"

"嗯，谢谢秦警官。"吴小敏听他这么一说，心里暂时松了一口气，觉得自己担心的事或许不会发生。

"她家在郊区，有钱人就是喜欢在郊外买房子，住那么大房子有什么用呢？来回还不是不方便。"秦在川打趣道。

吴小敏听后也忍不住笑了笑，紧张的情绪微微消散。

"你在她家挣得多吗？他们家没私扣你工资吧。"

"没有，"吴小敏一听赶紧回答，"挣得挺多的，打工从来没挣过这么多钱……"说到后来她的声音渐渐小了。

“我听说你以前还在学校食堂打工，怎么最近又不干了？不是父亲急需用钱吗？”

“那个……你是怎么知道的？”

秦在川看着她脸上浮现出的惊慌，连忙笑了笑对她说：“李漪漪告诉我的。”

吴小敏咽了一口口水，表情看起来十分不自然：“如果去食堂打工，照顾太太会顾不过来，我想太太给的工钱挺高，所以就辞了那份兼职。”

“噢。”秦在川点点头，若无其事地继续开车，吴小敏却被这突如其来的问话搞得半天都心神不定。

过了许久，秦在川在路口一个红灯停下，接着回过头看着她说：“她给你的工资再多也不够你父亲的医药费吧？这样，我还有点儿积蓄，先给你垫上，日后你想还就还，不想还我也没关系。”

吴小敏怔怔的，心里很不是滋味，手不禁攥紧了，嘴唇有微微的抽动。秦在川看在眼里，不动声色。

“不用。”吴小敏一字一句地回答，语气中带着隐忍的愤怒，“谢谢你，秦警官，我的事情已经解决了。”

“怎么解决的？你一个学生，就算打工累死也凑不齐那么多钱的。”

“那是我的事情，秦警官不要太小看人，我就是靠自己打工挣来的，一不偷二不抢，不用您操心。”

“不偷不抢得来的钱未必就是干净的钱，你一个没毕业的大学生干什么能赚那么多钱？”

吴小敏皱紧了眉头，嘴唇渐渐抿成一条线。突然身后传来一阵连续的喇叭鸣叫，秦在川收回了目光，手放回方向盘上继续行驶。

“秦警官您是不是在怀疑我什么？我听同学说有个人来学校说自

己是记者，打听了很多我的事，那个人是你吗？”吴小敏的声音变得急促。

“不知道你在说什么。”秦在川用无辜的语气回答，吴小敏一听反而更急了。

“秦警官，我真的没做什么，绝对没有做过什么违法的事情。”

“那你能告诉我你的钱从哪儿来的吗？当然如果你不说我还会继续查下去。你最好不要低估警察的能力，还没有我查不到的事情。”

第23章 头 孢

吴小敏一声不吭地使劲咬着嘴唇，脸上憋得通红，像是赌气似的。

“看来你还是想等我自己去查，那时候你可能就不只是辍学这么简单了。”

“真的没有什么。”吴小敏无奈地闭上眼睛，“他们家人间互相关心，我只是给他们做个传递罢了，别的什么都没做过，这也犯法吗？”

秦在川一听连忙急转方向盘，把车停靠在路边。

“家人之间互相关心？什么意思？”

“程总的弟弟，程丰易。”吴小敏的语气依旧带着无奈，“他只想知道太太过得好不好，所以让我告诉他而已。另外他还担心程总在外面有女人，又不好意思直接问，所以让我把程总的日常也告诉他，就这样而已。他怎么可能会害自己的哥哥和嫂子？”

“真有这么简单他为什么要给你钱，他给你钱无非就是想让你闭嘴。你在他家这段时间应该也看出程佳扬夫妻感情不睦吧，相信也不难猜出程丰易和李漪漪是什么关系，程丰易真要是想关心李漪漪，用得着你去吗？”秦在川因为她的无知瞬间觉得憋火。

这话让吴小敏暂时沉默了，她想着程家这段时间发生的事，两只手不由自主地攥在一起，心里也隐隐升起不安。

“还有，你怎么会认识他？程丰易。”秦在川的声音严肃了起来。

“我之前也不认识他，我怎么可能会认识他们那种人呢？只是他突然打电话找到我，说从中介公司看到我应聘兼职的信息，就想让我照顾他哥哥和嫂子一家。他说他哥哥工作忙，没有时间照顾妻子，她嫂子身体又不好，需要别人陪着，还说工资很高，只是可能比较耗时，问我愿不愿意，我一听挣得多，也不耽误什么事，就马上答应他了。开始的时候我根本不知道他们之间这些事，想都没想过。”

“那之前我问你怎么找的工作你怎么提都不提，还说是中介帮你找的？”

“确实是中介帮忙的……只是程总的弟弟说，如果我愿意的话他能让我立刻就开始工作，并给我预付工资，但要保密，不要让程总和太太知道我是他介绍来的，他怕程总知道会有误会，没告诉您也是怕您会告诉太太。”吴小敏低声说。

“你倒是挺守信。”秦在川话语中带着讽刺，“你就不觉得他这个要求提得很奇怪吗？这有什么好保密的，你什么都不管就答应了？”

“当时真的没在意，而且程丰易跟我解释过，他只想找个认真做事的人，因为觉得我是个好学生，不会偷懒，所以才特地把我从那么多应聘者中挑出来的，而且他还帮我付了爸爸的医疗费，解了我的燃眉之急，所以我当然是感激他的。”吴小敏双手更加使劲地来回搓着，极力试图辩驳着什么。

“你知不知道自己都干了什么？”秦在川冷静了下来，紧握着方向盘看向前方，“他要是心里没鬼，为什么要你帮他去监视？因为你的汇报，他对程佳扬和李漪漪的日常生活了如指掌，他们几点出的门，几点吃的饭，几点去了什么地方做了什么，如果是你想策划一场犯罪，有了这些情报，你觉得这事还会难吗？”

吴小敏没话说了，不敢细想事情的经过。

“他什么时候让你去监视的？”

“他从来就没有说是监视，几周前他告诉我，他怀疑程总在外面有女人，怕太太知道了伤心，所以让我多留意一下程总平时的动静，他是想纠正程总的错误行为。我虽然不能完全体会他的心情，但他的感情我觉得不是假的，所以我就答应他了，但绝不是您想的那样时刻监视着程总家里的动静。”

秦在川忍不住轻笑一声，没有说话，心里却在感叹程丰易手段的高明。找一个不会多问的人去监视，用的理由却堂堂正正，就算吴小敏作证，她的这些话也可以被程丰易解释为另一番说辞。

“为什么把之前的药扔掉？”程丰易的动机和情报都有了，接下来就是方法了。

“啊？”吴小敏没有直接回答。

“你家药盒原来应该放在比较显眼的位置吧，因为我们去你才特意把药都扔掉了，也把药盒给藏起来了，是怕我们查吧？”

“那是因为……我就是怕您看见会多想，觉着药里有什么问题。”吴小敏纠结了片刻，终于抬起头看着他说。

“你觉得这话符合逻辑吗？没有问题的话大大方方放在那儿让我们检查不就行了？”

“因为……我觉得出事那天，程总好像回来过。”吴小敏的声音又低了下去，语气中带着不确定。

“你怎么不早说？”

“我也不能确定……出事那天我和太太出门前，我留意了一下药盒是否需要补充，以免剩下的感冒药不够，晚上回来的时候，我看到药盒里的头孢少了一格。那是按每天的计量装成一格一格的药盒，太太又不能吃头孢，所以我猜会不会是程总回来吃的，但又怀疑根本是自己记错了，所以才没有说。”吴小敏解释着，“可是，第二天知道程总当晚出事了。我想如果我没有记错格子数的话，那他应该就是在我们回来前吃了药又出门了……我可以确定那些药绝对不会有什么问题的，但我怕警察不这么想，所以想着干脆就隐瞒算了。”

“感冒药是哪儿来的？”

“是……程丰易特地打电话说程总感冒了，要我去给程总买药，还让我叮嘱他按时吃药。”

“买的什么药？”

“感冒药，就是三九感冒灵还有头孢这类的。”

“感冒灵……头孢……”秦在川低声念着，他之前就猜测可能有人会在药里动手脚。

“是你去买的还是他买好给你的？”

“是我去买的，都是从药店里买回来的，绝对不会有一点问题。您果然还是怀疑药有问题……”吴小敏像是预料到了一样，“您要相信我，我绝对没有动过手脚，我跟他非亲非故的，就算他帮我找了工作我也不可能因为这个就去替他害人啊，我还有家人要照顾呢。”

秦在川看着她焦急得眼圈都红了，又有些不忍：“你也别急，我还什么都没说呢，你再仔细想想看，在程家有没有谁可能动过那些药？”

吴小敏摇摇头：“那些药原先就一直放在餐桌上比较明显的地方，这样他们才不会忘了吃，我也不知道谁会去动。”

秦在川快速回忆着之前已经查到的线索。事发那一周程丰易都不在宁海市，李漪漪家又一直有人在，如果药里有问题，他让别人潜入李漪漪家给药下毒的可能也不大，想来想去唯一有可能碰到药的只有吴小敏和李漪漪了。他看着眉头拧成一团，因为害怕和紧张来回拉扯着衣角的吴小敏，心底不禁又在驳斥着自己的想法。

突然他想起了刚才吴小敏说的一句话，转身又问："你刚才说李漪漪不能吃头孢？为什么？"

"因为她头孢过敏，所以不能吃啊。"

"头孢？"秦在川记得一周前吴小敏买药时是分了两趟的。

"那个头孢，我也吃了，没什么事。"吴小敏听出秦在川的语气，"因为我也感冒了，头疼得厉害，实在难受就吃了太太家的头孢，就是我买的那个，什么事都没有。秦警官，你一定要相信我。"

"那你一周前为什么要分两趟买那些药？明明上午都已经买过了感冒颗粒，为什么还要再跑一趟？"

吴小敏脸上先是浮现出困惑，像是在回想，马上又恍然："那是程丰易交代我一定要买头孢，所以我才又去了一遍。"

"怎么，程丰易连药名都告诉你，再让你去买的吗？"说到这儿，他觉得终于捏到了一团毛线中的线头。

"嗯。他打电话的时候跟我说让我去买些感冒灵、头孢之类的药物，我想着程总和太太的病也不是很严重，而且太太又对头孢过敏，所以我就只买了感冒灵回来。但程丰易知道后很生气，打电话让我一定再去买头孢，说是有备无患。"

秦在川推理着整个过程，程佳扬如果真的在当晚回过家，那他应该是吃了头孢准备休息，但可能因为有事又驱车离开了，行驶了大概十分钟，在经过云山桥的时候出了事故。看来问题就出在那个头孢上，可一起买回来的药，既然吴小敏吃过并没有问题，那程佳扬吃了为什么就会有事呢？

"程总出事的那天晚上，停水你知道是怎么回事吗？"秦在川又问。

"那天好像整个小区都停水了，具体怎么样我也不知道。"

"那天你们怎么喝的水？"秦在川问完马上回想起来，"噢，你上次说了，是司机从车上扛下来的备用水。"

“嗯，足足一箱水。”

对话进行的同时，秦在川意识到一个问题，程佳扬如果真的是在她们回去之前就曾回过家，还吃了药，那他是喝什么服的药呢？

他车上也有备用水？不会，那样的话，李漪漪她们回来的时候家里不会一点儿水也没有。

除非，还有一种可能，有问题的不是药，或者说不只是药。

“我问你，头孢服用的时候有没有需要特别注意的事情，像是不能跟别的什么一起服用？”

“有啊，有些药物不能一起服用，还有酒啊也不能，另外本身对头孢过敏的人也不能吃。”法医组的杨蓉刚下班就被秦在川按着肩膀又给推了回去。

“酒不能一起用？”

“嗯，当然了，这是常识好不好？不仅是酒，任何含酒精的都不行，像藿香正气水、十滴水这类的药，还有酒心巧克力，它们在人体内会发生戒酒硫化反应导致乙醇中毒，可能会导致死亡，当然这是最严重的情况，一般不会发生的。但也要注意，如果吃了头孢，这些跟酒沾边的都别动就行了。”

“那如果用酒把药吃下去了呢？”

“那你就是找事。”杨蓉听着他没头没脑的话，觉得自己刚才是对牛弹琴。

“像你说的发生乙醇中毒，大概多久会有反应？”

“很快，五到十分钟就会出现眩晕、恶心、呼吸困难的症状，最严重的就是致死。”

“一定会发生中毒反应吗？会不会有人体质好，不会这么严重？”

“也有可能，使用者体质、用量的多少，这些都是有关的。但如果真的是用酒直接跟头孢吃下去的话，怎么也得难受一阵，头晕眼花啊恶心什么的。夏天的时候有不少人乱用药，有些感冒又中暑的人就把藿香正气水跟头孢混在一起吃了，结果出现中毒的症状，急诊每年夏天都会收不少这样的病例。不过毕竟藿香正气水这类药物里酒精含量没那么高，基本上不会有生命危险，可有些人，像心脏病患者这类的，或者是上了年纪的人那就不好说了。"

第24章　可能的真相

秦在川在办公室里与周路推理着大致的经过："我猜测那晚程佳扬是把头孢跟酒一起服用了，酒精跟头孢会发生戒酒硫样反应。当晚他驾车行驶至云山桥的时候，身体开始出现一系列不良反应。程佳扬已经五十二岁，身体素质并不是太好，所以他来不及停车就失去了意识，车子随即失控，冲下了桥面。"

"那么按你之前推理的，策划出这一切的是他弟弟程丰易无疑了。"周路听完秦在川的分析觉得这里面漏洞不少。

"对。"

"证据呢？"

"李漪漪家的保姆是程丰易让去的，程佳扬的动态也都是她汇报给程丰易的，连感冒药也是程丰易让她买的。动机、情报、作案手段都有了。"

"一个问题，"周路听着他无比肯定的语气赶紧朝他摆手，"程佳扬当晚到底是如何把头孢跟酒一起服用的？有人逼着他混在一起喝的？正常人谁会用酒吃药？"

"这点我也想不通。可能的原因有很多，我了解的程佳扬虽然不是会酗酒的人，但借酒消愁还是会有的，前段时间他被各种事务缠身，最主要的是廉租房倒塌，这对桃华集团的名誉是极大的打击。”

“好，你也说了是借酒消愁，但既然如此，他估计愁得连饭都吃不下去了，怎么可能还会记得吃药呢？”

秦在川听了他的话，没有立刻回答，他想起了卡在失事车子坐垫里的金色怀表。“确实，我也想过这个问题。但李漪漪提醒过程佳扬要记得吃药，所以他就算有天大的事也不会忘了。我后来去找李漪漪又问过药的事情，她说曾经看见程佳扬淋了雨，她怕程佳扬感冒所以特地提醒过他要记得吃药。”

“李漪漪？她说话这么有用吗？他俩都那样了，程佳扬还会听她的吗？”

“我想会的。”

“那这样的话……有没有可能是李漪漪故意提醒他，其实她也是程丰易那边的？”

“不太可能，不然我问她时她就没必要告诉我了，而且她的反应也不像。”

“如果吴小敏说的都是真的，那程丰易确实逃不了干系了，但这个证据还是不够有力。吴小敏虽然可以作证，但程丰易用的借口很聪明，他只是关心自己的哥哥和嫂子，他坚持这么说的话确实无法成为指证他犯罪的证据。”

“是啊。”这正是秦在川头疼的地方。

周路侧着头还在寻思秦在川刚刚说过的话，很快他脸上又浮现疑惑：“川儿，不是我故意挑刺儿，有几个地方我觉得确实是有问题的。”

“你说。”

“按你说的，他没有直接收买吴小敏让她去下毒，而是用这种方式在大家全然不知的情况下，就把隐性毒药放在了他们家，即使查到他头上他也能够全身而退。方法虽然高明，但也很危险啊。你看，吴小敏全然不知情，那很容易就会在无意间露馅；程佳扬本来就对他弟弟心有戒备，如果他从吴小敏那儿无意得知药是程丰易让买的，肯定就不会吃了；最重要的一点，程佳扬可是桃华集团的一把手，多么精明的一只老狐狸，他会对家里来的陌生保姆一点儿戒心都没有吗？”

秦在川听后沉默着思考，这番话像是一记警钟，让秦在川猛地从一个被编织的梦里醒了过来。这种惊醒的感觉太深刻，以至于他在原地愣了几秒。他有了一个超出情理但又是意料之中的假设：会不会所有人对这件事的看法彻头彻尾都是错的，大家都被意识里最先默认的事蒙住了双眼？

秦在川试图拨通李漪漪的电话，想确认几个问题，可李漪漪的电话始终无人应答。他又找出吴小敏的电话，吴小敏的回答让他心里惴惴不安，她说李漪漪让她今天不用去上班了。

秦在川急忙朝她家赶去，在门口摁了好多遍门铃都没人回应。电控铁门的开关不打开他根本无法进入院子，顾不上许多，他直接踩着铁门上的门环，几下翻越过铁门，大步朝别墅正门跑去。

砸门无果，秦在川环顾了一下四周，看见二楼的窗户没有关。他一个助跑跳上空调架爬上二楼的阳台，拉开落地窗进屋后，不停地高呼李漪漪的名字，无奈屋内房间太多，他一时根本找不到，整个屋子只有空荡荡的回音。

终于，秦在川在程佳扬的书房发现了不省人事的李漪漪，旁边洒落着一地白色药片，秦在川慌忙之中看了一眼药瓶标签上的“头孢氨苄”，懊恼地使劲捶了一下地面，赶紧拨了 120。

筠庭大厦二十楼，赵苑玫正在办公室里对着电脑写日记。她有这个习惯，因为她要记的事情太多，日记可以帮她承担一部分记忆量。

有人敲了两下门，接着门被推开，助理温和的声音响起："赵医生，三点预约的病人已经到了。"

赵苑玫起身朝她笑着说："好，请他进来吧。"助理转过身的那一刻，赵苑玫脸上的笑容消失了，她坐回去，低头继续做之前的事。

门被推开了，"咔嗒"一声，又关上了，男士皮鞋与大理石地板碰触的声音一声一声响起，离她越来越近，然而赵苑玫的目光甚至都没有从屏幕上移开过。

"现在连起身都不起了，好歹我也是来找你看病的，你对别人也这样吗？"成宇的声音很特别，让人总是听不出他的语气。

赵苑玫抬起头看了他一眼，起身走向饮水机，倒了一杯水递给他。

"我每天很累。"赵苑玫的语气似是无奈，却没有一丝戒备，之后她又坐回了他面前的座位上。

成宇没有马上接话，只是摘下眼镜，静静看着她在键盘上飞快地打着什么，两个人谁也没有先开口。屋里太静，只有指尖落在键盘上的声音。赵苑玫很喜欢这种近似真空的安静。

终于，赵苑玫写完了今天的日记，合上电脑，转头看向成宇。

"今天有什么想说的吗？"

"我以为你会问我为什么一直看你。"

"你不是一直这么看着我吗，从我小时候起，这有什么可问的。"

成宇低头笑了一下，那笑容不知什么原因也很快消散了。

"感冒好了？"

"没事了，"赵苑玫点点头，"本来也是为了掩藏自己的声音故意拖着不好，要好起来的话是很快的。"

成宇听她声音中没有了鼻音，说了句"好"。

屋子里又安静了，赵苑玫觉得这样的氛围一点儿也不局促，或是尴尬。即使成宇就在正对面看着她，她也可以旁若无人地做自己的事。

她正低着头，专注数着成宇面前透明玻璃杯里的水泡。

“今天有点儿事想说。”成宇突然说话了，声音不大，语调平和。

“嗯。”赵苑玫把目光从杯子上移开，“你付我那么多治疗费，每次来不是睡觉就是发呆，也是太亏了。”

成宇微微笑了一下：“今天是纪彦的生日，如果他还活着。”

赵苑玫微顿：“今年是过去第几年了？”

“快三十年了。”

这个时间似乎太久，两人一时又变得寡言。

“你愿意跟我说一下小时候的事吗？我有时也会感到好奇。”赵苑玫问，语调尽量柔和了些，“你以前倒是从来不愿讲。”

“不是不愿讲，”成宇低头说，手自然地合拢，“似乎一想起小时候，与之相关的全部都是关于纪叔叔的回忆，不知道怎么讲而已。”

“嗯。”

成宇走后过了很久，赵苑玫看着今天的日记，上面已经由原来的内容改成了成宇刚刚说过的话。日记总是要记录一天中最重要的事才对。屋内很黑，百叶窗遮住了窗外的霓虹灯光，只有荧光映在她脸上的冷光是亮的。

第 25 章　将计就计

病床上刚刚醒来的李漪漪已经不能用憔悴来形容了，她已经失去了灵魂，躺在洁白床单上的只是一副空壳罢了，秦在川先前觉得她像提线木偶的感觉更加强烈了。

“有什么想不开的呢？”

“不是没死成吗？”李漪漪目光无神，呆呆盯着天花板。

秦在川目光下垂，轻微地叹气，伸手帮她拉了拉被子："漪漪姐，注意身体，别再感冒了，也别再酗酒了。"秦在川作为一个不熟的朋友，看见李漪漪憔悴的样子，也难掩心痛。

"你这话，他死之前也跟我说过。"李漪漪突然喃喃，眼睛还是放空，"只可惜我现在能记住的只有他的背影。"

她的话让秦在川灵机一动。

"我一直很想问他感冒好点儿了没有，我为什么最后也没有问呢？"说话间，她眼里有晶莹的东西顺着眼角滑落，"原来我这么想跟他说这句话，这么想听到他的声音……这么不想他不在家。"

秦在川听懂了她那毫无逻辑的话，她想问的不是程佳扬感冒好了没有，她只是在想他。

"漪漪姐，现在说可能还不晚。"

李漪漪目光移到秦在川脸上，带着不解。秦在川现在还无法对李漪漪说太多，但他心里多半已经确定了那个大胆的假设。现在他唯一能做的就是赶紧找到那个最重要的人，一个能解开所有谜底却被大家早早排除在外的人——程佳扬。

他可能根本就没死，他之所以会乖乖按照程丰易的计划用酒服下头孢，并不是有人逼他，而是他故意这样做的。他应该是事先就得知了程丰易的计划，想将计就计，让所有人称心如意而已，包括他自己。

一辆停靠在云山桥一侧的车里，赵苑玫静静看着来往的车辆和远处熠熠生辉的江面，这一年最后一天的阳光照进车窗里，她完美无瑕的脸庞此时笼罩着一层不太真实的光彩。

云山桥上远远走过来一个人，头戴着一顶黑色的渔夫帽，走路时把脸压得很低。他在桥上走了一段，倚靠着护栏停了下来，看着桥下的云江。即使是冬日，江水依然滚滚流动着，没有结冰，萧瑟的江水被下午发白的太阳照得白粼粼的，看上去就像苍白的荒地，没有一点儿生机。

“他果然来了。”赵苑玫对电话那端的人说，“报警了吧？”

她凝视着窗外的动静，听着电话那端传来的回应，末了，她说：“你一定不要在秦在川来之前出现，不管出现什么情况。因为你和我在他们眼中是不应该认识的人。”

对方似乎有所犹豫，片刻后才说：“你放心，我会看好你。”赵苑玫听完随即挂断了手机。她打开车门，朝前方一步一步走去。

桥边的人听见背后传来极有规律的高跟鞋撞击地面的声音，下意识地把头低得更深，尽量装成一个看风景的路人，始终没有转过身来。

“程总。”赵苑玫已经走到他身后不足一米的地方，清冷的声音从她嘴中飘出来。

程佳扬依旧不肯回头，身子却已僵住，像蜡像似的一动不动。

“您怎么会在这里？”赵苑玫装作惊讶。

见程佳扬还是没有反应，赵苑玫轻笑：“现在外面漫天的新闻都是您坠桥失踪的消息，这世上估计所有人都以为您死了。如果现在是晚上，那我真是吓得要跑掉了。”说完她脸上的笑容很快褪去。

“你应该很聪明，今天当作没有见过我是你最好的选择，我要走了，也不想再费工夫让你说不了话。”程佳扬转过身看着眼前意外出现的人，他的声音虽然不大，却寒意凛然，在这寒冷的江边更让人不寒而栗。

“噢，”赵苑玫脸上浮现出淡淡笑意，点点头说，“看来您对您太太的感情真的很深，不然也不会担心如果我死了她会因此精神更加不好，毕竟她对我还是很依赖的，对吧？”

程佳扬暗自吃了一惊，他本来只想吓吓这个年轻女人，却不曾想到自己一句话就被她看穿了心里的想法。他忽然间意识到这个女人或许不是碰巧路过，这样想着，他不再理她，准备速速离去。

“你走了，李漪漪怎么办？”赵苑玫看他要走，在他身后提高了音调。

程佳扬背朝着赵苑玫停下脚步。

“你是她的心理医生，既然我当初找到了你，就是信任你的能力。她是你的病人，你要对她负责到底，如果她出了什么闪失，我不会让你好过。”

“您自己的太太，怎么把照顾她的责任推到我身上来了？”

程佳扬刚要开口，马上意识到赵苑玫是在有意拖延时间，他机警起来，不再跟她多说什么，加快了步伐。

“您可不能走，身上还背着案子就这样逃走，可是犯法的啊。”赵苑玫两步跟上他，不紧不慢地说，语气颇有威胁的意味。

“我以为你应该是个明白人，”程佳扬的语气带着嘲讽，“我是受害者，不懂吗？犯法的另有其人。”

“我说的可不是这次的事。”她的声音越来越近，“我说的是，梅挚的走私案。”

“你怎么会知道？”程佳扬猛地回过头，仔细端详着眼前的女人，可这确实不是任何一张他所熟悉的面孔。

“我是您太太的心理医生啊，梅挚的事是您太太跟我说的，这么吃惊干吗？”赵苑玫明媚的笑容里泛着令他不悦的阴冷。

“你到底想干什么？”程佳扬听起来倒没有太惊慌，他太清楚人们彼此威胁的套路了。

赵苑玫又朝前迈了两步，停在了离他极近的地方，在他身边说：“我猜，下一句您要问的应该就是，我到底想要什么了吧？无论我提什么要求您都满足我，无论什么事都可以用条件交换，只要不告发你，对吧？”她的声音像是得理不饶人的小人，“可惜，我什么都不要，我只想做一个守法的好公民。”

“你报警了？”

“当然了，不然还看着你跑掉吗？”阳光打在赵苑玫洁白的牙齿上，她的笑容看起来十分灿烂。

程佳扬眉间渗起了细微的汗珠，他快速扫视了一下周围，确定她是一个人来的，心里松了口气。

“看样子您很意外啊，是意外我的突然出现，还是意外您太太会把这么重要的事情告诉我？”

程佳扬尽量显露出平静的神色，手缓缓放进衣兜里，慢慢离她更近了一步。

“程总，其实就连这里也是李漪漪告诉我的。云江，云山桥，这是您第一次遇见她的地方吧？”

程佳扬听到这句话，即将要从衣兜里抽出来的手迟缓了。

“真是讽刺，这里险些就成了你的葬身之地，到最后，反而还是你最舍不得，想再看一眼的地方。不过，李漪漪对我说的却是，这里是她噩梦开始的地方。你们彼此之间，不觉得好笑吗？”赵苑玫的声音中充满了嘲讽。

下一秒，程佳扬握着冰凉利器的手再也没有犹豫，狠狠地向前冲去，那冰锥一样的利刃像是要加速融化似的，在赵苑玫身体里热腾腾的血液中搅动。

“你错了，我不会问你要什么，因为太麻烦，还不如直接让你闭嘴。”程佳扬顺势把手搭上她的肩膀扶住她，好不让她倒下，“赵医生，原本以为你是个聪明的人，原来是自作聪明。你独自一人，出了意外有谁会救你呢？”

赵苑玫紧皱着眉，腹部剧烈的疼痛让她说不出话来。程佳扬揽住她的肩膀，拖着她，尽量装出她依靠在自己肩上的样子朝车里走去。

她伸出手用力抓住栏杆，可程佳扬一刻不停地拖拽着她，一根又一根被她握住的栏杆接连失守，她的指甲被一路磨出血渍。

剧烈的疼痛让她产生短暂的幻觉，像是回到了很多年前的一个相似的场景。突然，她觉得像魔鬼一样的利爪消失了，一双更有力的手及时地抱住了她，带她逃离了。

“不是说好叫你不要来。”她猛地让自己清醒过来，意识到真的有人把她从程佳扬手中拉了回来。她本以为是刚才电话那端的成宇来了，睁大眼睛后却意识到眼前真的来了一个最不该来的人。

“林海？”

林海一把抱住赵苑玫，将她护在身后，程佳扬见状只好放弃，掉头朝远处跑去。赵苑玫顾不上询问他为何会出现在这里，紧紧按住林海的肩膀，另一只手连忙扯过衣服遮住受伤的部位不让林海分心：“快去，别让他走。”

林海从来没有见过赵苑玫这样的眼神，坚毅中带着狠劲儿，那样子就像是看见了一个仇敌。他顾不得多想，连忙按她说的做，朝程佳扬奔跑的方向追去。

赵苑玫失去了力量，倚靠在栏杆上，本就白得近似透明的皮肤此时仅有的血色也在向外窜涌，目光像是开弓的箭矢那般射向前方。

林海已经追上程佳扬了，她松了口气。汩汩的鲜血从她的指缝间流淌。

程佳扬挥舞着刀子，她倒吸一口凉气，心肺一阵剧烈地收缩。

“林海！”

下一刻，云江上空回荡着赵苑玫的尖叫。

“砰”，鸣起的枪响，比尖叫更有力，遏制住了其他一切声响。

很快耳畔便被嘈杂的警笛充斥，刺眼的红蓝光点亮了背景，赵苑玫眼里唯一清晰的也只剩前方渐渐跪倒下去的林海。很快，四周被人群充斥了，寒风吹散了她的头发，眼睛里升起的水雾和杂乱的人群让她再也看不清林海。

她的意识还是清醒的，只是已经无力支撑沉重的肢体了。她感觉有人搀扶着把自己抬上担架，恍惚中她在人群里终于看见了成宇，不知为何，他的样子看起来有些狼狈，赵苑玫心里一时翻涌上说不出的情绪。

"你放心，我会看着你。"不久前的声音还在耳边回响，赵苑玫用尽最后一丝力气朝他轻微地摇头：既然刚才都没有出现，那就不要前功尽弃，绝对不要过来。

周围的人抬着她上了救护车，她侧过头，看见林海就在旁边的另一辆车上，她的无名指一抽一抽地痛，疼痛传向她的心脏。

闭上眼睛的一瞬间，她瞥见被警察包围了的程佳扬，还有手里握着枪的秦在川。即使无名指还是抽痛，嘴角却挂上了一丝笑。

如果不是事发突然，又是在这样紧急的情况下，秦在川不可能注意不到一直跟在救护车后面的那辆宾利。就在片刻前，他还在满世界找程佳扬时，一通匿名的报警电话打来，一名路人说在云山桥上看见了疑似程佳扬的人。他现在没有心思去注意别的事情。

宾利车里的人是成宇，他跟着救护车没了命似的一路飞驰。向来看不出喜怒的一张脸上，嘴唇紧紧抿成了一条线。转弯时，他满是汗渍的手在方向盘上一个劲儿打滑，因为用力太猛终于忍不住咳了起来，掉了扣子的衣领下，勒痕还清晰可见。

远远看着赵苑玫进了手术室，成宇的心好像才刚刚恢复跳动，却跳得太快，让他招架不住。他一只手下意识地扶住身后的墙壁，另一只手按压住胸口竭力想要平复，喉咙却突然哽咽住。哽咽牵动着酸涩，眼眶顺势红了。

他从衣兜里掏出一块糖，三两下剥去糖衣，扔进嘴里大口咀嚼着，眼角的泪液也跟着落了下来。

“一定要醒过来，你放心，等你醒来时，一切都结束了。”成宇咬着牙使劲磨损着糖块，转身快步离去，静悄悄的走廊里只留下脚步声。

第26章 决 裂

“我说，警官，你们真的抓错人了，我对程佳扬出事的情况一概不知，当时我正在东洲市出差，那么多人都可以作证，你们现在完全是在浪费时间。”审讯室里，程丰易不耐烦地说。

周路轻轻摇摇头：“我们已经问过吴小敏了，当中的具体细节也已经一清二楚，你还有什么可说的？”

“我不就是让小吴去买个药吗？我哥，跟我嫂子，都不是什么会照顾自己的人，我担心他们也不行？”程丰易一副无辜的口吻。

周路忍不住哼笑：“你哥？你嫂子？你连你哥出事都一概不知，还能有这个孝心给他家送保姆？而且，你让吴小敏监视他们家，又怎么解释？”

“监视？”程丰易瞪大了眼睛，“我可从来没下过这样的指令，那孩子是怎么跟你们说的？一定是她理解错了，你把她找来，我要好好问问她，这么重要的事怎么能夸大其词呢？”

程丰易的反应是预料之中的，周路看他急得脸都红了，还频频皱眉，像是真的被误解了似的，不禁想，这人真是天生的演员，同时他飞快地瞥了一眼门口，希望秦在川能快点儿出现。

“咔嗒”一声，门开了。秦在川推门走入，看了眼屋内的程丰易，转而靠边站去，身后的人跟着走了进来。

程丰易瞪圆了双眼，眼球迅速膨胀得像要夺眶而出一般，没有半点掩饰和半点虚假的下意识反应是源于真的恐惧。

“你怎么会在这里？”他朝门口大喊，身子自我保护性地朝后猛地退去，一个趔趄险些倒在地上。

“我明明……我明明……”程丰易嗫嚅着说不出完整的话，难以置信地盯着站在门口的程佳扬。

“明明把我杀了，我为什么还会出现在这里？”程佳扬看着紧紧贴着墙壁的弟弟，声音中不知怎的带着颓废。

程丰易恢复镇定的时间比秦在川预料得短了许多，他扶着墙壁挣扎着直起身子，带着试探的目光朝前走了两步：“你没死？”

他的目光有短暂的呆滞，惊恐很快变成了愤怒，顺手一把抡起身边的凳子就朝门口扔去。

“你竟然敢耍我！你早就知道了对不对？！知道还顺水推舟，想把我糊里糊涂就变成凶手，你好销声匿迹，让我一个人去承担廉租房倒塌的罪名。”程丰易咆哮起来。

秦在川连忙拉开程佳扬躲过飞来的凳子。程丰易冲天的怒火倒是他意料之外的，那是因为他不知道程丰易的愤怒全部源自他心底最深处的挫败感——在面对程佳扬时一次又一次的挫败感，常年累积，瞬时爆炸。

“干什么！什么叫我把你变成凶手，你本来就是凶手。”程佳扬厉声说道。

“可你不是没死吗！没死为什么躲起来？躲起来，暗中看着我还被蒙在鼓里，被你当猴耍，你做梦都能笑醒吧！你又可以在我面前继续摆出一副居高临下，显示你的优越感的样子。你既然诈死为什么又出现？是为了把我变成杀人未遂的罪犯吗？”说话间程丰易又拿起桌上的水杯毫不留情地朝他砸去。

“在你面前，我一直很有优越感。”程佳扬这次灵活地一闪避开了，程丰易的话震慑到了他，他终于再也不想保护和袒护任何人了，每一句话都针锋相对，“你不好奇我是怎么知道的吗？是郑钧啊，他不是你的人吗？可他怎么提前把你全部的计划都告诉我了呢？”

程丰易怔怔地一下子没反应过来，程佳扬见他这副反应，忍不住翘起嘴角：“我的傻弟弟，连你自己养的狗都背叛你，连他都觉得我比你更可靠，你怎么活得这么失败？”

程丰易突然失控，向他扑去，愤怒已经完全盖过了理智，其余的一切都不重要了，没有什么能比亲手掐死眼前的人更让他解气的了。周路和秦在川一看，急忙一人一边钳住他的胳膊，秦在川一脚狠狠地踢在他的腿肚子上，两人反手扣住他的胳膊，将他摁倒在地。

“秦在川，你看见了，他就是想要我的命，我提前得到了风声才得以侥幸脱逃，桃华集团法务部的郑钧也可以作证，程丰易曾经向他下达过详细的指令。”程佳扬看着跪倒在地的弟弟，声音中透露着果决和冰冷。

“程佳扬！”跪在地上的程丰易怒不可遏地试图挣脱开束缚，“你休想把所有的事都撇干净！你够狠，既然你不想让我活，你也休想就这么开溜！”

周路看着衣着光鲜却目露凶光的兄弟两人，心里瞬时生了些感慨，可走神儿的片刻，被摁压住双臂的程丰易突然使出了全身力气，发了疯一般甩开他们的手，周路险些被他这下给撂倒。

“秦在川，我要告发！十六年前桃华的那起走私案，是他程佳扬勾结陈楼美做的！”秦在川正用力别住程丰易肩头的手倏然间抖了一下。

“他包庇罪犯，贿赂检方，制造伪证，找了无辜的人当替罪羊，还不忘也从走私案中分了一杯羹，他也是罪犯！”程丰易挣扎着试图直起身来。

“你放屁！”程佳扬上前一步对着程丰易的脸抡了一拳，“不是为了救你我至于以身犯险？”审讯室内的争执声持续不断，引来不少警察在门口驻足观看，秦在川一把揪起还没站稳的程丰易，把他推到墙边，目光像刀子一样直逼他，嘴上却像是被抹布堵住了似的什么话也说不出。周路顾不上拦住他，赶紧朝门口喊人帮忙，好不容易把程佳扬从屋里给架出去了。

想必，风光一时，在商海呼风唤雨的程家兄弟做梦也不会想到，有一天，自己在别人眼中会像两只杂耍猴子一样上蹿下跳，引得人驻足围观。

等两人平复下来做完笔录已经到了深夜，事情的经过跟秦在川之前推测的基本一致。程佳扬事先从程丰易的心腹郑钧那里得到了消息，于是将计就计。至于如何从车祸中逃脱的：开车的根本不是他，代替的人掌握好方向后，用木棒顶住油门，在车子失控前已经跳下车。等车子坠江后，木棒会由于水的冲刷和浮力漂起来，漂到窗外永远消失在人们的视线里。这也解释了为什么明明是冬天，车子却大开着窗户。

“一九九九年，桃华集团的梅挚因参与汽车走私案入狱，那其实是冤案。虽然事情久远，但我现在要举报，那起走私案其实是我和陈楼美做的，程佳扬帮着善后，跟梅挚没有半点关系。”程丰易从刚才的闹剧中平静下来。

“你胡说什么！”秦在川腾地从座位上站起来。周路吃了一惊，他还从来没有见过秦在川在审问时出现这种情况。

“我宁愿举报自己也要揭发这件事，你觉得我有必要骗你吗？”程丰易冷笑，此时他自知走到末路，既然已经难逃法网，他只想多拉几个垫背的。“我第一个要举报的就是程佳扬，我反正是完了，他绝对别想自己活。第二个就是你妈，其实你不知道，你妈干的好事儿多了去了，你想听的话，我一件一件说给你听。”

秦在川清楚地听见自己的心脏怦怦地跳动，像是刚刚跑完百米冲刺，膨胀着随时可能爆炸。

“周警官，您也听明白了吧，请监督秦警官，不要让他枉法，还有就是尽快调查，不要让不法之徒继续逍遥法外了。”程丰易看到秦在川这个反应，转而对一旁的周路说。

周路清了下嗓子，快速地扫视一眼身边的秦在川，秦在川正目光放空。“如果情况属实，我们自然会还受害者一个清白，但调查是警察的事情，就不劳烦你费心了。”

“我去问程佳扬。”周路还来不及看清他的表情，秦在川就推门快步跑了出去。

秦在川坐在程佳扬对面，看见他的嘴巴一张一合，像是章鱼长满吸盘的触角一般把他卷进那黏稠的绝望里。

“我仅有的亲人都希望我消失在他们的生活中，我也倦怠了一切，我本来想借着程丰易的计划，满足他的心愿这样离开的，你们觉得我死了也好活着也罢，都不再去理会了。而且漪漪她也能过得舒心点儿。”程佳扬说，“可既然老天让我走不了，也让我看清了程丰易的本性，我也不想再袒护任何人了。正如他刚才所说，我确实参与了走私案，帮助他们摆脱了检方的调查，但是他程丰易联手陈楼美走私在先，我有当年走私货物被扣押的海关文件，还有陈楼美伪造梅挚签字的笔迹鉴定，物证充分，你随便查。”

“我妈她……为什么这么做？”

“大概是欲望吧。”

在很久很久以前，秦在川有一天突然不敢看母亲的眼睛了。他惊恐于母亲平地而起的地位和多到让他害怕的家产，胆怯于被母亲看到自己眼中无法掩藏的怀疑和猜忌。因为血管里流淌着同样的血液，他强制自己在面对母亲时丢掉作为警察敏锐的嗅觉和推理能力，假装可怕的事从未发生过。秦在川对屏蔽自己的感情、自欺欺人很在行，他假装永不会有这一天，有人掰开他遮挡着双目的手，逼他直面这一切。

秦在川走在警局的走廊里，脚下有些发虚。迎面碰上被押出来的程丰易，他走到秦在川跟前的时候俯身说："秦在川，关于陈楼美的事，你还想听吗？"不等秦在川回答，他又说，"我有一整本档案都是关于她的，已经交给你们领导了，等你们头儿看完后估计就是你看的时候了。不过你也可以先问问她，头孢和藿香正气水一起吃会导致什么后果。"

这句话如闪电劈过，一个画面惊雷一般在他脑海里炸开。那天他在医院时，陈楼美当着他的面一把夺过的快递，里面装的东西，有药片和药液。

秦在川内心深处遮着掩着藏了多年的疑惑已然在今天被摊开，他再也没有可以躲避的理由。平静的面色下是心底燃起的火一般的愤怒，他知道自己没有资格愤怒，因为他亦做了永远无法被原谅的事情，所以他只能压抑。绷着几乎要爆炸的神经，他恨不得立刻飞到陈楼美面前，把这爆炸的结果全部推给她去承受。

秦在川不管秘书的阻拦冲进陈楼美的办公室，哪里也找不到她的踪影。他立住脚步，不给自己思考的时间，快速拨通了陈楼美的手机。攥着手机时，他连每次的呼吸都只敢吸入半口。

"在哪里？"

"在去医院的路上，准备去看你外婆……"不等她说完秦在川就挂断了电话。

他以飞一般的速度开到仁心医院，把全身力量狠狠地发泄在摔车门上，"嘭"的一声，引来医院门口不少行人的目光。这声响也让他清醒了，清醒过后的一刹那，突然就失了大步流星走进去的勇气，之前那股贯彻全身的韧劲转瞬之间荡然无存。

要怎么开口呢？她到底是和自己流着同样血液的人，是在这个世上和自己最亲的人。

“其实你一点儿也没变，你知道吗？还是一样的，只知道躲避。”

吴晨在审讯时算是说对了一句话，秦在川从心底认同他这话。他最终还是在猛砸一顿方向盘后掉转车头离开了，心思杂乱的他甚至都没有注意到，林海也住在这家医院。

第27章 梅 雅

赵苑玫觉得很奇怪，明明眼前是一片黑暗，她却还能看见一片片滑过的梧桐树顶。许久之后，她想明白了，这是她昏睡前看见的最后一幕。想到了这儿，她眼前渐渐变得明亮了，她知道自己的意识正在恢复。

等待是很漫长的过程。那种感觉就像是人猛地从蹲起变为站立时，因为贫血的缘故整个视线都是黑的，浑身没有一点儿力气。最难受的不是眩晕的时刻，而是即使清楚这种席卷全身的无力感终究会过去，可就是不知道还要等多久，只能一分一秒静静地挨着。

“醒了，要吃点什么吗？要吃糖吗？”

赵苑玫似乎听到了熟悉的声音，但她知道此时病房里并无一人，这声音不过是记忆在说话。随着手上的知觉慢慢恢复，她脸上的表情也有了变化，像惊讶，又像是无奈。

她感觉到，自己蜷着的手里，塞着一颗熟悉的糖。

秦在川来到了李漪漪的病房，他从兜里拿出一件东西，放在了她手心里。

那枚散发出温润光泽的怀表。

“这是程佳扬随身带着的东西，因为无论我什么时候见到他，他总是片刻不离这块表，所以一开始我就是靠着这块怀表，认定他一定是死了。”秦在川说。

秦在川走后，李漪漪握着那块怀表许久，缓缓打开了表盖，看到表盘的一瞬间，噙在眼角的泪珠终于坠落。

表盖里嵌着的照片上，是自己二十年前的侧颜，那时她正在云江边看向遥遥的远方。看背景，那是一个阳光很好的天气。

秦在川的声音还在空空的屋子里回荡：“我去查了程佳扬最近一段时间的通话记录，之前你说的他总是避开你去接的电话，都是在同一个叫陈楷的人通话。那个人是本市最好的一家疗养院的院长，那所疗养院专门治疗失眠。他是真的想让你过得舒服些。还有，他还活着，你想说没说出口的话，可以告诉他了。”

一旁照顾她的吴小敏看着浑身颤抖的李漪漪，不知发生了什么，她突然不再低声啜泣，而是扬起头号啕大哭，紧紧地捂在胸口的手里还握着一块怀表。

“成宇，你还记得那个孩子吗？”坐在副驾驶座的陈楼美思考了很久后才开口说话。

“陈总您说的是谁？”成宇正开着车载她去仁心医院。

“梅雅，梅远的姐姐。”

“您说当年梅总的女儿啊，她不是失踪了吗？怎么突然想起她来？”

“是啊，怎么会突然想起她来？大概是上次听栎阳一直说着什么姐姐，看着他那样子，莫名其妙就想起来了吧。”陈楼美说这话时不由得皱紧了眉头，“上次让你去查他不知哪儿认来的那个姐姐，查得怎么样了？”

“还在查，还没发现什么不对的地方。那女人叫赵苑玫，是个心理医生，从小父母就去世了，后来一直生活在美国，林海……不，我是说栎阳应该就是在美国的时候认识她的。”

“继续查吧，有什么问题就马上告诉我，我不想让栎阳身边有什么奇怪的人。”

“嗯，”成宇点点头，“陈总，栎阳他为什么后来要改名字？”

陈楼美停顿了片刻：“他爸跟我离婚后给他改的，是想带着他重新开始吧，我年轻的时候也得罪了不少人，他爸也可能是为了躲仇家吧。”

成宇一路平稳地开着车，眼前的光景化作一条光带，因为陈楼美的话，他也不由得想起些关于梅雅的事。

在成宇的记忆中，他第一次见到梅雅，还是刚入职桃华百货不久的时候。那一天，成宇跟在当时的法务部部长身后，陪着梅挚和程佳扬一起巡视商场。正当他们在楼层间巡视的时候，跑过来一个五岁大点的男孩子，抱住梅挚的腿硬是不让他走了。梅挚有些尴尬，弯腰对男孩子说：“爸爸在工作，你自己去玩。”

一旁的程佳扬看他这样一副语气不禁咂咂嘴，俯身把男孩抱起来，从兜里掏出一块巧克力放到男孩手里，一边亲切地说：“小远又和姐姐来玩啊，姐姐呢？”

梅远握紧巧克力，用小手勾住他的脖子，朝梅挚做了一个鬼脸，转而对程佳扬说：“姐姐和我玩捉迷藏，但我找不到她了，姐姐说她迷路了，爸爸不去找她的话她就走不回来了。”

程佳扬听了不禁哈哈大笑，周围几个经理也被小孩的话逗乐了。成宇远远看着程佳扬怀里的小孩，眉目清俊，薄薄的单眼皮像极了梅挚，嘴角边一枚酒窝看起来十分可爱。程佳扬不停地逗着他，还跟梅挚说要把梅远偷回家里去自己养着，小梅远听后更是笑个不停。

“去找找阿雅吧，万一跑丢了呢？”程佳扬语带担忧。

梅挚不紧不慢地说：“她从小就是在这儿玩大的，对这儿她比我还熟呢，不用担心，她玩腻了就回来了。”说完，他们稍作停留后又继续巡视。

巡视快要结束时，成宇无意间回头看见不远处的楼梯边站着一个女孩，踮着脚一直往这边看。直到梅挚渐渐走远，她原本欣喜的脸庞上才露出些失望的神情。

成宇觉得那应该就是梅雅了。

成宇也不知道为什么自己之前没有看见过她，但自从那次以后，他总能在百货大楼里瞥见梅雅的身影。一座十层的百货商厦成了她的游乐场，不管她是一个人时还是领着弟弟玩时，稚嫩的脸上总是带着甜甜的微笑，在她的游乐场里尽情玩耍。

梅家在出事前成宇早有预感，因为平时总是对陈楼美的行动格外注意，程家兄弟与陈楼美当时在计划什么，成宇也在调查中知道了大概，但他从来都没有提醒过梅挚。原因很简单，桃华高层间斗得越凶狠对他就越有利，他的目标虽然只是陈楼美，但如果正巧别人的计划顺带帮了他，他又何乐而不为呢？况且梅挚与陈楼美的关系亲密得不一般，成宇觉得梅挚是自作自受罢了。

只不过成宇没想到陈楼美竟然趁机取代了梅挚的地位。他本以为陈楼美怎么也不可能全然脱身，谁知她不仅把自己撇得一干二净，还继续欺骗梅挚，凭着他对自己的信任把梅挚所有的财产都握到手里。

梅挚因为走私案入狱以后，他就再也没有在桃华百货看见那个总是笑意盈盈的小女孩。成宇听别人说梅挚的妻子没什么钱，已经带着两个孩子搬到廉租房去住了。开始他还能用梅挚是自作自受来当借口让自己心安，可后来他几乎每天都能听到关于梅家的新传言，都在议论说梅挚的妻子精神早就出了问题，孩子现在都没人管了。

从那以后，只要想到梅雅他就无法控制地自责，如果他提醒过梅挚，事情会不会就不是这样了呢?

心里对那家人的愧疚日益增强，成宇打听到梅家住的廉租房，可几次走到门口却不敢敲门，只把钱用信封装好从门缝塞进去便离开。

有一天，成宇又听见别人议论：梅家小儿子死了，而且都已经过去好久了，好像是出了意外淹死的。

没有人比他更清楚失去最重要的人是什么滋味，他匆忙赶到梅家，刚走进楼道就听见楼上传来哭喊和人群骚动声，他跑上楼梯，却被眼前的景象震慑到了。

他这辈子都记得梅雅当时的样子，她瘦小的身躯躺在楼梯最底层一动不动，身后的楼梯上被一群人拉住的面色凶狠的女人是她精神失常的母亲。成宇一时间无法得知到底发生了什么，梅雅的额角还在汩汩向外淌血，身上裸露的地方遍布淤青和伤痕，来不及多想，他连忙抱起她赶去医院。

摔断了三根肋骨，旧痕新伤叠加在梅雅瘦骨嶙峋的躯干上。

十六年前成宇在病房里看到梅雅的全身检查结果时注意到了一件事，她原来早就不是孩子了。那个瞬间，他只觉得口中泛苦。

“我认识你，你是跟在我爸爸后面的那个律师叔叔。”这是梅雅醒来后对他说的第一句话，语气里听不出痛苦。

“醒了，要吃点什么吗？吃糖吗？”那是成宇当时唯一能想出的话了。

赵苑玫在病床上缓缓坐起身来，剥开糖衣，咀嚼间嘴角扯出一抹很安心的笑。她透过门上的玻璃向外看去，挣扎着站起来，每走一步疼痛都撕扯着她的身体，她一步一步地走着，想去看看林海。

终于下到了二楼的走廊，巡护的护士看见拦住了她，叮嘱她千万不要随便走动，不然腹部的伤口会裂开。

“跟我一起被送来的那个人今天怎么样了？”赵苑玫说。

“你就放心吧，不是跟你说过好多遍了吗？他没事，只是肩上受了点儿外伤，没有你严重。”接着，护士的语气中带着玩笑，“你这么关心他，他也这么关心你，隔一会儿就要来看你一次，我们拦都拦不住，是你男朋友吧？”

赵苑玫一听低头笑着摆手：“是我弟弟，比男朋友重要多了。”

护士听后恍然点点头，觉得也有道理。

“我在屋里有点儿闷，你扶着我来回透透气行吗？”

护士觉得不妥，又拗不过她，只好推来一个轮椅，推着她在走廊上慢慢移动。

“上次的快递还没找到寄件人吗？”医院的走廊上，陈楼美的高跟鞋撞击地面发出的声音格外刺耳。

成宇无奈地摇摇头，抬眼正好瞥见迎面被护士用轮椅推着朝他们走来的病人。

“不然还是报警吧，这算是恐吓信吗？您不把具体情况告诉我，我查起来难度实在很大。”成宇的声音一如既往地让人听不出语气。

陈楼美皱着眉头，话音中带着怒气：“这么点儿事都办不好，公司养你干什么用的？”

成宇脸上立刻浮现歉意，表示自己一定尽快办好。说话间，陈楼美和成宇已经走出一段距离了。

用轮椅推着赵苑玫的护士心里不禁纳闷，刚才迎面来的戴眼镜的男人，应该是那个专挑赵苑玫睡着时偷偷去看她的人，好几次了，应该是怕打扰她。可片刻前两人相遇时没见半点儿要打招呼的意思，难道是自己记错人了？

第28章　溘　逝

“是我。”秦在川说话时多余地清了清嗓子，从李漪漪的病房出来后，他终于再也找不到别的事做了。

“噢，在哪儿呢？”周路问。

秦在川试图通过他的语气判断出一些事情，然而终究无果。

“走私的事情……在查了吗？”

“嗯。”周路回答得并不干脆，“程丰易当时大喊大叫你也看见了，把头儿给招来了，所以，你懂，正常调查是难免的，你也先别想太多。”

“好，我再转转就回去。”

秦在川知道，周路不紧不慢的语气在传达一个急迫的讯号：如果现在他再不去找陈楼美问个明白，下一次相见就不只是母子的关系了。

猛地一下拉开病房的门，秦在川弄出了不小的声响，病床上的陈依曼失声尖叫了一声，陈楼美嗔怪地瞅了他一眼。陈依曼的尖叫让他的情绪踩下刹车，本来的一鼓作气也像油门表上的指针一样倏然坠落。

病房里外婆依旧坐在床头，旁边紧挨着的凳子上是陈戚，成宇和陈楼美坐在稍远一些的沙发上。秦在川的突然闯入让房间顿时陷入安静，他可以感觉到，房间内的几个人不同程度地都对他有着敌意。屋内弥漫着香甜的气味，似乎在他进来之前这里还比较融洽。

“进来怎么也不敲门？”陈楼美抬眼对他说。

“对不住，外婆。”秦在川看着依然惊悸的外婆，连忙上前两步想安慰一下她，可外婆的反应却出乎他意料。

“别……别过来，”陈依曼的声音陡然提高，“你来干什么？”

不久之前秦在川来看陈依曼时，她虽然还病着，但精神不差，跟此时在病床上那个用被子把自己裹得严严实实、目光游离的陈依曼判若两人。

“出什么事了？”秦在川带着疑惑的目光下意识地投向陈楼美。

“没什么大事，睡眠不足导致的。”

秦在川不知如何开口，目光正好落在一旁的成宇身上，成宇起身朝他点点头，算是打招呼。

“我们正聊到你，你就突然冲了进来，连我也吓了一跳。”成宇的语气平静，话中又带了分诙谐的语气。

“聊我？聊我什么？”

“没什么，秦警官别站着说话了。”成宇示意他坐下，自己也坐回了原处。“我们在说，你真是天生就适合做警察的人。”一边说他一边把手边的巧克力递了过去，“这是公司上午开股东会分的礼品，选的也算高等货，不吃实在是有点儿浪费。”

秦在川摆摆手，他和陈楼美只有在不爱吃甜食这一点上一致。

“我不吃了。”秦在川礼貌地回绝了他，朝陈楼美说，“妈，出来一下，有事跟你说。”

“切，什么话不能在这里说，”一旁的陈戚喝了一口饮料，又因为喝得太着急被自己呛到了，话语中带着嘲讽，“姐，你儿子让你出去呢。”

陈楼美的目光快速移到陈戚脸上，秦在川看不清她的表情，只是陈戚再没了话，把头别向一边，赌气似的大口大口喝着饮料。

“你们想趁别人不在，一起商量害我的事……”床上的陈依曼此时不知为何激动起来，说着还把枕头朝陈楼美扔去。

“滚，都给我滚出去，你也滚……”秦在川来不及思考，一个箭步迈到陈楼美身前，替她挡了下来，马上他听到身后传来一声极低的轻笑，心里顿时生了些不好的感觉。

秦在川知道外婆一向更喜欢舅舅，但以前也不至于这样。医护人员闻声赶来，试图安慰陈依曼，却没什么效果，秦在川见状转身推着母亲的肩膀，强制性地把她推出了病房。

在病房外的长凳上，秦在川和陈楼美并排坐着。

“睡眠不好导致的？你告诉我，人要几天不睡觉才会到她那个状态？外婆到底还有什么问题？”秦在川侧过头不由自主地带上质疑的语气。

“没什么大问题，人老了难免爱疑神疑鬼，不过话说回来，她若是心底无事又怎么会睡不好？”

“那你呢，能睡得好吗？”

陈楼美顿住了，随即哼笑着说：“你现在是在审问你妈吗？当了几年警察忘了自己干过什么事了是吧。”

这永远是他的死穴。他移走目光低头看着地面：“我干了什么自己永远不会忘，”他又抬起头，“你干过什么也希望你永远记得。”

“你什么意思？”

“没意思。我就是想知道，那天在医院收到的信封里到底装的什么药？那个照片上的男人是谁？你和外婆的反应为什么会那么激烈？”

秦在川清楚地看见陈楼美的脸像注了水银一般在凝固，她很快攥起拳头，转过头起身就走。

“是头孢和藿香正气水吗？你也用这种方法害过别人吗？”秦在川朝着她的背影喊道。

陈楼美背对着他，脸庞还在僵硬地抽动，紧绷的嘴唇上渐渐没了血色，却依旧不回答，继续朝前走去。秦在川只好从座位上起身，两步迈到她面前，直直地与她对视。

“我不想从别人的口中听到关于自己亲妈的事，所以你自己告诉我。当年让梅家完蛋的走私案，真是梅挚做的吗？”医院的走廊里，秦在川在熙攘的人群中，终于问出了跨越十六年的问题。

“警方查得清清楚楚，梅挚犯罪，证据确凿，你现在又来问我做什么？”

“那为什么现在所有人都说是你陷害他的？”秦在川怒吼一声，“你知不知道梅家因此家破人亡！”

一记响亮的耳光随即落在了他脸上，陈楼美怒不可遏地看着他，声音中带着颤抖：“害得他家破人亡的是你，我只是替你收拾烂摊子，难道你忘了吗？是你跟社会流氓去找梅雅麻烦，梅远才出了意外。我费尽千辛万苦才保住了你，给了两个流氓几十万，现在才没人知道当时你也在场，不然你觉得你现在能站在这儿质问我吗？你能当警察吗？”

秦在川僵住了，呆呆地看着自己的脚下，冰冷的大理石反射出耀眼的光，像极了冬日里封冻的湖面。梅远就躺在那冰冷的湖底，一个人，没有人去救他。

秦在川耳边又响起幻音，梅雅在哭。

陈楼美见秦在川没有再阻拦她，不屑地笑了笑，从他身旁走开了。

三楼，被护士推到自己病房门口的平台上的人静静地注视着楼下的母子，脸上看起来很平和。

她转过头，对身边的护士说：“我还不想回去躺着，还想再去楼下看看，可以吗？”

护士一听，友善地低头对她说：“是又想去看你弟弟了吧？”

赵苑玫笑着点点头，护士推着她一步一步地朝二楼的病房走去。

“哥，外婆下午突然走了，你快点儿来医院吧。”

时针正好指到数字八，屋里没开灯，窗外的斑驳霓虹灯照亮了秦在川躺着的沙发。秦在川停顿了一秒后才听出了电话中林海焦急的语气，后知后觉地反应过来，一个激灵。

“妈在那儿吗？”秦在川直挺挺地从沙发上坐起来，下意识地脱口而出。

“妈接到消息就赶来了，舅舅他们也早就来了，一直联系不上你，你快点儿过来。”

秦在川心头顿时笼上一种说不清的滋味。下午回来后他感觉混混沌沌，只想在睡眠中让自己的大脑暂时休息，可在失去意识的这几个小时中，他心底最害怕的臆想成真了。外婆看到母亲时那恐惧的眼神，即使是在梦里也挥散不去。

医院里，陈楼美的身边围着不少平时跟随她的高管，一群人正安慰着她。陈戚双眼红肿，趴在空荡荡的病床上大哭不已，其他家人也都脸色阴沉，面露忧色。林海还穿着病号服，坐在陈楼美身边紧握她的手。

“怎么回事？”还没跑近秦在川就急着问，说话间他看向病房，陈戚还趴在病床上痛哭，几个人拉着他，屋内有几个护士在打扫。

秦在川一看，来不及听林海的回答，两步迈进屋子，朝着正在撤掉输液药瓶的护士命令道：“把物品放回原处，我是警察，马上把屋子还原成清理前的样子。”

秦在川的反应引起不少人的议论，大家对警察的出现都有些敏感，陈戚更是红着脸骂骂咧咧：“你在这儿添什么乱？当了两年警察真以为自己了不得，也不看看自己是个什么东西。”

秦在川没有理他，直接向护士表明了自己的身份，又简单环视了一下房间，才出门去找林海。

“傍晚六点多钟我想去看看外婆，结果叫了外婆好久她都不答应，我赶紧通知了医生，这才发现外婆不知道什么时候已经去世了。”林海紧紧攥着身旁母亲冰凉的手。

“原因呢？”

“医生说病人是在沉睡中去世的，应该是自然死亡。”

“自然死亡？”秦在川忍不住提高了声音，看了一眼坐在长凳上的陈楼美，“病房那么多仪器难道就没个警报？就算没有，一直照顾着外婆的人都去哪儿了？”

“那个仪器……”林海话还没说完，一个医生走过来：“病人家属来一下，关于病人还有些事要确认。”

林海一听连忙答应着，刚要起身，陈楼美也站了起来：“栎阳，我来吧，你身上伤还没好，不能这么折腾，妈妈没事的。”陈楼美说完不顾林海的阻拦走向了医生。秦在川就立在一旁，陈楼美自始至终都没有朝他看一眼。

“再跟您确认一下，您母亲的遗体是现在就要火化吗？这个时间殡仪馆都关门了，最快也要明天早晨……”

“不能火化，”秦在川立刻冲过去，“外婆的死因还没查清，怎么能就这样火化了？我会联系法医，只有尸检过后才能知道真相。”

“你有完没完！”陈楼美大怒，“你查案把脑子查傻了？你在外面查别人的事我不管，对你外婆也要这样吗？”

秦在川微微哽咽，他压低了声音，却没有退缩：“我对事不对人，我也只是不想让外婆死得不明不白，就这么放任不管，不知道凶手还会做出什么事来。”

“你……”陈楼美双眼发红，看得出是在强压怒火。

“好了，哥你不要再跟妈吵了，”林海打断他们，“你就不能体谅一下妈现在的心情吗？外婆是我们的家人，她去世了，难道……难道你真的一点儿也不伤心吗？”

“她是我外婆，我承认我们不亲，但她到底是我的家人，我怎么可能不伤心？但正是因为这样，我更不能随便放过伤害我家人的人。”

“医生都说了是自然死亡，哪里来的什么凶手？”

“栎阳，你怎么这么糊涂，一个大活人突然死在医院里了，传出去他们医院还开不开了？外婆快不行的时候，她病房里那些什么体征监控仪器怎么会连个响儿都没有，如果这不是医院失职，那就只可能是有人故意害死外婆。”

第 29 章　嫌　疑

陈楼美握紧了几乎没有知觉的手，死死地盯着秦在川，一字一句地说：“秦在川，你除了给我惹麻烦还会做什么？你根本就什么都不知道。”

反驳的话就在嘴边，但当目光落到她脸上的时候秦在川却沉默了，觉得她最后这句话有深意。

“我从来没有报过警，你现在的身份顶多是家属，这个家现在还是我说了算。明天一早就火化，你有本事就把我带到你的警局去问。”陈楼美愤愤地说完这话转身就随医生去办手续了，看着她离去的背影，秦在川心里宛若拧实了那个解不开的疙瘩。

秦在川又回到陈依曼的病房，用警察的身份强制众人离开。他咬紧牙关，无数次告诉自己要冷静，不可以失去仅存的那份判断力。

“秦在川，你算什么，敢让我从这里出去！”陈戚见到秦在川这副架势，心里的气不打一处来，伸手就要朝他肩上狠狠抡过去，秦在川无心理他，顺势一躲，陈戚一个趔趄，扑在周围亲戚身上。他回头瞪向秦在川，脸色涨红得更厉害了，止不住地咳起来，在众人的搀扶下最终出去了。

秦在川戴上手套，小心地取下输液瓶装好，准备带回局里检验，里面还剩下为数不多的药液。他盯着床头的监护仪器，他不了解监护仪器的原理，但知道这会成为一个极其重要的点。他尽可能没有遗漏地把监护仪上留下的指纹都采集了，即使这可能并没有太多价值。

秦在川眼睛一寸一寸扫过屋子，这时周路的电话打了进来。他犹豫了一下接起来，果然周路是担心秦在川一个人胡来，特意打来叮嘱他的。

秦在川看着四周，没有犹豫就把眼前发生的事告诉了周路。随后他又检查了一遍房间，才来到了值班护士的办公室。

据护士的说法，秦在川得知下午在自己和陈楼美离开了以后，陈依曼的情绪依旧激动不已，陈戚再三安慰她才渐渐平复下来，后来陈戚也离开了。

“病人的儿子陈戚离开后，房间内就没有别的人了？”秦在川问。

“总是跟着病人女儿一起来的那位先生还在病房吧，好像是个律师。”一个下颌尖尖的护士回答。

“什么啊，那人跟病人儿子一起走的，我都看见了。”另一个圆脸的护士立刻反驳。

两个护士不一致的回答让秦在川不能确定，他想了想还是寄希望于监控录像。

“也就是说，在陈戚和律师离开以后，直到病人被发现死亡的这段时间，病房里只有她一个人是吗？”秦在川试图从她们口中确认这个关键点。

“嗯……应该是这样。”两个护士难得说法一致。

“你们的职责不是定时去病房检查患者的情况吗？怎么中间三个多小时都没人去看一眼？”

“病人有需要时一般都会按下铃，我们才会去病房，而且……而且，这位病人的脾气……我们清楚让病人出现情绪波动是十分危险的事情，所以当病人说不让别人进去打扰她休息时，我们从来都不敢去打扰她的。”尖脸护士解释的语气中带着谨慎。

“你说你们从来不敢去打扰，怎么，她经常不让你们进去照顾她吗？”秦在川很少来看陈依曼，确实不清楚还有这种事。

“是啊，病人有高血压，可是还经常发脾气，不少护士都被她骂出病房过。平时病人下午都会休息，从来不让我们进，所以我们也就从来不敢打扰她，因为病人身边总有家属陪着，有紧急情况我们也会知道。”尖脸护士赶紧回答。

“我下午路过病房的时候还看见病人赶那个律师走呢，律师先生好像本来想进去看她，结果还没进门就让她给骂走了。”圆脸护士抢过话。

秦在川觉得她们叙述的时间线有些混乱，特别是圆脸护士的说法。

秦在川问她：“你不是说看见律师和陈戚走了，怎么又看见他要进屋呢？”

“噢，是这样，一开始我是看见陈戚和律师先生一起离开了，不一会儿律师先生又回来了，可门都没进去。我当时推着一个病人在走廊，正好经过陈依曼的门口，隔着门我都能听见她在屋里喊骂的声音，律师先生一听当然也不敢进去了啊，只好走了，估计本来还想再看看她吧。”

秦在川快速思考着，外婆休息前最后见的人是舅舅和成宇，那时自己和母亲已经离开了。下午他进到病房时，舅舅陈戚、外婆还有成宇三人正在屋里边聊天边吃桌上打开的一盒高级巧克力，旁边还打开了几瓶包装精致的饮料。如果食物有问题，那么陈戚和成宇也不可能幸免。有一点秦在川可以确定，那就是至少在陈戚离开前，陈依曼是不可能有什么事的。因为陈戚绝对不可能放任母亲出现异常状况却不管不问，说难听一点儿，那是他唯一的摇钱树了。问题只可能出在陈戚离开后。

“他们离开后还有人来过吗？”

两个护士听到这个问题都默不作声了，摇摇头表示不知道，这时又有几个护士走了进来，秦在川又向她们重复了一遍问题。

“下午三四点钟，病人的女儿好像来过。”一个实习生模样的小护士回忆着说，秦在川心里“咯噔”一下。

病人的女儿。

“那时我正好有事在三楼，从上面那个平台可以看到陈依曼病人的房间门口，我看病人的女儿进去在病房里待了一会儿。”

“你确定那是病人的女儿？”秦在川立即追问。

“不，不……”小护士连忙快速摆手，“我不能百分之百确定，但看身形确实很像。”

“你在什么地方看到的？麻烦带我去看一下。”

小护士领着秦在川来到三楼，指着前方突出来的一个宽敞的走廊平台说：“就是那里。”

秦在川皱着眉头，边走边低头审视着身旁的护士：“你是专门负责陈依曼病人的看护吗？”

“我们都是轮流看护，我曾经照顾过病人一段时间，所以对她的家属还比较熟悉，病人的女儿几乎总是在病房里照顾她，所以我对她印象格外深刻。”

秦在川看不出她的表情有什么异常，心里暗暗翻涌着一股失望。他盯着地面，思绪有几秒的游离，转过走廊最后一间病房，来到平台处。

在转角前的最后一间病房里，赵苑玫正坐在病床上安静地捧着一本书在看，屋里像是真空无声的环境，与外面全然是两个世界。

平台上有几个病人还坐在那儿休息，平台一边正好斜冲着陈依曼病房的门口，从上面可以俯视楼下的情况。

“我那时就站在这儿看到的。”护士伸出手指指向不远处陈依曼的病房。

“哥，你在哪儿？我看妈扛不住了，外婆的葬礼筹备只能靠咱们了。”林海向来温柔的语调在此时也变得刺耳，秦在川开始厌烦起每次手机铃响起的声音。

他脚下轻飘地又回到二楼，背后突然一凉，待回头寻觅，四下空无一人。他有一种不真实的感觉，似乎有一把大到看不到边际的漆黑的伞在他头顶无声地打开了，伸手摸不到轮廓，睁眼看不清虚实，将他隔绝，让他不见天日。

陈依曼的葬礼第二天便举行了，秦在川看着跪在陈依曼墓前痛哭不已的陈戚，他相信这眼泪是真实的。陈戚的面色不再像昨天那么红，而是变得没有血色，失魂落魄的样子任谁看了都会忍不住同情。一旁的陈楼美却只是静静地站在墓前，盯着墓碑，没有哭也没有动。

参加葬礼的有不少桃华集团的员工，虽然是肃穆的场合，仍然可以听见有人在低声谈论公司未来的走向。

“我听说程丰易被廉租房的代表死追着不肯放，估计得打上好久的官司。”

“不止，我还听说最近警方在调查多年前的什么走私案子，这几天公司不少老员工都被问话了，这下陈楼美家里又出了这么大事儿，公司我看不好办喽。”

秦在川不想听到这些言语，也不愿看到这些人，一言不发地退到了人群的最后面，沉默地盯着地面。

“主任还说这家人是有头有脸讲道理的人，我看未必，死的那个老太太明显重男轻女。女儿总是在这儿照顾着她，她却爱搭不理的，儿子一来两个人亲得跟什么似的，又是吃又是唠，跟在女儿面前完全两个样。”

“谁知道呢，但老人不都有这个观念嘛，你就别发牢骚了。主任不都说了吗，要不是这家女儿不追究，咱们现在哪儿能这么消停。你忘了几年前死的那个病人，家属非说是咱院方的过错，闹得咱们差点儿连医院都不敢进了。”

两个被派来表示医院诚意的护士冒雨参加葬礼，自然不太愿意，她们的抱怨声正好随着雨滴流入秦在川耳中。

初春之时的寒雨冷彻心扉。淅淅沥沥的雨水冲走了一直蒙在他心头的面纱，下面掩藏的怀疑、惊恐、不安、懦弱终于再无遮拦地暴露了，那些情绪没有生命，却能像针一样刺痛柔嫩的眼睛，即使痛得流眼泪，他也还是不得不睁着眼如此清晰地直面这一切。

“十六年前桃华的那起走私案，是他程佳扬勾结陈楼美做的！”

“一九九九年，桃华集团的梅挚因参与汽车走私案入狱，那其实是冤案。虽然事情久远，但我现在要举报，那起走私案其实是我和陈楼美做的……”

“你也可以先问问她头孢和藿香正气水一起吃会导致什么后果。”

“你们想趁别人不在，一起商量害我的事……”

冰凉的一滴雨砸在秦在川额心，他猛地抬起头，看着无数针尖般的雨滴从阴沉、晦暗的天幕坠落。所有人说过的话在他耳边忽远忽近，在每个人的话语中，他都能听到同一个名字——陈楼美。

墓碑前摆放着不少鲜花，一束白梅被压在各束花底下，逃过了人们的眼睛。

第30章 私 心

下午秦在川回到医院，打算带回几天内的监控录像，可监控管理室的回答让他措手不及。

"监控录像？警官，你们上午不是把录像都拿走了吗？我们这里没有备份了啊。"

他顿时慌了手脚。

站在医院的门口，秦在川拨通了周路的手机。

"川儿。"周路只是像往常那样叫了一声他的名字，声音低了许多。

"监控录像是你拿的吗？"

"是头儿，"周路微微压低了声音，"有人报案，陈楼美涉嫌蓄意谋杀，现在基本上半个组的人都在查程家兄弟上次抖搂出来的关于陈楼美的案子，再加上这次，即使只是涉嫌，头儿也格外重视。"

秦在川听完后沉默了，忽地想了很多东西："又有人报案……怎么……怎么没人告诉我一声？"

"头儿怕你徇私。"周路用极快的语速避免了拖泥带水。

听见电话那端没了回话，周路又说："在川儿，你不用想太多，再说，家属不能参加案子的调查本来就是规定，所以你……"

"报案的人怎么说的？"秦在川打断了他。

"我也不清楚，电话直接打到头儿那儿去了，一会儿开会才能知道。我知道你在想什么，你妈这次的事你只告诉了我，但真的不是我跟上面说的。"

"我知道。"秦在川说完就挂了电话。回到车上，他把窗户开到最低，两侧的细雨带着阴霾涌入车内，好像要卷入整个天空的阴云。

秦在川回到警局时感到很疲累，他环顾四周，这里的每个人都在忙碌，而他脑袋空空，目光游离，觉得自己陷入了一种无比热切地追逐着某样目标，却连做什么都不知道的困境中。

他回到办公室，看到桌子上放着一个文件袋，周路恰好敲敲门从他身后走进来，脸上带些忧色。

“吃饭了吗，没吃的话我们一起……”

秦在川突然笑了，看着他说：“你除了问我这句还能说点儿别的吗？”看周路愣住，他又接了句，“没什么，我没事。程丰易说交给头儿的档案呢？我能看看吗？”

“你确定要看？”

秦在川点点头。周路有所顾虑，但他了解秦在川，他要看必然非看不可。周路转身走进办公室，很快便拿了档案给他。

“头儿说这段时间给你放个假，你从来就没歇过班，看完赶紧回去好好休息一下。”周路说完脸上强撑着一丝笑。

“嗯，好。”秦在川勉强地笑着，“我也这么想的。”

周路走了以后，秦在川一个人坐在桌前，看着眼前的档案袋。他从来没有过这么强烈的欲望，想要把一样东西彻底毁掉，或者是深藏。

赵苑玫坐在走廊的长凳上，向后靠着椅背，微闭着双眼，嘴唇毫无血色，面容看起来有点儿憔悴。

“快过年了，开春以后天气就慢慢暖和起来了吧。”

身后的座位上响起声音，她嘴角微微翘了下，依旧闭着眼睛。

“嗯。”

半晌，赵苑玫缓缓睁开眼睛，好让自己适应眼前的亮度。她前面是医院走廊里一尘不染的玻璃窗，这里是一片背阴的地方，即使是在白天，也很少会有阳光照进来，所以平日里来这儿走动的人很少。

她低头看着自己的脚尖，现在是下午两三点，阳光难得地斜斜射进了这一隅，却又在她脚前不过一尺的地方戛然而止。她脚边的光影对比看起来十分明艳，她低头欣赏着这种美。

“为什么没有问上次我没去救你的事？说好就在旁边看着你，还让你出了这样的危险。”成宇背靠着她说。

“为什么要问？本来就那样说好的不是吗？我们没理由认识，你也没理由突然出现在那里。秦在川太聪明，一定会怀疑的。”赵苑玫的语气听着不像是生气。

“计划跟我想的不太一样。”成宇说到这儿没有再继续，解释的话从来也不是他会说出口的。

直到现在，成宇的脖子还隐隐地刺痛。当时他在桥墩后面太专注于赵苑玫和程佳扬了，没想到程佳扬要走了还留着一个保镖，之前派去盯梢的人也没发现他，结果关键时刻被他从背后偷袭了。

“我知道。”赵苑玫说完停顿了片刻，“不过只有这样才能名正言顺地进这所医院，所以受伤倒不是我计划之外的。”

“但我什么时候说过要你以这种方式进医院的？随便开个单子来调养也好啊。”成宇像是在忍着什么似的，带着不悦。

“你放心，我也不全是为了帮你，只是为了满足自己在最好的位置看戏的喜悦罢了，所以你用不着有什么负担。”

脚下的太阳光在无声无息地朝着她移动。“我知道你不是故意让我受伤的，再说这点儿小伤，我又不怕疼。”

“也是。”成宇顿时也不想解释更多了，讥讽她说，“一个没事就喜欢掐着自己玩的人怎么会怕疼。”

赵苑玫双手抱臂，缩了缩身子。

成宇低头看了一眼手表，然后抬头看着前方，和她背对着静坐了一会儿。赵苑玫永远也看不到，此时成宇脸上的表情有多柔和。

“这个窗户，会在下午三点半的时候照进阳光来，就照在你现在坐的位置上。多晒一会儿太阳再走吧，早点儿好起来。”说完他把手里的东西留在座位上，起身离开了。

等成宇走了以后，赵苑玫扶着把手站起来，向来时的方向慢慢踱步。稍走远了几步才看得真切，即使阳光照得到自己刚才坐过的地方，背后的位置也永远是在阴暗处的。就在那背阴处的凳子上，一颗糖静静地躺在那儿。

她走回去拿起糖，撕开糖纸，将糖丢进嘴里。

“姐。”赵苑玫走到楼梯口的时候，林海朝她跑了过来，像是找了她很久的样子。

“别乱跑，背上的伤才好。”

林海笑笑，露出一侧的酒窝，像是被训斥后不好意思的孩子。

“你刚才去哪儿了啊？病房里也没人，找了你好久。”

“在那边随便走了走，整天躺着实在受不了。”

“那边啊，”林海伸着头朝她身后看去，“好巧啊，有个认识的人刚才好像也在那边来着，我看见他过去了。”

“是吗？我倒没怎么注意。谁啊？”

“成律师，我妈妈公司的律师，以前在外婆的病房见过几次。”

“我妈妈公司”。这句话在赵苑玫心里绕了一圈。

“对了，之前你一直不舒服，我也就没提，不过现在你也好多了，怎么样，要不要去见见我妈妈？”林海兴致勃勃地说。

“你妈妈还在医院呢？”

“没有，只不过她下午来接我，我今天要出院了你忘了吗？”

“当然记得，不过还是……”赵苑玫脸上浮现出为难的神色。

“怎么了？”

“我现在的状态不好，你妈妈的心情应该也很差，这样的情况下见面总感觉会留下不好的印象，所以还是等我彻底恢复以后再见面会更好一点儿。”赵苑玫的声音因为受伤又变得柔和了许多。

林海看着她，突然笑了：“这么说，你答应和我见我妈妈了？”

赵苑玫看着他流露喜悦的双眼，嘴唇不自觉地松懈，但很快又恢复了笑意。

“当然，早晚都会见面的。”

林海扶着赵苑玫回到病房，赵苑玫关门后，转过身像往常一样拉着他坐下，接着她低头解下脖子上的挂坠，在他眼前垂下，任其来回摆荡。

第三部分

—— 在昼犹昏 ——

为了让她知道我并非正直之人，我把心底的仇恨放大，把血管里的温度降低，孤注一掷，绝情绝义，愚蠢盲目到只有仇恨，只是为了让她觉得，我们是站在世界同一边的。

第31章 档 案

秦在川在办公室里看完了档案袋里的资料，认真、仔细、一字不落。而后他站起身，径直走出了办公室，桌上还摊着打开的档案袋。几个警员迎面笑着跟他打招呼，他机械地点头回应他们。队长魏纲走过来拍着他的肩膀跟他说了什么话，秦在川木然地点点头，他记得自己好像笑了一下，又好像没有。他只知道让脚继续往前走，若此时停下，他不知道自己会做出什么事来。

一路飘到警局的大门口，下午两三点的天际没有一点儿云彩，平时他总觉得很柔和的太阳光变得无比灼眼，明晃晃地打在警局门口那块鎏金的大牌子上，灼热的光像火一样干辣辣地灼烧着他的眼睛。灼烧中，他看清了白昼下的光，仿佛在散发着瘴气的昏暗的光，就如同石灰石在大风中焚烧时的场景。

肺部突然翻起一股沉甸甸的铁腥，像一群争先恐后想要窜涌出来的虫子，他竭力咬紧牙关，但一个不留神，还是狠狠地全部呛了出来，浓烈的甜腥立刻弥漫他的食道。

周路不放心，想来想去又回到他的办公室，只看见桌上摊着的几张纸。

秦在川握着方向盘的手下压着一张照片，上面的人和当时快递里的照片上是同一个，那是纪彦的照片。他已经很多年没有因为难过而流眼泪了，而现在，遗漏的眼泪悉数补了回来。

他把油门踩到底，呼啸的风从窗边涌入，几乎吹干他脸上的泪水，视线被水汽模糊，他期待着巨大的撞击声，好就此解脱。

一路来到海边，咸腥的海风吹拂他的鼻尖。解脱的那一刻并没有到来，他终究没有撞上任何物体。

冬天的海边空无一人，天和海都灰蒙蒙的，太阳也灰蒙蒙的，沙滩也灰蒙蒙的。血液好像凝固了，不再滚烫得让他无法忍受了，一种异常的冷静充斥了他的神经。他低头抓起了一把沙子，摊开手掌，很快它们便飞散了。他追着沙子，一步一步朝海里走去。手里依旧紧紧握着那张照片，那上面与秦在川极其相似的面容，永远定格在那一刻了。

“在川儿……在川儿……秦在川！”一阵急切的叫喊声由远及近，秦在川听得很模糊，海浪的拍打声对他来说是更大的诱惑。

突然一声喊叫在他耳边炸开，下一秒他脸上一凉，紧随而来的是蔓延开的疼痛。

冰冷的海水冲刷着他的脸，他被这一击打趴在海水里，大脑有些许清明。周路一把将他拽起来，拖着他的双臂把他拉向岸边。秦在川浑身没了知觉，许久没有从刚才那痛击中醒过来。

海水没到周路的大腿，他艰难地拖着散了架似的秦在川，终于把他拖到沙滩上，累得仰头也躺下来，眼看着天，天白茫茫的一片，太阳像是被灯罩笼着，也白花花的。

他听到秦在川笑起来，笑到后来出现了啜泣的声音，最后才听见他说：“我一直以为齐四和吴晨是我找去的，因为梅雅是我们班上学习最好的，可对我总像是有敌意，我看她不顺眼，所以才找了齐四、吴晨去吓唬她，造成后来的悲剧。无论如何起因在我，是我错了。但直到现在我才知道，他们是我妈找去的，我妈以为梅挚有她犯罪的证据，还给了梅雅，是她叫那群流氓去抢过来，她买通了那么多人把事情掩盖住。我以前一直觉得，她即使有千错万错，但说到底也是为了给我收拾烂摊子，我一直以为她是为了保护我。”秦在川又笑起来，“她是为了保护她自己，一个杀了自己丈夫的人，又怎么会保护儿子？”

“你说过，有的时候死比活着好受是吧？但你犯了错，就要受到惩罚，你不能逃也不能躲，你只能这样受着，这是对你的惩罚。你要是就这么死了，就是逃避惩罚，你就又做错了。”周路躺在沙子上继续看着天说。

“太阳……太刺眼了，你说，太阳始终挂在天上，我们看见的白天和黑夜又有什么分别呢？”秦在川用手微微遮住了双目。

“你总说自己逃过了真正属于你的惩罚，但现在你的生活又何尝不是惩罚？从法律上，你并没有亏欠她的家人，你欠他们的是心债。你清醒一点儿，与其在愧疚中这么悲惨地死去，还不如去把你的债还清。等你觉得功过相抵了，就再也不用这样活着了。”周路缓缓坐起来，看着面前冰冷的海水，一浪退去一浪又接着涌来，像是某种轮回。

“道德的天平上，我和梅雅各占一端，永远也不会平衡的。仔细想想，无非是报应。齐四和金语娇的事让我看清了自己，当警察无非就是图个心里安生，其实自己根本就没有做警察的资格和能力；好不容易查清了程佳扬的案子，却把我亲妈扯了进来；而现在……”说到这儿，他沉默了，又想起档案袋里关于母亲的一切叙述。

“在川，其实你们是一样的，梅雅一下子失去的东西，是你在缓慢而冗长的岁月中慢慢失去的。”

“一切都是我们的错，梅远因我而死，梅家因我妈而亡。如果不把我这条命还给他，我永远都欠她。”

“那你就起来，先把能还的还了，你现在这样什么都解决不了。”周路起身踢了他一脚。

秦在川还是躺着一动不动：“老周，我是亲属，不能参加这个案子了，但我想清清楚楚明明白白地知道陈楼美到底做过什么事，你能帮我吗？”

魏纲这两天忙得没日没夜，已经晚上十点多了，他顺手拿起一份资料从办公室出来，想装订一下，一抬头看到秦在川屋子的灯亮着。

魏纲推门走了进去，秦在川正目不转睛地盯着显示器，看到他进来也没有显得很惊讶。

“老周把医院监控录像给你拿过来的？”

“不是，我自己去要的。”

魏纲轻哼一声，把手里的纸张随手往桌上一放：“天亮之前赶紧走。”

秦在川默不作声地拿过那几张纸，那是他之前送到检验室的静脉注射药液报告，上面证明药瓶里剩下的药液中掺杂着安乐死的药物。秦在川清楚这张化验单的含义，他放下纸又回到了电脑前，来来回回地播放着外婆去世那天医院的监控录像。

面前的桌子上摊放着几份文件，分别是陈楼美近半年来的银行账户明细、病房里药瓶和生命体征监控仪的指纹采集报告、生命体征监控仪的故障调查报告，还有最后魏纲留下的这份药液检验结果。

秦在川闭上眼睛，深吸一口气，开始回想事发当天发生的一切。

自己匆匆闯入病房时是下午两点左右，当时在病房里的人，有外婆、母亲、舅舅、成宇。在自己进去之前，他们应该是在谈天，然而外婆对自己的出现却感到惊恐。秦在川想到这儿睁开眼睛，她为什么会有这个反应？难道真的像成宇所说的那样，因为在谈论自己时自己突然出现吗？她在见到自己时，拿着吃了一半的巧克力的手突然松了，在那一瞬间她眼神中流露出的情绪，明显掺杂着很大比例的恐惧，她是害怕自己吗？还是害怕陈楼美？

他继续闭上眼睛回想，之后外婆在陈戚的安慰下稍稍平静了片刻，这时成宇起身朝自己打招呼，然后递来了一盒巧克力。巧克力的包装已经开封，里面六乘五的方格里是各种形状的巧克力，还剩下一多半的量，分布也并不规律。

他猛地睁开眼睛，那个巧克力有问题。

但很快，他的语气就由肯定变为疑问，有问题吗？陈戚和自己说话时也在吃，成宇探身靠近自己时，他闻到了成宇身上的巧克力气味，所以至少他们三个都吃过。从当时盒子里空着的格子来看，他们拿取哪一块并没有什么规律，那样的话，巧克力本身有问题的可能性很小。他眉头紧蹙，如果食物没有问题，再想就没什么意义了，可即使是这样，有一个想法还是从他脑中闪过——陈楼美应该没有吃，一是因为她和自己一样不喜欢吃甜食，二是因为从某种程度上讲，她不屑于同陈戚吃一样的东西。

他又一次打开当天下午病房外走廊的监控视频，视频中显示，自己与陈楼美出现在走廊里的时间是 14:23，那正是他把母亲强推出病房的时候。自己挨了一巴掌后，母亲径直离开了，自己也随后离去，时间是 14:30。

秦在川紧紧盯着屏幕，14:37 的时候，陈戚接着电话从病房里走了出来，出现在了走廊的监控里。三分钟后，他打完电话又转身回到了房间。

14:42，陈戚和成宇一起走出了房间，成宇在前，陈戚在后，两人的行为举止看不出什么异常，一边走一边交谈着。

14:49，成宇又在他和陈戚离开的方向出现。他走到外婆的病房，敲了敲门，手刚落在把手上未来得及启门，就立即停止了动作，接着他回头看看身边路过的病人和护士，有些尴尬地摇摇头。秦在川知道这就是圆脸护士看到的那一幕：成宇本来想进去照顾外婆，却被她骂走了。他在纸上写下“14:49 活着”，这一点他可以肯定，因为陈戚是绝对不可能放任她有什么事还能安然离去的，而那之后的成宇即使回来也没有进去过，所以严格来说，到目前为止最后见过外婆的还是陈戚。

在成宇离去二十五分钟后，监控上的时间显示为 15:15 的时候，陈楼美的身影再一次出现在了走廊。秦在川的手捏紧了。

他无法知道陈楼美在进入病房后的五分钟内做了什么，他只觉得，盯着屏幕的这五分钟是那么冗长、胶着，像一条浑浊的大河，那些脏的、恶的东西都在此沉淀。

即使那个圆脸护士没有正巧撞见，监控录像也一秒不差地记录下了陈楼美去而复返，进入病房，最终离开的全过程。

秦在川的目光移到桌上那份写着药液残余中有安乐死成分的检验单，还有陈楼美这半年来的银行账户明细。周路把这些文件给他时，专案组其实都已经查得差不多了，陈楼美的银行账户汇款明细上，一笔打往荷兰境内账户的记录被高光笔标注了出来。

荷兰，世界上第一个安乐死合法化的国家。

最后，是外婆病房里那一台始终没有发出警报的生命体征监控仪，跟他想的一样，被动过手脚。如果要当着病人的面在仪器上动手脚，要么病人不清醒，要么就是躺在床上的人已经死了。能做到这件事的，只有最后一个进入病房的人。

人一死，如果被院方判定为自然死亡，吊瓶里剩下的药液也就一同进了垃圾桶，永远不会有人查了。而唯一的证据就在尸体的血液里，想要毁掉证据很简单，火化。

秦在川记得，那天自己火急火燎地赶到医院时，陈楼美的最初要求是，立即火化。

他关上电脑，在坐椅上瘫坐着，头向后仰，就这样一直看着窗外。

他没有别的办法了。直到看完所有证据之前，他都还带着一丝侥幸，或许是别的警察疏忽了什么重要的线索，或许她是无辜的呢。但他现在无话可说了，所有的证据，目击证人的证词，全部都指向一个结论：陈楼美趁无人时返回病房，用安乐死药物杀害了陈依曼并伪装成自然死亡，其间趁她失去意识时在监控仪上动了手脚，又在第一时间要求火化尸体，这样就毁掉了最关键的一样证据。无论是药瓶上还是监控仪上，哪里都有她的指纹，如果秦在川不是警察，没有人会去检验剩下的药液的成分。至于监护仪器的失灵，也只会被院方低调掩盖住。

天亮了，点点晨光点缀着海蓝色的天际，格外好看。秦在川记得魏纲跟他说天亮前要离开。他虽不想待在警局里，可也无处可去，似乎没有什么地方是能接纳他的了，他感觉自己唯一的栖息地正在消失。

窗外天已大亮，秦在川才起身，猛地打开办公室的门，屋外顿时安静了下来。警员们的目光都朝秦在川投过来，不过很快大家又陷入了熙攘的声响中。魏纲没好气地白了秦在川一眼，周路也没想到他还在这里。

“一会儿，我会审问相关人。”周路走过来看着他说。

“陈戚和成宇？”

“嗯。”

“走私案的事怎么样了？”

“基本属实，物证确凿，但还需要当事人的配合调查。”

两人简单说了几句，秦在川说出门走走，周路看着他的背影，那背影显得很疲惫。

秦在川在寒风中站着，嘴里叼着一根烟，眼睛望向警局对面巷子口卖菜的老伯，那个很忙碌却知道自己为什么而活的老头儿。

他掐灭了烟头，回到审讯室旁边的监控室，轻轻推了一下门，没有锁。

第32章　煎　熬

“您找我是为了走私案的事吧，不瞒您说，我根本不知道啊。”陈戚一脸无辜。

“没问你走私案的事，陈依曼死的那天下午，两点到五点你都在哪里，干了什么，从头到尾说一遍。”周路的语气也并不客气。

陈戚轻哼了一声：“一点来钟，我去看我妈，和平时没什么两样，一会儿我姐还有成宇也去了，我们就坐着聊了会儿天，接着秦在川就来了。你说，这小子是不是故意的？我跟我妈正好好说着话呢，他突然冲进来，害得我妈吓了一跳。”

“然后呢？”周路用笔端敲敲桌子，提醒他不要跑题。

“然后他就说，有事找我姐，俩人就出去了。其实啊，这俩人是被我妈赶出去的，我妈对不喜欢的人都是说不见就不见的，这也是他们自找的，活该。”

“继续。”

“然后他们俩就没再进来，我哄了我妈一会儿，她才好点儿。然后公司给我来电话，有急事需要我马上回去一趟，我看我妈吃饱喝足也有点儿困了，就寻思着让她先休息，回头再来看她，谁知道……”陈戚忍不住长叹一声。

“你是什么时候离开的？”

“挂了电话，跟我妈简单说了两句就走了，走的时候我妈还好好的呢，对了，成宇可以做证，我们两个一起走的，我妈那时候还跟成宇打招呼呢。”陈戚从周路的口吻中听出了怀疑的意味，连忙为自己辩解着。

“嗯，”周路点点头，“所以说，你离开时，可以确定老太太还是好好的？没什么异常？”

秦在川在隔壁看着显示屏，片刻不敢眨眼地观察陈戚的反应。

“对啊。”陈戚回答得没有半点儿犹豫。

“你有没有注意到房间内的生命体征监护仪有什么异常？”

“监护仪？没有啊，好好的啊。”

“你真的仔细看过吗？”

陈戚听出他话中的意思，有些尴尬地笑笑：“警官，您说您这问题问得，那些一般不都是医生啊、护士啊什么的去看吗，咱平时没事去看那个干吗，如果有什么问题它自己不是会报警吗？再说了，要我看我也看不懂啊。”

“你们两个一起走，就不怕老太太一人出什么意外？也不去找个护士来照顾着？”周路问。

“这个……”陈戚脸色有些尴尬，“我妈，她其实病得也没那么严重，前段时间我们都觉得她快好了呢，后来又整天疑神疑鬼的，但总之吧，这个事……我妈她平常就经常一个人在病房啊，这不也挺正常，我看别的病人也都是这样嘛。我们这些人都有工作，每天忙得不行，谁也没法儿整天在那儿待着不是？”

“行了。”周路打断他，“成宇为什么跟你一起出来？他那时也正巧要走吗？”

“是啊，公司急着找我，还说如果成律师在旁边就叫他也一起来，所以我就叫他跟我一起走了。不过后来，我们都快上车了，成宇接了个电话，又说他可以不用急着回去了，找他就是问他要个文件，结果他秘书帮着已经找到了。”

“成宇之后又回了趟病房你知道吗？”

“他没进去吧？他跟我说过不放心我妈，想回去陪着，所以我妈出事后我问过他，但他说被我妈骂走了，连门都没进去。老太太上了年纪，有时候脾气是有些急……”

“公司什么事啊？这么着急。”

“唉，就一堆麻烦事呗。”

“解决了吗？”周路一边问，一边顺手拿过身边警员记的笔录。

“差不多吧。”

“你刚才说，你走的时候老太太吃饱喝足，该休息了，你们还一起吃了什么吗？”周路看笔录注意到。

“噢，那个啊，不说我差点儿忘了，那天上午公司开股东会，分了些挺好的巧克力当礼物，我妈喜欢吃甜食，我就给她带来了。警官，您怀疑那个有问题啊？不可能，不可能。”他朝周路摆手，“我们都吃了，啥事没有。”

“你们还有谁？”

“我和成律师吃了，我姐不爱吃，秦在川来了急着找我姐，也没心情吃。”

“你能不能别我问一句你说一句啊，跟挤牙膏似的，好好想想，还有什么细节，那天所有的一切，哪怕是你中途起来上了个厕所也要说。”周路有些恼火。

“警官，我也算上了年纪的人了，这些琐事我哪能记得那么清楚呢？”陈戚也不悦，“不过确实没有了，我可以确定，在我走之前，屋里绝对没什么异常，我妈也绝对没事。你们不是能查监控吗？在我们走后，谁进过我妈的病房，你们查她去啊。”

陈戚之后是成宇，两人说的大同小异，基本没什么出入。

“你说你又接到公司电话，可以不用急着回去，为什么那时又打算回病房呢？”周路问他。

“这有什么难理解的吗？既然我不急着走，老太太又一个人在病房，我回去多陪她坐一会儿也是人之常情吧。”

“既然这样，老太太骂了你两句，你扭头就走，把她一个人丢那儿就不考虑人之常情了？你不会找个护士什么的过去看着？”

成宇极轻地笑了一下，眼神中闪过不屑：“警官，您不是医生，或许不了解，老太太有高血压，平时最怕生气，以往她想一个人待着的时候，就算是她亲儿子也得出去，何况我只是个外人。我出于道德关怀，觉得老太太一个人不妥，可既然她已经十分明确地让我滚，不要打扰她睡觉，您觉得我再进去合适吗？她亲生儿子可以一个电话抛下她说走就走，您觉得我要做到什么地步才算是‘人之常情’？”成宇不愧是律师，想都不想说出的一番话就把周路堵得死死的。

“是我没了解清楚情况，刚才冒犯了。”周路清了清嗓子说，“可听你话里的意思，陈依曼经常会这样发脾气，把亲属都赶出去吗？”

“是的，老太太脾气很不好，尤其最近家里又出了不少事，她的状况更糟糕了，就连护士有时都不敢多说话，能躲则躲，你可以到护士那儿去问我说的是不是真的，她们肯定没有理由说谎。”

“好，我们会去核实。离开后你去了哪里？”

“回公司了，公司里每一个看见我的人都可以做证。”

问讯结束后，周路回头看了看身后的玻璃，虽然他看不见秦在川的表情，但他知道，现在的每一分每一秒，对他来说都是煎熬。

周路推门进到监控室，秦在川侧头勉强朝他笑了一下：“两人不像是撒谎，说的话也都能接上。”

“嗯，不过，也不排除他们两人商量过谈话内容的可能。”

“几乎不可能，即使成宇作为一个外人图谋桃华的财产，陈戚也绝对不会同意的。外婆是他唯一的摇钱树和救命稻草，他不可能让任何人害她的，他们没有动机。”

短暂的沉默过后，“什么时候带她回来？”，秦在川最终还是问了这个问题。

“头儿已经带人去了，”周路说得很艰难，“可能……现在吧。”

陈楼美在厨房忙活了好半天，终于做好了一桌子菜。饭桌上，她面色舒缓地和林海说笑，心里实则早已预料到即将要发生的事。

“妈妈，今天怎么突然想起亲自做饭啊，还做了这么多。”林海笑着问。

“你出院，当然要庆祝一下了，我记得你好久都没吃过妈妈做的饭了吧。”陈楼美的目光片刻不离林海，声音中充满温情。

“是啊，真是太久了，不过妈妈你还好吗……我是说外婆的事。这才几天，我知道你心里一定很难过，但很多事，我们都是无能为力的。”

“嗯。我其实对你外婆的离去早就有心理准备了，所以还撑得住。”

陈楼美不停地给林海夹菜，林海隐约觉得有事发生，看得出来今天母亲跟往常不太一样，但又不知是什么事。

“妈，你怎么了？有什么事不好受可以跟我说。”林海忍不住问。

陈楼美看着他，半晌后才低下头说：“我只是觉得后悔，让你离开了我这么长时间，没能看着你长大。”

林海心中更是纳闷，为什么母亲会突然说起这些来？他连忙放下碗筷，握住她的手：“没事的，我从来没有怪过妈，而且爸爸把我照顾得很好，没有受什么委屈的。”

陈楼美也握住他的手：“我就怕你不能理解，那时候我是真的没办法了，既要看好你哥哥，又不能让你受影响……我只想让你有一个全新的生活，所以眼睁睁看着你爸带走了你也没有阻拦，都没能好好道别。”

林海听着她的话，只残存着一点儿模糊记忆的往事浮上心头，顿时语塞。很多小时候发生的事他都记不太清了，或许是因为那些记忆并不愉快，所以他本能地选择了遗忘。林海只记得在自己还是秦栎阳的时候，父母有一天突然开始了无休止的争吵，在已经模糊混乱的记忆中他总能听见哥哥的名字，他猜想父母争吵的原因可能是秦在川。总之没过多久，他就跟父亲离开了，过往的是非他也不想再去探究。

陈楼美松开了手，翻过他的手腕，充满不舍地看着他："你刚出生的时候，我就觉得巧，你手腕上这两颗平行的痣，跟妈妈的一模一样……"说到这儿，她的声音低下去了，"栎阳，你手腕上的痣呢？"

林海脸上浮现困惑的神情，不解地看着她。陈楼美刚要再问，急促响起的铃声打断了她。

"陈总，我到您家门外了，警方那边可能很快就到了，还是尽早做准备比较好。"电话里传来成宇的声音。

"嗯，我知道。"陈楼美看了一眼林海，眼神中交织着复杂的神情，她对着手机另一端说，"你现在赶紧进来一趟，我有几件事要再跟你交代一下。"

挂断后，陈楼美轻轻拍了拍林海的脸颊，脸上的表情尽量放轻松："栎阳，妈有事要去处理一下，最近一段时间可能比较忙，都不会回家了。如果电话也不接你也不用太担心，等妈处理完以后，很快就会回来，到时候再给你做好吃的。"

林海看她的表情，确定有事发生了，跟着她一路走到门口："妈，不是什么要紧的事还是多注意休息，也不用太惦念我，事情一定可以解决的。"

陈楼美回头笑了笑："放心吧，只不过是公司的一点儿事罢了。"她拉开门把手，成宇出现在门口，两人很快进了书房。

第 33 章　陈年往事

成宇从陈楼美家开车出来，突然一个急刹车，车里的人都不受控制地俯冲向前，陈楼美的头一下子撞到了身前的座位靠背上。几秒之后，成宇从突如其来的状况中反应了过来。

“陈总，没事吧？”他回头问，“对不起，刚才突然从路边冲出来一条狗，我没看到。”

陈楼美撑起身子用手扶着额头，脸上气急败坏的神情还未散去，话到嘴边却停住了。她没有理成宇，推开车门下了车，走到车前面看见了那条还没跑远的流浪狗，它并没有受到一点儿伤害。成宇也下车走到她身边，不知她是什么意思。

“没事了，上车继续走吧。”

透过反光镜，成宇看到陈楼美的神情，她像是陷入了某段往事。

陈楼美想起了她曾经养过的狗，也是一条流浪狗。大概是她八岁的某一天，一直在下雨，她躲在家门前破旧的凉棚下，直到现在她想起那个时刻，脑海里也只有永不间断的雨滴落在塑料棚上的声音和一片石灰石颜色的天际。

那天，她因为没有给弟弟陈戚洗干净衣服而被关在了屋外，屋里传来晚饭的香味，她却只能蹲在门外等着陈依曼开恩的号令。就在这时，她发现了和她一样饥肠辘辘的流浪狗，趴在不远处。看到它，就感觉自己不是一个人了。

她和流浪狗在漏雨的屋檐下戏耍着，她近乎于疯狂地把心底微小的喜悦放大，假装听不见屋里陈戚撒娇的声音，假装听不见陈依曼又在和亲戚们商量着要把她卖给别人。她把全部的精神都放在眼前这条可怜兮兮、无家可归的流浪狗身上，它此时看起来很开心，那么自己也能很开心了。

当年因为突然严厉打击农村买卖人口，陈楼美最终逃过一劫。有一天陈依曼拉住渐渐长大的陈楼美，说了句“其实你长得还挺好看”，这让她十分喜悦，比每天可以和流浪狗一起玩耍还要喜悦，因为有生以来自己终于得到了亲妈的一句夸奖。至于这句话的真正含义，她是很久以后才明白的。

陈依曼这辈子只给陈楼美夹过一次肉，让陈楼美永生难忘。那时她不到十岁，饭桌上，陈戚大口吃着肉，这向来没有她的份，可陈依曼却破天荒地给她盛了一份。她吃完问是哪儿来的肉，“狗肉，既然你也吃了，就别怨我们。你弟弟想吃肉了”，陈依曼如是说。

陈楼美这辈子再也没碰过狗，那时呕尽黏膜也没能呕净的狗肉似乎永远留在了她的胃里，让她永远铭记胃里酸腥搅动的味道，还有母亲的一句话。

“我为什么会满足你弟弟的任何要求呢？因为他总能做让我满意的事，你如果也能做到，那我当然也会喜欢你。”

于是，一个声音开始终日在陈楼美的脑子里盘旋。

“我也能做到。我能做得比陈戚还要好。我要做给那个女人看，看我做得有多好，让她眼里只能看见我。我不是爱她，我不是要她的喜欢，我只是要让她看看，她曾经这么看不上眼的我，能把事情做得这么好，能挣到这么多钱，能把日子过得这么好。”

陈依曼那句“其实你长得还挺好看”的真正含义，陈楼美终于在遇到纪彦的时候领悟了。从纪彦第一次出现在陈依曼工作的医院，到陈依曼偷偷在纪彦的药里掺了东西，前后不到数月，她终于如愿以偿地让纪彦娶了没了清白的陈楼美，捞到了金龟婿。但陈楼美还没来得及尝到爱情的滋味，陈依曼和陈戚就盯上了百货公司的储值卡。

“要做得比陈戚还要好。要让他们为自己震惊。”

这样的声音在陈楼美心底激荡，她不能让自己停下脚步去享受爱情，她要赶紧利用这段婚姻中的每分每秒去谋得利益，钱对自己来说才是最重要的。只有钱。因为钱可以保护自己，可以让那个女人和陈戚无话可说，可以让他们被自己的能力折服。

“纪彦知道我做的事了。”终于有一天，事发了。

“你自己惹出来的你自己看着办。”陈依曼当时冷漠地说。

"他也知道你参与了。"

"那就让他死。"

让一切结束,忘掉关于泰州的记忆,她们就这样离开了。

可偏偏有变,陈楼美无法让发生在泰州的一切都结束,因为她发现自己怀孕了。

她第一次跟陈依曼唱了反调,以命做威胁保住了肚子里的秦在川。因为她突然感到了一种久违的熟悉的感觉,好像八岁时那条只属于自己的小狗又回来了。

她从来就没有过任何只属于自己的东西,起码在她自己的意识里是这样的,除了那条短暂属于过她的流浪狗。但孩子,这个她不知如何定义的存在,让她觉得终于又有了只属于自己的东西。

陈楼美惊奇地发现,自己因为肚子里的生命,一天天地被无法形容的力量支持着,变得充满了勇气和决心。曾经的岁月现在看起来已经太窄了,为什么要费尽心思地去讨好不爱自己的陈依曼呢?值得自己把一切都奉献出来的是这个孩子,而不是别人。

为了只属于自己的孩子,要给他找一个爸爸,不能让他一出生就没有父亲。于是陈楼美嫁给了钦慕自己的秦荀。

为了让孩子们过得无忧无虑,她需要更多的钱,还有地位,还要有权力,这样万一以后孩子们犯什么错误,她都可以替他们解决。于是,她盯上了梅挚。

但当做这一切的意义都消失的时候呢?

红蓝交错闪耀的灯晃到了她的眼睛,她让成宇靠边停车。

"你好,刑侦队,请你跟我们回一趟警局,配合我们的调查。"

临上车前,陈楼美又给了成宇一个眼色,提醒他尽快去做自己安排的事。

陈楼美坐下后只说了一句“等我的律师来”，便再也没有张口，魏纲和周路使尽了招数，也没能让她多说一个字。

魏纲起身离开了审讯室，已经走过了旁边的监控室，还是退了回来，在门口站了好一会儿。

秦在川在显示屏上看到他起身的那一刻，就知道他会来找自己。魏纲推开门，正好迎上秦在川看向这边的目光，他已经盯着门等了很久。

“川儿，你去和她谈谈吧。”

“好。”

“按理说家属不能参加调查，但你这不算。你去随便谈点儿什么都行，不会作为录音内容。”

“嗯。”

陈楼美看见秦在川出现，脸上并没有太多惊讶的表情，像是早就知道了会有这一幕。

“我还以为，家属是不能审讯的。”陈楼美等他坐下后说。

“我不是来审你的。”

“那你是来救我的吗？”

“即使没有外婆的事，我也救不了你。”

陈楼美张开嘴要说些什么，又闭上了，半晌才说：“我不可能杀自己的亲妈。”

“无所谓了，到现在，多一个罪名，少一个罪名，还有什么不同吗？走私案已经证据确凿了，你就不能把所有实话都说了吗？”

“是！”陈楼美的眼睛一下子失去了神采，变得跟秦在川很像，不同的是她连眼泪都没有，“多一点儿，少一点儿，都没区别，所以你就连查都不查，一定要说是我杀了陈依曼对吗？”

“那你来告诉我，我说错了。你来告诉我，你为什么明明已经离开了外婆的病房，却又去而复返？你来告诉我，为什么你进去之前她还好好的，你一走，人就不行了？你来告诉我，你往荷兰账户里打钱买的是什么？你明明恨透了她，可还没日没夜地守在那儿的目的又是什么？”秦在川猛地吸了口气，把剩下的话生生憋了回去，手狠狠地攥住了。

纪彦真是你杀的吗？梅挚真是你害的吗？梅雅所遭遇的不幸真是你指使齐四和吴晨做的吗？

“我……我回去有我回去的理由，但绝不是为了杀她才回去的。”

“所以你为什么要回去？！”秦在川一拳捶在桌子上。

激烈的响声过后是压倒一切的沉默，审讯室内静得可怕。

陈楼美的眼睛里发出来的光直直地穿透秦在川，那眼神，像极了槁木，沉默死寂的氛围便从那死树上弥漫开来。

“你根本什么都不知道。”

陈楼美仅有的一句辩解有着无尽的冲击力，把秦在川的眼泪震落。

秦在川把头扭向一边，猛地一吸鼻子，竟然被呛得笑出了声，掩盖了滴落的眼泪。

“为什么要害别人？”他用手背快速一抹眼角的泪，又把头转向陈楼美，“你已经拥有很多了，就算是以前，小时候我们虽然穷一点儿，但起码不至于像现在这样，我要亲自在这里面对你。梅挚、梅雅、纪彦，还有外婆，就因为你的贪婪，那么多人把命和人生都搭上，你要的到底是什么？！恐怕你连自己想要什么都不知道，只是想抢夺别人的东西！”

“原来，你这么恨我。”陈楼美的语气平静得出奇。

“我在这世上最恨的，不是你这个人，而是我今生不得不做你儿子这件事。”

他说出这句话的同时，一些仅存的、唯一珍贵的东西，发出了丝丝碎裂的声音。

“我费这么大劲，偷着一遍又一遍地再来查这个案子，我用尽了全部的力气，就是想要找出漏洞证明你的清白，可现实狠狠地打了我一个耳光。我越是想相信你是无辜的，你就越是用实际行动告诉我是你做的。还有以前的案子，我根本不敢去查，也害怕从任何警察那里听到关于案子的任何进展，我怕它是真的，我怕你才是那个最可怕的人。”

“你说你费力调查，可你从去医院找我那天，不，是在更早之前，心里就已认定我是凶手了不是吗？查或不查又有什么意义呢？”陈楼美神态端庄，没有了要辩解的意思，那样子倒像是刚刚签完一份成功的合同，由内而外地散发出从容的气魄。不过从容不迫放在此时，更像是放弃抵抗前的自白。

“你总说，我不孝顺。”秦在川也渐渐平静下来，嘴角露出一抹异样的笑，“不然，就断了母子情分吧，不当你儿子了。”他看着她，一边笑，一边流眼泪，“从小到大，太累了。”

陈楼美的脸上瞬间有了天翻地覆的变化，又像没有听懂似的，微微睁大了眼睛。

“嗯？”

“以后，就当我也死了吧。”秦在川说完就逃也似的冲出了门，陈楼美的目光还停留在秦在川刚刚坐过的地方，一动不动。

许久许久之后，她突然惨烈地叫了一声，把隔壁的魏纲吓了一跳，接着她像是这辈子都没有流过眼泪那般，近乎疯狂地哭了起来。

第 34 章　秘密空间

林海站在屋门口，打开密码锁连摁下“1111”四个数字，不禁暗笑了一下，这么简单的密码恐怕也只有她能想出来了。

进屋后打开灯，屋子里还是那么整洁。林海之前来过赵苑玫的家里几次，第一次来的时候，林海惊诧于她家竟然如此整洁。不是和脏乱相对的那种整洁，而是一种罕无人迹的整洁，那就像一套主人在外地许久不住的空房。所有的装潢都是简易的风格，沙发和窗帘都是冷色系，冷清清的，林海总是说要给她换套鲜艳些的。

林海放下包朝厨房走去，今天是赵苑玫出院的日子，前几天母亲给他做饭让他觉得心里很温暖，他也想让赵苑玫感受到这种家的温暖。

经过走廊，无意间又看见了挂在走廊尽头墙壁的那幅画，他不由得停下了脚步，朝那边走去。

《圣卢克之夜》。

他第一次来这儿看到它时，就有一种很压抑的感觉。相比酣畅淋漓的痛哭，那画上的人和阴暗调的背景好像会把人全部的哭喊、倾诉和喷薄欲出的感情都给牢牢关住，这让林海感觉胸口被堵住了一般。

“你说这画里的窗外是白天还是黑夜？”赵苑玫曾经和他并肩站在画前这样问过他。

“黑夜吧，不然窗外也太暗了些。”

“嗯，”赵苑玫静静笑着说，“不过，也有可能是白天。”

或许是屋子里明亮的白炽灯让他眼睛胀得发痛，他低头揉着眼眶，画框下的柜台上放着一本书，他拿起来随手翻阅着，指尖在放着书签的那一页顿住。

“我从来都无法得知，人们究竟为什么会爱上另一个人，我猜也许我们的心上都有一个缺口，它是个空洞，呼呼地往灵魂里灌着刺骨的寒风，所以我们急切地需要一个正好形状的心来填补上它。就算你是太阳一样完美的正圆形，可是我心里的缺口，或许却恰巧是个歪歪扭扭的锯齿形，所以你填不了。”

林海读完这段话，缓缓抬起头盯着眼前的墙壁，思绪开始放空。起初他只是在发呆，当他的目光漫无目的地游走到柜台后面时，他涣散的目光受到了某种感召，突然开始聚集。站到这么近他才发现眼前这墙壁似乎有些异样，掩在柜台后面的部分，隐约有着门的轮廓，不仔细看根本看不出。他连忙把柜子推到一边，把手放上柜子的一刻，心里有过半秒的犹豫，马上他又坚定了想法。直觉告诉他这背后有着赵苑玫想要藏住的秘密，他一直都知道赵苑玫有对谁也不能说起的秘密，可越是这样他就越好奇。

撤走了墙上唯一挂着的画，他试探着向前轻轻推着墙壁，纹丝不动。他下了决心，猛地一使劲，瞬间失去重心，整个人侧着倒了下去。

细碎的风铃声接连响起，林海蒙了，他没想过这面墙壁后面还有这么大空间。眼前是白炽灯射出的十分耀眼的光，林海站起身使劲揉搓着眼睛，渐渐适应了周围的环境。

四面是白色的墙壁，每面墙上下都嵌有高亮度的白炽灯，本来就雪白的墙壁简直白得刺目。屋子里并不温暖。

从小屋的天花板上垂下无数的风铃，整整挂了一屋子。林海个子很高，走动时需要微微低头才能避免触碰，但还是免不了牵动起铃声阵阵。

正对着他的是满满一整墙用相框裱着的照片，每幅照片上都是同一个男孩子和女孩子的身影，看上去应该是姐弟，姐姐比弟弟大四五岁的样子。照片上的人或是扮着鬼脸，或是背靠着背一副小大人的模样，无一例外的是两个人都笑得很甜。林海仔细地看着这两张完全陌生的面孔，总觉得某个地方看着眼熟，从第一张一直看到最后一张，照片上只剩那个女孩子了，他还是没有想起在哪里见过他们。

林海很疑惑，忽然他心底一个想法掠过，这两个人或许是赵苑玫从来不肯提起的家人！

墙边立着一个透明的柜子，里面摆着许多玩具，一看就是小孩子玩儿的，而且年代也很久远了。缝制的沙包、卡通印章、彩色糖纸、玩具飞机、汽车模型……林海看着看着，心里涌上来一阵羞愧。每个人都有些不想让别人知道的事，既然赵苑玫从来没提过，他擅自进来已经是越界了。

他强压住好奇心一步步向后倒退着，下定决心准备离开，一不留神撞到了身后的桌子，桌上的电脑瞬间亮了。

屏幕上是刚才那对姐弟开口大笑的照片。林海顿时了然眼熟的感觉是从何而来的了，这个男孩笑起来的时候，跟自己是有些像的，都只在右边脸颊有一个酒窝。

林海再也无法压制心底升腾起的好奇的心情，抽出凳子在电脑边坐了下来，一滑动鼠标，屏幕上出现一行密码空格，林海把手慢慢移到数字键“1”上，连着摁了四下。

照片随即消失，屏幕上出现主界面，是和门锁一样的密码。他现在觉得，“1111”并不只是一个最简单的密码。

令人意外的是桌面上只有两个图标，其中一个是“文件夹”，另一个是“Evernote”。林海点开了文件夹，里面是两个视频文件。

移动鼠标，双击点开第一个视频，屏幕上出现的是照片里那个女孩。眉目清俊，一双单薄的杏眼，是个很秀气的女生，十五岁左右，比跟男孩合照时的年纪大了一些。

她静止地盯着屏幕看了许久，终于动了动嘴唇，可还没开口又哽咽住了，眼眶泛红之前她赶紧伸手关掉了录制开关。紧接着下一幕是她重新调整过后的样子，眼睛还是红红的。女孩嘴角极其勉强地向上一翘，想要露出个微笑也十分为难。

“今天，是我做梅雅的最后一天。马上就要做手术了，如果我还能活到明天的话，那我接下来所做的一切就是被老天默许了的，老天爷如果没有把我带到小远那儿去，就是同意了我这样做，那么，不管我之后做了多么过分的事，都不会受报应了吧。其实，就算受到报应，我也无所谓。”

视频中的女孩声音响起的一刻，林海心底炸起了一声雷，他太熟悉这个声音了。

最后的镜头里，女孩儿脸上渐渐失去了神态，嘴角、眉眼都向下垂着，似乎能透过屏幕看到他那般紧紧地盯着他，苍白的脸上没有一点儿狰狞的表情，却让林海心生惧怕，而且他相信不止是他，但凡看过这个眼神的人一定都会觉得不寒而栗。因为它太触目惊心了，就像一幅价值连城的画作上被狠狠戳出来两个黑窟窿，何其惶恐，何其讶然。

视频很快播放完了，林海第一次感觉到血液倒流到头皮是什么滋味，握着鼠标的手在慢慢退去温度。他连忙关掉窗口，又把鼠标箭头移到了第二个视频上，极力想寻找驳斥的证据来否定心底生出的荒谬想法。

短暂的黑屏后，屏幕上终于出现了一张全新的面孔，就跟现在的她一样。

林海忍不住把手握成一个拳头，下意识地堵在了嘴边，瞳孔无意识地放大。

视频里她没有再做任何勉强的微笑，再也看不出半点儿犹豫的神情。

“我活下来了。也终于暂时实现了曾经的愿望，离开宁海市，来到谁也找不到的地方。虽然是独自一人。现在在一个叫上杭市的地方，一个很大，对我来说完全陌生的地方。

“我已经六个月没有出过门了，因为手术的原因脸还没有恢复完全，对这个城市的印象也只有窗台外的梧桐树顶。不过没关系，反正这儿也不是什么重要的地方，等到了美国，一切就真的重新开始了。虽然美国对我来说也同样陌生，但它是崭新的，它能为我新的身份提供一个完美的背景。有一条很长的路，我现在要开始走了。”

明明是林海最熟悉的声音，却是他从没听过的语气。林海突然冒出一个想法，这说不定是她的一个姐妹，因为他认识的赵苑玫是绝对不会用这么冰冷的语气说话的。

已经没有什么能阻止林海继续打开“Evernote”了，这个软件他自己也在用，只要用同一个账户登录，在任何设备上都能随时记录。打开页面后，里面只有一个笔记本，“日记”。

林海被不安和困惑裹挟着，他吸了一口气，移动鼠标时才意识到鼠标已经被汗水凝固在手心里了。点开了“日记”，第一篇的日期就是前天。

第35章　日　记

2016年1月13日

医院的走廊是一个很荒凉的地方。坐在凳子上的时候，我喜欢看着脚边的光影一寸寸移动、变幻，突然一股强烈的感觉涌上心头：这天地间，为什么总是空荡荡的，像死了似的？

我无事的时候，总是在走廊里穿梭，不知是偶然还是必然，几天下来竟看见了数十场生死别离。如果有机会说上句再见，还算是好的，但大多数人都是来不及道别的。想到这儿，我的无名指又是一抽一抽地痛。

我厌恶这种代替心痛的痛觉，再一次用另一只手狠狠掐着手臂，肉体上的痛感很快向我袭来，盖过了神经上的抽痛，于是我满意了。

不知何时，成宇已经坐在了我的身后。

心里总还是不由得想起几天前的事，他真是看着我受伤也不愿出来吗？可想来想去，又觉得很可笑，明明是我自己让他千万不要出来，我为什么要在没用的事上浪费时间呢？

即使如此，在起身看见他留在座位上的糖果的时候，味蕾依然感到一丝苦涩。

成宇，我在想，要是人真的有来生，希望我们都可以从很小很小的时候起就开心地笑，一直笑到很老很老的时候。永远永远，也不要再想起这辈子的事来了。

2016 年 1 月 12 日

秦在川，不知你现在好不好。不知你还扛不扛得住。

虽然你永远不可能看见这些文字，但我还是忍不住想告诉你，你现在的痛苦，就算是再放大十倍，也不及我的万分之一。

希望你能多挨一会儿，怎么也要等到亲自把你母亲抓进监狱再崩溃吧。

这样想完，我拨通了辽海分区的报案电话。秦在川，你肯定也会开始疑惑，为什么总有人在紧要关头报案。即使你怀疑，此时也没有什么意义了，你也做不了什么了。我报案只是想多让几个人知道你心底的猜疑而已，省得你徇私。

2016 年 1 月 11 日

今天傍晚我正像往常一样在床上看书，突然外面传来鬼哭狼嚎般的噪音。听着不像是来自这一层的走廊，应该是楼下传来的。

我侧头打量着门口，正巧透过门窗掠见穿着病号服的林海匆匆跑过的身影，我转过头，目光又回到书上。

手里的书很精彩，但却比不上楼下的戏精彩。

成宇，恭喜你，如愿以偿。

2016 年 1 月 8 日

今天有时间，想着也快走到最关键的节点，便又分析了一下秦在川。

我曾经也跟成宇分析过，秦在川潜意识里对自己有很深的厌恶感，对一个人厌恶到了极致自然就希望他消失，但大多数人是不会自取灭亡的，于是他的潜意识投射出来的对自己的恨意，就转嫁到了陈楼美身上——在这个世界上，唯一了解他、爱他的人。很可笑，最恨的人竟然是最爱自己的人。在秦在川的心里，她就是一个用尽手段阻止自己去自首的恶人。秦在川越是觉得对不起他害死的小远，越是觉得对不起我，他对陈楼美的恨意就会越多。

明明就是他自己的懦弱让他选择了逃避，可非要给自己找个漂亮的借口。我想我是可以读到秦在川的心绪的：我虽然做错了想去自首，但我妈不让我去承认，她说我还小，又不是故意的。可是事过多年，我越发觉得心里好愧疚啊，怎么办？我为什么小时候没有承认？都怪我妈，都怪陈楼美，是她不让我去的。我好恨她。是她害我变成有罪不能赎的坏蛋。她怎么还可以抢走梅家的财产，还如此心安理得？她果然是自私又狠毒的人。可是她是我妈，说到底，当年也是为了救我，虽然这到底是害了我。要是她当年不是为了我就好了，那样我就能名正言顺地恨她了。

想到这儿，我顿时又来了兴趣。好吧，秦在川，那我就如你所愿。郑钧帮程丰易查到的东西早晚会到你手里，那时你不仅能看到陈楼美杀死纪彦的间接证据，还会知道齐四、吴晨其实就是她找去的，不是你。你可以名正言顺地恨她了。

我恨你，不是因为是你引他们来的，而是恨你自私、懦弱又胆小。为什么你就是不敢承认是你做错了？为什么你明明看见了一切，却什么也没有做，什么都不肯说，宁愿闭上眼睛往妈妈身后一躲，就连去过也不敢承认？

秦在川，你确实有一个好妈妈，你可能都不知道自己是陈楼美多大的支撑。她为了你，可以放弃整个世界。她霸占我爸爸的公司也好，抢走我家的财产也好，她所想的只是让自己有足够多的钱，保护你而已。

因为这世上所有的母亲都是一样的，无论她们是疯狂的，还是狠毒的。

2016 年 1 月 2 日

前天，我如愿以偿地住进了陈依曼所在的医院，虽然为此付出了惨痛的代价，扯进来一个完全不相干的人。

林海，如果问我有没有什么后悔的事，那我最后悔的，应该就是那年，你跑到我前面的那个瞬间，我叫住了你。

2015 年 12 月 29 日

今天成宇来的时候我正在写日记，前几天他告诉我他已经解决被监视的问题了，所以见面应该没事，我也就没有反对。我以为他又会像往常那样静静坐着不说话，然后自己在沙发上一直睡到问诊结束再离开，但今天却不同。

他说了好多话。说实话我心里隐隐觉得不安，因为一个不爱说话的人突然把所有的话都说了出来，可以说和临终前交代遗言的情况是一样的。我想起上次他给我的两封信，蓝色信封的我已经看了，里面是对付陈依曼和陈楼美这对母女的办法。不得不说，他想的这个办法，天衣无缝，只要进行得顺利，陈依曼必死无疑。

我知道成宇是孤儿，从小是在孤儿院长大的。还知道他和陈楼美有仇，因为一个对成宇很重要的人，叫纪彦的，被她杀害了。别的就不知道了，他也不爱多讲，但今天他似乎是想要把所有的话都跟我说尽。

成宇第一次遇见纪彦的时候才七岁。那个时候纪彦家在泰州市很有地位，经营一家百货商场，纪彦作为小儿子，自然是家里的宝贝，二十五岁便进入公司参与经营管理。为了提升公司形象，公司时不时捐助慈善机构，成宇所在的孤儿院就是其中之一。

纪彦代表公司来孤儿院谈捐款的事，结束后无意间看到了成宇，成宇正被别人叠罗汉压在最底下，喘不过气来，但他也不吭声。我想，成宇就是这样的人。

他大概是从来没有想过有人会救这样的自己，一直都是咬牙挨着，他知道等他们玩儿够了就会走了，但纪彦却来了。他没有训斥，只是制止了那些孩子，等大家都散去后，他才叫住一直沉默的成宇。

成宇说到这里时，我就已经感觉到纪彦是一个好人。因为如果纪彦当着那群孩子的面只维护成宇一个，等他一走，成宇的日子只会更难过。

原来是像爸爸一样的人啊。我突然理解了，为什么之前我几次问起他和纪彦的事他都不愿讲，失去了如此珍惜的人，就算是想起都会心痛吧。我想到了我爸。

纪彦发现成宇是个喜欢读书又很聪明的孩子，便不时引导他，也会特地来看他。

成宇被抛弃的时候已经五岁了，他这样敏感的一个人，五岁的记忆足以陪伴他终生了，我猜他甚至记得自己是如何被扔掉的。关心对于他，是少有的、珍贵的、会让他产生依赖的感情。这也是我从来不敢关心他的原因，他已经很可怜了。

但在那个时候，纪彦简单的几句关照，便足以改变成宇的整片天地了。纪彦的确是一个好人，也很喜欢聪明的成宇，用成宇的话说，“纪叔叔还很看重我呢，总觉得我以后一定会很有出息”。说到这儿的时候，他笑了。

成宇九岁时，纪彦表达了收养他的想法。我想成宇当时一定高兴得说不出话来。

可有些问题是不得不考虑的，纪彦当时才三十三岁，这么年轻，又家世显赫，突然多出来个孩子必然会引起非议。纪彦的家人对他收养成宇是不支持的，然而就在他终于说服了家人的时候，不承想又出现了一个阻拦的人。

当时才二十出头的陈楼美。

至于陈楼美和纪彦是如何相识并在一起的，成宇只是一带而过，无非就是纪彦在医院看病时，偶遇了陈楼美。既然陈依曼在医院工作，陈楼美跟他的相遇必然不是巧合。陈楼美的手段，我想我和成宇是一样清楚的。

纪彦很爱陈楼美，喜欢一个人总能找到理由为她开脱，他觉得陈楼美不同意收养成宇，是因为她还太年轻，没做好当一个养母的准备。我相信，他是很为难的，但他对陈楼美的爱终究替他做了选择。

成宇说，他们刚结婚的时候，纪彦为了劝服陈楼美，还带着陈楼美去孤儿院看自己，成宇也尽量在陈楼美面前表现得听话懂事，但陈楼美并没有改变主意，她从心底不喜欢养别人的孩子，只去过一次孤儿院便再也不想去了。说完，成宇带了些轻松的语气。

多亏陈楼美只见过一面还是孩童的他，不然也不可能到现在还没认出他来。

后来的事是他终于有能力独当一面以后重新回去调查过才知道的，这些事情他已经通过郑钧传达给了程丰易和程佳扬，终有一天他们还会以某种方式传递给秦在川。

说到这儿，我明白这就是“头孢和酒精”的部分，也是多年前成宇为了让我安心，唯一告诉我的部分：陈楼美曾经用这种方法谋害了秦在川的生父，纪彦。

但我不知道陈楼美的动机到底是什么，她为什么一定要纪彦死呢？

成宇说，当年陈楼美嫁给纪彦后，很快就进入了他们家的百货公司工作，她是有手段又有脑子的一个人，在财务部打着纪彦的旗号很快占据了一席地位。成宇还跟我解释到底什么是储值卡，大体就是在卡内预存钱，购买时直接刷卡，购买力和等价的现金相当。这是当时百货公司比较流行的一种销售策略。但储值卡有很多缺点，比如不记名，如果被有心人深究的话，出问题的可能还是很大的。

想必是后来纪彦登录公司系统检查储值卡业务账户的时候，无意间发现记录的储值卡消费额竟然比营业额还要高。账务一直都是陈楼美亲自定期交给纪彦的父亲查看，但并不会具体到每一张明细报表，像记录储值卡营业额的这类账目，除了相关会计人员，一般不会有人主动去查。

每一张储值卡的制作都有必不可少的三个部分：制卡的软件部需要做好数据记录，卡内存储的金额则由财务部的出纳记账，仓库保管人员对领取人员、领取数额都要做好详细的记录。整个流程下来，要同时买通这么多人并不容易。

成宇跟我说了他想到的一种方法，而且他相信当年纪彦就是发现了这样的真相才会搭上性命的：私下购买空卡，再通过更改公司内部系统数据将资金转到卡上，这样既不走财务账务，又不在软件部门的系统记录中显示。换言之，就是登进公司系统的后台数据库改数据。公司大笔的资产被分批地拆成小数额，一点一点转移到那些空卡上。之后这些空卡一般都会以九折或者更低的价钱转手给贩卖公司，贩卖公司再卖给需要的人。总会有人需要这些储值卡，降低价钱会更容易出手。

成功的唯一前提是必须能登入系统数据库，而且是对公司情况了如指掌的人。纪彦起初就算再不相信，只要仔细调查一下陈楼美就会暴露。

“纪叔叔就是心太软，如果直接把她送去警局就不会有后来的事了。”成宇说起些这些事时很镇静，像是在讲述一个听来的故事。三十年的时间真的是太久了。

“如果你爱一个人，就总是会为她找借口开脱，这是人的本能。”我不禁说道。说完后成宇沉默了一会儿，不知想到了什么。

“所以，就因为纪彦发现了陈楼美的秘密，她就不能让纪彦活了吗？”过了一会儿，我又问。

“嗯。”

我曾经很苦恼如何制造一个契机，把三十年前发生的事情再次搬出来，让秦在川得知自己亲生父亲的事。在我看来，要让不知情的人破解当年的真相，只能重演真相。最后，还是成宇帮了我，找来了郑钧——一个深受程丰易信任随后又因为怕被牵连转而投靠程佳扬的人。实际上他哪边也不是。多年前成宇曾有恩于他，他对成宇可以说是死心塌地。

我相信利用程家兄弟间的矛盾必然会引发多米诺骨牌效应，两只疯狗互咬，离得最近的人自然不能幸免。程家兄弟翻脸，互相揭底的第一桩一定会是走私案，因为他们两个人在这件事上都投入和失去太多了，即使别的事都不说，可唯独这件事是过不去的。那样的话，首当其冲的就是陈楼美。陈楼美，与其让你死在我手里，不如让你死在自己亲儿子手里。

成宇今天特别容易口干，我起身给他倒了好几次水，最后他说不用了，让我坐着就好。我看得出他是紧张了，因为说的是关于纪彦的事。

“能够肩并着肩走路本身就是件令人愉快的事。”成宇低头说话时的声音很柔和，我知道这是毛姆书里的一句话，却不知道他想向我表达的是什么。

“我小时候只能走在同伴的后面，因为没有人会在意我，如今只能走在所有人前面，因为要以身犯险获得我身后那些人的信任。我只与一个人并肩走过，那条路上没有一点儿苟且和不堪，感觉真好，无论是多少年后想起来。”

听他这样说，我劝他：“离开往往不是最令人难过的，相比忘记而言。如果你一直都记着纪彦，那他就从来没有离开过你。”

可是他却说：“我应该是已经忘记纪彦了，不然怎么会背离他的心愿，手上沾了这么多的肮脏呢？”

我语塞了。

成宇说自己已经没有资格继续走在纪彦所在的那条路上了，那条路是为心底无私的君子准备的，他早在很久之前就已经走上另一条岔路了。至于自己到底有没有过选择的权利，答案是否定的。明明知道报仇是错的，明明知道纪彦是绝对不想让他这样做的，可蒙着眼睛也要做下去，因为许多时候，面对摆在眼前的选择，看似主动权在己，实则是早已注定的结局在靠近自己罢了。

所以，我觉得我们是同一类人。

或许别人无法理解，事情都过去了还记着干什么呢？报仇又能再得到什么呢？

别人永远无法体会，失去的人对我们有多重要。那是同手同脚、同声同息的存在。如果你跟我说一个人断手断脚，还可以毫无影响地活下去，那我立刻收手。

只有一点，我实在是无法做到了。成宇说，自己终究还是辜负了纪彦的希望，没能成为他所期望的正直、优秀的人，我想我也没办法成为爸爸所期望的那样善良、温暖的人了。

成宇从泰州市追到宁海市，在桃华一步一步走到今天的位置，除了隐忍，就是将自己变得与周围一样浑浊，手上沾满了足够的肮脏，周围的人便会对他推心置腹，就像两军交战时，不怕死冲在最前面的人。有谁会怀疑自己的前锋呢?

我想对他来说，忍耐和等待都不是最难挨的，难以心安的是无法遵从人生中最重要之人的指导，独自一人在曾经并肩而行的路上停了下来，眼睁睁看着最重要的人从精神上也彻底离自己远去了，而且今生今世都再不可能有一点儿共同之处。

没有别的路可走，只有背着十字架，踽踽独行并忏悔。

第 36 章　布局者

2015 年 12 月 18 日

我收到了成宇邮寄给我的两封信，信封一蓝一白：蓝色的尽快看，白色的等到最后再看。

之前他怀疑有人在监听他的电子设备，可能是程佳扬。程佳扬生性多疑，即使因为郑钧的提醒得以存活，但他事后一定会去调查郑钧怎么会知道这件事的。成宇是郑钧的上司，他想必会去确认成宇跟这件事有没有关系。即使现在程佳扬跟警察玩起了人间蒸发，无法轻易露面，他也应该不会孤身一人在外游荡，身边定会带上得力的助手，一旦发现成宇有异常，必然会置他于死地。

我暂时不能和成宇见面，因为他担心有人会跟着，所以也只能用这种方式把信息传达给我了。成宇对这种事一向比我谨慎，我很想问他是否还掌握着程佳扬的行踪，但眼下这种情景也只能忍耐了。

2015年12月17日

成宇一早告诉我，昨晚程佳扬出事了，比我想得还要快。看来程丰易对他哥的恨积攒了不是一天两天。

希望这次秦在川能打起精神来，快点儿找到调查方向，这样他才能知道自己的亲生父亲是怎么死的。

我不能对成功打保票，毕竟人心最难料，但还是盼望着秦在川能从这些人的口中得知当年的走私案。小远，你在天有灵的话，就帮帮姐姐吧。

2015年12月16日

今天去李漪漪家坐了坐，给她带去了我最喜欢的梅花。

清冽的寒香在空旷的华屋里显得格外合适。有时，我觉得这梅花单薄的花瓣很像她。

我趁着和李漪漪谈笑的工夫，把她们家的生活用品稍微换了换位置。生活用品当然要放在一眼望去最明显的地方。

“这样才能方便用呀，这样才能让家里的人从心里感觉到家庭的气氛啊。”我这样对李漪漪说。

这样才能让秦在川一眼就注意到那些线索，开始他自以为是的推理。

金语娇刚被捕，我就特意叮嘱成宇一定要注意程丰易的动向。程佳扬家缺少一个保姆，这么好的机会他会错过吗？成宇手上眼线多，虽然费了一点儿时间，但还是查到了程丰易找来的那个孩子，吴小敏。

我来到吴小敏的学校。最快了解她的方式，就是从别人口中听到她。

当我站在她出的板报面前时，我就知道，程丰易一定会找这样一个孩子。谨小慎微，循规蹈矩，涉世不深。

我瞥见了李漪漪家餐桌上的药盒，显然吴小敏丝毫没有察觉到这就是程丰易的目的。我随意地跟李漪漪说起自己以前听过的故事，关于警察发现了可疑药品，抓错了嫌疑人的故事。

走之前，我特意叮嘱了吴小敏一句，家里的生活用品一定要多准备一些，以备李漪漪不时之需。

这样的话，吴小敏就算再笨，等她意识到自己可能有嫌疑的时候，也应该知道该怎么做了吧，更何况她是个脑瓜儿好的孩子。

2015 年 12 月 13 日

今天李漪漪来的时候，脸上化了淡妆，多了几分神采，看得出她近来越来越精神了。

想必最近她和程佳扬关系不错，于是我旁敲侧击地打听他们的情况。

她跟我说，程佳扬打算过段时间带她去疗养，还问我可不可以陪她一起去，环境特别好。她的语气带着恋爱中的少女般的喜悦。

我心定了定。上次跟程佳扬聊过，建议他带李漪漪去疗养，他虽多疑，但为了让李漪漪过得舒服些，他可以做一切事情。果然，他没有让我失望。

我答应她，问起疗养院的名字，之后带着十分忧心又疑惑的口吻告诉她，那是精神病院，程佳扬在骗她。“不可以告诉程佳扬是我说的，不然我也会被牵连进去，没有办法帮你了。”

我知道李漪漪是无辜的，但这个世界上有很多人都是无辜的。

她已经爱上程佳扬了，虽然她自己没有发觉，我这个外人反倒看得一清二楚。但为了计划能顺利进行，我不仅不能劝她和程佳扬相亲相爱，还要不断提醒她程丰易过去有多么好，我要让她成为引爆程家那对兄弟的导火索。只要她左顾右盼，他们三个都不会好过。

我要程家的人不好受，她只是附带伤害。因为我的错误治疗和引导，她的精神恐怕快崩溃了。

李漪漪是我唯一同情的一个，大概是因为我们都觉得恨比爱容易吧。

2015年12月1日

今天下雪了。我记得十六年前的那一天也下雪。

在“平安如意”，我们三人坐在同一张桌子上吃饭。

几天前，林海跟我聊天时说起要约秦在川周末一起去看陈依曼，我抱怨着周末自己又要忙到中午。不需要再说什么，我知道他今天中午一定会来这里的，带着秦在川。同时我终于确定了快递需要送达医院的时间。

说实话，我想见一见秦在川，想知道他现在的状态，想知道他还有没有足够的承受力，按照我的剧本演好他的角色。

其实我一进店门就看见他们了。我混进人群中，绕了一圈来到他们身边，在离他们最近的时候听到了林海的话。

他说幸运，幸运有我拉住了他。

林海到现在都还以为小时候那些事是偶然。可是，如果他知道，不管是警察还是问他要钱的流氓，其实都是我找去的呢？

如果他知道，我阿姨就是他先前在美国去不成的那所高中的招生负责人呢？

如果以后有一天，他知道了这所有的一切呢？

那么，他一定会觉得，我拉住了他，应该是他人生中最不幸的一件事了吧。

有那么一瞬间，我产生了错觉。那些关于“如果、如果”的错觉。

如果秦在川对我而言，只是同班同学，他是我的邻座，经常会捣乱，经常会抄我的作业，经常会和我打闹。

如果林海对我而言，只是住在不远处每天一起上下学的男孩子，我们一起吃饭，一起走路，一起学习，一起笑。

如果我对他们而言，只是在漫长的一生中相识了短短几年的一个普通人。

如果此时此刻我一睁眼，发现身后十六年都只是做的一场梦。

如果这些“如果”是真的，现在应该是下课了，林海来找他的哥哥，梅远来找我，然后我们四个一起来这里吃饭。

如果真的是那样，就好了。

突然间我意识到，梅远并不在饭桌上。

出门的时候雪花正好飘落，阳光却还很强烈。林海在笑着跟我说话，脸颊一侧的酒窝跟梅远一模一样。雪花落在他头顶上，他笑着摇头抖落雪花，跟我最后一次见到梅远时一模一样。

大概就是这个笑吧，我从前让人去找你麻烦，又去解救你也好，在美国的时候故意不让你远离我也好，其实就是想让你觉得我对你很重要。我其实就是想留住你，留住这么像他的你。

林海，雪花看起来这么美，阳光这么温暖，此时在我身边的你这么开心，但我却在一刻不停地想着向你家人复仇的计划。即使已经预料到了一切后果，可我还是要做。

但是，如果早就知道你是秦在川的弟弟，我一定不会靠近你半步。

2015 年 11 月 24 日

秦在川总算是了结了金语娇的案子，我还是高估了他，最后一刻幸亏成宇送去了关键性的证据。不知道成宇的提前出现会不会对今后的事情有影响，现在来看应该不会产生严重问题。

我其实认真分析过秦在川这个人，他心里的愧疚让他把对自己的惩罚变相施加给了罪犯，他不可能放过任何一个犯过罪的人，一定会追究到底。在他的认知里，他本身和罪犯是一样的，甚至还不如罪犯，因为他们都是犯过错的人。他恨罪犯，其实是在恨自己，他想要亲手抓住罪犯，不留余地地惩罚他们，其实他真正想惩罚的人也是自己。

当一个气球膨胀到快要爆炸时，气球里面所有的气体都会拼命寻求一个出口。秦在川就像这个气球，但他又不可能把自己抓起来，无处发泄，只好给自己身上扎个洞，他当然会像疯了一样到处乱窜，永远不知疲倦、不知死活地奔赴在执行任务的第一线。这种潜意识对于做警察的他来说是非常合适的，但同时也有一个致命的问题，他觉得最重要的就是将犯错的人抓起来，对破案有着近乎急功近利的态度，这必然会使他减少对动机的关注，而往往那才是判断一件事的关键。

他那种人，不把事情彻底弄明白是不会停手的，当他终于明白动机多么重要之后，不知有何感受。心理上会过不去吧，毕竟他是个极敏感又很脆弱的人。

事情没有绝对的是与非。有些事即使在法律上没有一点儿错误，可总是难以心安理得。这样的心理负担，才是让身在其中的人感到最无力的。

秦在川，你也来试一下无力感和愧疚感交织在一起是怎样的体会，这样你才能感受到当年我为了证明你在场，独自一人四处找人帮忙，警察却连话都不肯听我说的无力感和没能保护好亲弟弟的愧疚感。

秦在川，我要让你知道，你根本不配做警察。

想要靠现在拼上性命来弥补曾经的过错？那你怎么不把自己抓起来？

2015年11月15日

隔了十六年，我终于又和秦在川照面了。他真的来了。

我以为我看见他心底多少会有点儿波澜，但其实什么都没有感觉到。因为在看到他之前，我先看见了林海。

我今天知道了一件事，林海是秦在川的弟弟，只是他从来没有说，我也没有问起过。

在洗手间的时候，我心底深处闪过了动摇的念头，短短的一瞬间。可抬起头，看着镜子里的女人，面目全非的一张脸在警告我，我哪里还有回头的路可走呢？

我经常看到我的助理露出洁白的牙齿冲我微笑，我要是和她一样，是连日子都记不清的笨蛋就好了。

2015 年 11 月 11 日

小远，还是很想你。

今年去日本旅游时给你买了一个和风的风铃，虽然只有一个铃铛，但真的非常好听。

生日快乐。二十四岁。

2015 年 10 月 16 日

成宇说这个月监控出故障的次数明显增多了，并不是他派人做的，那么只可能是吴晨和金语娇已经开始测试他们的计划了。我想再等一个月，等他们的计划再成熟一点儿，这样成功的概率也更大一些。还有一个原因，就是我也想让他们再多点儿时间拥有自由身，不，不是他们，只是金语娇。

我清楚，他们大概有八成胜算置齐四于死地，可一旦成功，他们被抓的概率却是百分之百。因为这次的案子，接手的人绝对能破。

不管金语娇和吴晨最终用的是何种办法，届时只会由筠庭大厦所归属的辽海分区警局负责，以秦在川的性格，我想那天我们就会见面了。

2015 年 9 月 18 日

筠庭大厦安保系统长时间不维护有漏洞是正常的，但如果不是成宇找人帮忙，无声无息地搞坏了监控，这些设备是不可能频繁出故障的。我有意让他每隔几天便换几个楼层出故障，当吴晨向总部报告的时候，也一定要压下来，等到时机成熟再派人去修理。

近两个月来金语娇的情绪有所好转，但心结这种东西，一旦有了便再难解开了。她的心结源于恨意，我清楚地感受到她对齐四的杀意，是那种鲜血淋淋、热气腾腾的杀意，我知道就算没有我，她早晚也会这么做，那么还不如我来帮她。何况，帮她就是帮自己。

我已经在她面前多次提及�大厦的安保系统有纰漏，将我的无心之言一点点灌输到她的潜意识中，希望她能察觉到她也可以利用那个纰漏。吴晨是保安室的室长，是最容易接触到监控的人，一旦他们彻底动了杀意，必然会想一个尽量完美的计划。金语娇若是听进去了我的提醒，那他们几乎不可能不用这个方法——监控恰好出了故障，做什么警察自然不容易查到。

第 37 章　相伴而行

2015 年 7 月 15 日

今天金语娇又一次感谢我不收取任何费用开导她，听她诉苦。

她现在日子很不好过，比生命还重要的人死了，自己却无能为力，这种可以把人逼疯的无力感没有人比我更清楚。但我想她还是幸运的，起码在她这么痛苦的时刻，有我在她身边。虽然我并不是真心想要帮助她，但这样总好过她一个人挨着。

可是她却突然问我，如果放下这份恨会不会活得轻松一点儿。

我从来没有想过这个问题，但不用背负任何东西自然是要轻松很多的。我绝不能让她这样做。她怎么可以放弃？那是她的亲生儿子，不过短短两个月她竟然就想放弃。

我足足等了十六年，整个人剥皮剔骨活脱脱变成了另一个人都没有放弃，她怎么可以放弃？

我不可能让她放弃，她必须要杀死齐四。

2015年6月1日

刘倩，我三年前刚回来时不知怎的就发了善心把她从夜总会里救了出来，今天看来是得到了一点儿回报。或者，那时救她也是基于日后用她的目的。

这样的人，最懂得知恩图报，而且嘴严。

况且，她也没做什么，不过是在齐四醉酒的时候让他签了一份保单。至于其他事，以后秦在川来找她的时候，她也只会实话实说而已。

2015年5月15日

今天来的不是李漪漪，而是金语娇。她像疯了一样在我面前哭喊。

原来她的孩子死了，是齐四杀的。面目全非，尸骨也不能收。

你无力报仇，那我就用你帮我们一起报仇吧。

2015年5月12日

今天第一次见到了金语娇的孩子，在福利院。

我问他喜欢这里吗，他背着小手，嘟着嘴说不喜欢，他想回家。

他过得很不好，我不知道为什么就想起梅远来了。

从福利院出来的时候，很意外地看见了齐四，我开着车的手控制不住地打滑了，车子朝着路边就撞了过去。

我知道即使是面对面，他也绝对不可能认出我来。可我却永远也无法忘记，在弥漫着草腥味的冰凉旷野，趴在我身上，近在咫尺的他的脸，还有耳边梅远撕心裂肺的哭声。

即使过了这么多年，想杀他的念头还是没有消减半分。

2015年5月11日

我想，在很久以后，秦在川发现金语娇身边不只有齐四，还有一个吴晨的时候，他的惊讶程度应该和我此时是一样的吧。

我撞见了金语娇在哭，不用费任何力气就能得到她这样的人的信任。

金语娇，看来是没有人告诉过你，不要轻易相信别人，更不要轻易把你和吴晨有孩子这种事告诉他的仇人。

2015 年 5 月 10 日

李漪漪的保姆，金语娇。

世界有时真是小得可怕。她竟然是齐四的妻子，而我竟然现在才知道。但这次该感到可怕的是你们，不再是我了。

2015 年 1 月 15 日

李漪漪今天到我的诊所来了，看来老师真的把我介绍给程佳扬了。

老师，当时我离开 Sunny Day 回国的时候，您很舍不得我走，但同时鼓励我好好干，因为您相信我是为了小城市的心理健康治疗事业的发展才去宁海市的。但您不知道，我回来的真正原因是时机已经成熟，而且一个千载难逢的机会出现在我眼前：我看到了程佳扬发给您的求诊邮件，为了他的妻子李漪漪。

我也趁您不注意研究了李漪漪的病例，典型的长期精神抑郁，这样的人神经警惕，怕得要死，怎么可能大老远跑到美国来看病？所以我要回去了，回到宁海市，既然他们不能来，那么我便去。

我知道在我回去后您一定会把我介绍给他们的，这么小的宁海市，除了我您也找不到第二个合适的人了。

老师，先跟您说句没有必要的道歉，因为我要违背医德了。

所有关于程家、陈楼美，还有桃华的事，我都要从她那里知道。

2014 年 11 月 11 日

小时候在圣诞树下许的愿望，最终还是没有实现。

当时一心想着离开，也闪过永远不回来的念头。但我还是回来了。

小远，你应该已经实现你的愿望了吧。生日快乐，二十三岁。

2013 年 11 月 11 日

小远，我去泰国的时候给你买了一串大象形状的风铃。大象在这里是祈福平安的象征，你会喜欢吧。

生日快乐，二十二岁。

2012 年 11 月 11 日

小远，今年是水晶风铃，虽然小了一点儿，但是真的水晶。姐姐现在在 Sunny Day 立足了，终于成了别人羡慕和尊敬的人。

生日快乐，二十一岁。

2011 年 11 月 11 日

小远，姐姐给你买了两串一样的风铃。因为店里有两个颜色，一串是彩色，一串是蓝色，我怕你不喜欢我挑的颜色就都给你买了，这样你想要哪串都可以，再也不用为挑选喜欢的东西又舍不得花钱而纠结了。

生日快乐，二十岁。

…………

之前的日记都是在每一年的同一天记录的，11 月 11 日，内容都是关于风铃和一个叫小远的人。

林海这个时候已经非常清楚了，视频里的梅雅就是赵苑玫，而笑起来跟他很像的男孩子就是赵苑玫的弟弟，梅远。

原来，这么多年，自己只是她弟弟的替代品。前所未有的失望像潮水一样把他拍打在沙滩上，拖着他的腿把他拽向海底深处。

那她弟弟到底是怎么死的？

电脑上的日记是从2008年开始的，他在目之所及的地方翻箱倒柜，之前没有电脑时的日记她一定也留着。当他拉开电脑桌下层的抽屉时，一本泛黄的笔记本映入眼帘。

2005年11月11日

今天见到了玄译，我见到他时心脏差点儿跳出来。我知道他在这个州，所以才参加了学校组织的美国游学。

我见到他的时候正在一家小店里给小远挑风铃，谁知一抬头就看见他从门外走了进来，和我迎面对上。

那一瞬间，我蒙了，以为这是某种新生活开启的预兆。

他跟以前一样帅，他朝我走来，我突然不知道怎么呼吸，只能像个木头似的这么看着他。他离我越来越近，看样子是要跟我打个招呼，可我该怎么回答他？或许他还要和我一起吃饭，可他现在喜欢吃什么呢？如果我跟他说或许自己以后会来这里念书，他会不会又腼腆地笑着看着我？应该会吧。

可是当他经过我时，一点儿也没注意到我。等他径直走过以后，我缓缓转身去看他，这才注意到他所有的目光都落在我身后的那个女孩身上。

我手一滑，不小心把身边的礼盒碰到了地上，他们被我的声音分散了注意力，回头看了我一眼。他像是全然不认识我似的，只看了我不过半秒便又转身牵起了身边女孩的手，两人一起离开了。我呆呆地看着他们离去的背影。

我愣了几秒后，不知哪儿来的勇气追了出去。无意间路过店内一面镜子时，我明白了他为什么不认识我，现在这副面孔连我自己都十分陌生。他记忆中的我，不是这样。

我没办法停住脚步，一直跟着他们上了巴士。他们坐在我前面，头依靠在一起。

玄译，以前我们也是这样一起回家的，你说我的头好温暖。

有一瞬间我不可避免地失去了理智，我想象着自己冲到他面前去，大声告诉他我是梅雅，不是一个陌生人，虽然样子变了，但我还是她，我不想再以另一个身份活下去了，我不想再报仇了。我一个人要走那么长的一条路，看着你们都这么幸福我好累啊，我不想走了，你到我身边来好不好？那样我什么都不做了。

突然间，我听见那个女孩问他为什么喜欢她。

他看着窗外，过了好一会儿才说："因为我见过你并不完美的一面，你对我来说是完整的。我不希望你完美，我希望你完整。"

我起身在下一站下了车，只想以最快的速度逃离那里。

坐在他们的身后，我似乎能看到他们背后的光。他们拥有的会发光的东西是我没有的，也是我永远都不可能再有的。

在我最幸福的年纪，一切对未来的美好憧憬里都有他。我很清楚，现在的我心里不可能再生出像爱情这样美好的东西了，我喜欢和怀念的不是玄译，而是那个时候可以无所顾忌爱上任何生命中美好事物的我，那个拥有一切可能性的我。

可现在，我已经四分五裂了。这一辈子，都不会有人对我说这样美好的话了，我早该认识到的。

看到这儿，林海感觉心被揪了一下。他一直没有忘记，十多年前还在上杭市的时候，他们准备去美国前，国际学校组织过一次游学，好让他们提前熟悉美国。有一天晚上赵苑玫不小心打破了寄宿家庭的一个盘子，她蹲在边上，手里拿着两瓣盘子的碎片低头大哭起来，边哭边哽咽地说自己不是故意的，自己也不想打破的。房东以为她受伤了，连忙对她说没事，但那天晚上她就那样一直抱着盘子的碎片，哭了好久。

林海的咽喉哽住了，他也终于明白上次在家和她看电影时，屏幕上出现那个写着“我”的盘子的时候，她有些走神的原因。

2004年11月11日

小远，生日快乐。

明年我应该就会被美国的大学录取，那时就在美国了。

今天成宇邮来了一串心脏形状的风铃，我觉得他的审美越来越差了。盒子里还有他顺带寄来的卡片，说明年我去了美国，就自己给你买礼物吧。我觉得他越来越小气了。

2003年11月11日

小远，生日快乐。

今年成宇给你买的是鸽子形状的风铃，邮寄到我在上杭的住址了，我替你谢谢他了。

我在国际学校认识了一个男孩子，跟你一样年纪，笑起来的时候也跟你一模一样，都是只有一侧的酒窝。好像你又回到我身边了。

2003年6月1日

我几乎每天坐在窗口，从离开宁海到现在，看了快六个月的梧桐树顶，记得来时看见的还是寒冬的枯枝，现在已经绿叶繁茂。上杭市在我印象中是很大、很繁华的城市，可是我在这里一个朋友也没有，没有去哪里玩过，也没有说话的人，整天总是觉得很孤独。

反正我也不会长久地待下去，有没有朋友我也不在乎。

可我总是会想起成宇，想起在离开宁海的前一天，成宇陪我一起去了墓园，最后看看爸爸妈妈还有小远。

直到现在，在距他几千公里的地方，我还总是想起那天下午，他和我并肩站在墓园的场景。墓园很阴冷，但回头看见他就在旁边，我什么感觉都没有了。我当时问他，我要好久才能回来，他会不会不等我。

他不回答我，我心里很没底，根本不知道他在想什么，如果他不帮我，我不知道以后回来上哪儿去找这么得力的人。

突然，他说："你不知道吗？我最听你的了。"

我当下没太听懂他的话。

然后他开始跟我讲一个叫纪彦的人，他说那就是对他很重要的人，还告诉了我陈楼美是怎么害死他的。那时，我完全不明白他在说什么，也许是因为太难过，我的反应变得迟缓了。

我在整容前录了一个视频，我怕我以后真的会忘记自己的样子。但就在我不要命也要上手术台的前一刻，手还是因为害怕在颤抖时，突然想明白了那天成宇在墓园说的话。

原来，他把他最深的秘密告诉了我。纪彦的死因就是他最深的秘密，事关陈楼美，可他现在还潜伏在她身边替她办事。

像他这样一个万事谨慎的人，主动把自己的秘密告诉了我，不怕我把这些事告诉陈楼美吗？他把自己的软肋交给我，没有再保留，是为了让我安心。

"我最听你的了。"他的声音在我被麻醉后像幻觉一样回绕在脑子中。

想明白了，我突然就不害怕了，好像他就在手术室外等着我。

他说过的话，我记得格外清楚，临别那天他告诉了我纪彦的死因。看起来是车祸，车子在最繁华的路段突然失控，被一辆大巴车碾过，当场死亡，所有人都信了这个说法，成宇说就连他也一直是这样认为的。

我问他是怎么知道纪彦的交通事故不是偶然的。

答案出乎我的意料。我始终以为世界上是没有巧合的，成宇却说这件事的发现确实是纯属偶然。现在我想这偶然，大概就是人们常说的宿命。

纪彦出事前不久，还是个孩子的成宇生病了，去药店买药。一个城市那么多药店，可陈楼美偏偏跟他走进的是同一家。陈楼美应该是为了避免事后被怀疑，才没有去陈依曼所在的医院拿药，却跟成宇在同一时刻去了同一家药店。成宇说他当时看到陈楼美精神很好，所以猜测会不会是纪彦生病了，于是悄悄跟在陈楼美后面，想看她买的什么药。

就在结账的时候，药店的医师一边结算一边跟陈楼美说着注意事项，成宇听到医生告诉她，服用头孢期间要忌酒。成宇想，纪彦平时心脏就不太好，他也很注意身体，几乎从不喝酒，这点倒不用担心。

陈楼美离开药店后，成宇一路跟着她，他想问陈楼美，纪彦到底哪里不舒服，可他知道陈楼美不喜欢自己，所以犹豫着不知如何开口。

就这样，跟着她不知不觉又走进了另一家药店。

他发现陈楼美明明刚买了药，却又换了家药店继续买药。藿香正气液。

成宇只有十一岁，这件事对那时的他来说只能定义为奇怪。直到他上了高中，在化学课上知道了戒酒琉样反应。

成宇说他永远不会忘记，老师说出那句话的瞬间他的感受。

“……所以大家要注意，如果感冒期间服用了头孢，那就一定不要再喝酒了，你们的年纪应该都不会喝酒，但也要注意，像藿香正气液、十滴水这类含有酒精的药物也不要一起服用，还有酒心巧克力也……”

失去世界的重心是什么样的感觉呢？——他亲眼看着犯人在自己面前买下了害死最重要的人的毒药，却什么也没有做。

那天我们从下午一直站到了薄暮，我记得听他讲完这个故事后，自己什么话也没有接，直接走掉了，我那时觉得他说听我的是在戏弄我。可时至今日，我后悔了，自己当时为什么一句话也不说呢？

他跟我说完这个故事的时候，是不是也很难过？

我记得当我走出去很远以后回头看他，他还站在爸爸妈妈的墓前，好像在跟他们说话。

“成宇，都过去了。”隔了六个月我才终于想清那时要说的话，他应该也想听我这么说吧，可惜那时我所有的感官都被难过拖垮了。

2002年11月11日

小远，生日快乐。

今年你就可以在那边和爸爸妈妈一起过生日了吧，我羡慕你，也想和你一起去，但我不能去，因为我有非做不可的事。为了你们。

傍晚天快黑了我才出门买风铃，妈妈死后我每天都在家里读成宇给我带来的书，他让我一定要学习。学完习后我才出门的，开门前我总觉得他在门外似的，一推门果然在。

天已经黑了，刚刚下了雪的地很难走，所以我们走得很慢，很长的路上只有我们两个，还有路边的灯。

在饰品店我给你买了一串雪花图案的风铃，然后告诉他，自己要走了，以及我初步的计划。

他说妈妈的赔偿金全是我的，既然决定了就用这些钱去做吧。我把钱留了一半给他，他留下来也是孤身一人，我想让他做事时能轻松些。

2002年6月27日

妈妈去了小远和爸爸在的地方。

我反倒安心了。以前，我片刻也不敢离开她，怕她又头痛得生不如死，怕她又一个人出去乱跑找不到回家的路，所以我宁愿死守在她身边，她把我打得头破血流也好，拖着我把我从楼梯上扔下去也好，我哪儿也不去。她是我在世上唯一的亲人了，而且我知道，她只是把我认成了杀死小远的坏蛋们，她只是把我认成了抢走爸爸的陈楼美。

可是她真的死了，我反倒觉得她时时刻刻都陪在我身边了似的，再也不用担心她什么了。我知道了，把一个人放在心里，是最安心的。

这些天，我一直没有理成宇。因为在我不知道的时候，他替我妈妈买了人身意外险，从来也没和我说过。我因为妈妈的离开突然收到了好多好多钱。成宇他为什么要这么做？他想要这些钱？

爸爸说过，人不会无缘无故对另一个人好，他对我做的一切我其实都不知道为什么，即使是为了以后一起报仇他做得也太多了。何况他是个大人，比我厉害得多，我在他面前就是个小孩，我以后会不会沦为他报仇的棋子？他之前只不过顺着我，我为什么会幼稚地闪过他很听我话的错觉？

我仔细想了很久，就算他要我做他的炮灰，我还是要跟他紧紧绑在一起，因为他是我报仇成功的最大保障。只要能报仇，他是人是鬼，我都无所谓。

2001 年 12 月 24 日

我虽然总是记不住平安夜那首到处在放的歌的名字，但那音乐像是有魔力，总让我想起桃华门口的那棵圣诞树。

今天没忍住，等妈妈睡着后，还是一个人摸黑出了门，去了圣诞树下。

时间真是奇妙的东西，有着改变一切的力量。两年前，我就站在同样的位置，身边是爸爸妈妈和小远，还有一群哈巴狗恭维着我们，可现在什么都不一样了。

这一切都是她造成的，陈楼美，还有她的好儿子秦在川。我太恨她了，她怎么可以这么坏，她凭什么要抢走我们家的东西？凭什么她要抢走我的爸爸，害死我的小远？她是给了我这么多痛苦的人，我恨她恨到神经都麻痹掉了。什么是恨？什么是爱？我其实都不知道了。我一定要让她也感受一下我现在多难熬，我宁愿变成世界上最坏的大坏蛋。

可现在，此时此刻，我唯一的心愿就是离开这里。我在圣诞树下许了愿，会实现吧。

2001年11月11日

小远，生日快乐。

妈妈最近身体不太好，总是喜欢睡觉，经常一躺就是一天，不过倒是不怎么失控也不怎么闹了，只是经常会喊起你的名字。她也非常想你。

成宇说如果妈妈打我，就让我快点儿跑去找他。可是我要是跑了，妈妈怎么办呢？她一个人，谁看着她呢？

但我还是给你准备礼物了，蓝色星星的风铃。妈妈睡着后，我本来想出门去给你买，一出门才发现成宇就站在漆黑的走廊里，在门口等着我，不知道他在那里站了多久。所以今年的礼物还是他给你买的，我已经替你谢谢他了。

2001年1月初

这几天，身上一点儿力气也没有，就连手也抬不起来，我想到一个非常恰当的词语来形容自己，“气若游丝”。以前在书上看到时，从来也没想过有一天会用来形容自己。

我记不清自己已经在医院躺了多久，恢复意识的瞬间，我感觉到自己手里捏着一块已经变软了的糖，所以我知道是成宇带我来的这里。问了护士，才知道现在已经是新的一年的一月了。

到底发生了什么事？我因为什么住的医院？

脑袋像被一个大酸石榴充涨着，满满的，感觉不到大脑的存在。

我拼了命地仔细回想，思维却出现了一个断点，每次走到那里都要狠狠跌落进深坑。我的头从来没有这么疼过，里面的血管好像都要爆掉了。

当我在思维的断点那里一次次地卡住时，竟然不由自主地啜泣起来，眼泪也流了下来，好像脑子里的酸石榴被谁咬碎了，酸汁浸泡在我身体的每一个细胞中。我什么都想不起来，却无法控制地痛哭。

我瞪着眼睛，看着一滴一滴落了满手的泪珠，然后用衣袖使劲擦着眼泪，无意间抬眼看见自己映在病房内玻璃窗上的倒影，看见了自己满头的白纱布，突然想起了忘记的那件事。

那时我的脸也同样出现在反光的玻璃窗上，在一间幽暗的小屋子里。玻璃窗上映出的人像个小疯子一样，鬼哭狼嚎地又是哭，又是笑，疯了一样地用头狠狠地砸着那扇窗户，"咔嚓"一声，那玻璃就碎了，然后我感觉自己的胳膊被身后的人紧紧抱住了。

他拖着我把我带到了爸爸面前，然后我扑了上去。可怕的事情发生了，他苍白的脸上布满鲜血，我从来就没有见过这么多血。我试图用手去擦他脸上的血，却发现越抹越多，我意识到这是我的血。如此近距离地看着这张红白对比如此鲜艳的面孔，我终于想起来了，我的爸爸永远离开我了，最后也没能申冤并离开那个监狱。成宇带我去医院看的他最后一面。

我听说视觉冲击太强烈的话人就会自己把事情忘掉，这是思维的自我保护。所以我是把他忘了吗？

我在病床上号啕大哭起来，我恨我自己，梅雅，你怎么可以逃跑，你怎么可以忘记？

因为止不住地哭，我的头现在烧得滚烫，但我要好好记下来，我要把每一个瞬间都深深刻在脑袋里，我绝对不可以忘记。

2000 年 11 月 11 日

小远，生日快乐。

你离开姐姐整整一年了，不知道你现在过得好不好。

对不起，去年生日你要风铃的时候，我就应该马上买给你的。真的对不起。

今天我走了好久，又去了那家饰品店，看见了你最喜欢的那串海豚风铃。我只有五块钱，我本来想问问老板可不可以先交五块，剩下的以后补上。但是成宇不知道什么时候来的，路上总觉得有人跟着我，可能是他吧。他把这个买下来给我了，也没有让我还钱。所以小远，姐姐今年有给你准备你最想要的礼物，你不要再怪我，也不要再生我的气了。

我真的很想你。想和你一起玩，想和你还有爸爸一起去吃煎饼果子。

2000年6月25日

住院一周以来，律师先生每天都会在我的床头摆好饭菜，但我从来没有吃过。他还告诉我，已经拜托别人帮忙照顾我妈妈了，让我不要担心，我也没有回答。

因为我害怕。他救下了被打得半死的我，还把我送来医院，我很感激他。但我只见过他几面，我不明白他为什么这样做，他也想从我身上抢走什么吗？可我还有什么可失去的呢？

今天，我闭着眼睛听见他在我床头叹息，估计是看见了一动没动的饭盒。我只能装睡。过了好久，我本以为他走了，可他的声音突然响起，他让我睁开眼睛，看着他。

我睁眼是因为惊讶，惊讶他刚才一直在盯着我，看了这样久。

睁开眼后，他像是知道我为什么不吃饭似的，对我说，我们有共同的敌人，陈楼美。陈楼美杀了他人生中最重要的人，所以他会帮我，因为帮我就是帮他自己。

他说完后，我接受了这个理由，起身开始吃饭。

扒饭时，我无意间抬头看见了他的表情，那一瞬间我眼泪差点儿夺眶而出，我赶紧低下头让它落在米饭里了——他看着我的时候，像爸爸妈妈看我吃饭时的样子。我记得以前在商场见到他时，总觉得他很严肃又很冷漠，今天却觉得不一样。

他看我开始吃饭就起身了，我以为他要走，于是下意识地让他停住。没想到，他真的停住了。

我仰头看着他，一时不知该说什么，他见我只盯着他也不说话，又坐下了。

他说他叫成宇。他小时候是孤儿，连家人都没有。他也恨陈楼美，因为她让自己失去了比生命还重要的人。

我自始至终都没有发问，他就像知道我想要问的话，一件一件都回答了。

他说完，我让他跟我一起吃饭，因为他看起来也不怎么精神的样子。他是个大人，却出乎意料地很听我的话，真的拿起碗筷，就坐在床边和我一起吃。我有些惊讶，也不敢多问什么，他也一言不发，只是每隔一会儿便往我的碗里夹些肉。

这顿饭其实我吃得很香。

2000 年 6 月 19 日

昨天，终于知道了一直从门缝里给家里塞钱的人是谁了，就是有时会跟在爸爸身后的那个律师先生。

一直到进医院，我的意识始终是清醒的。从楼梯上摔下去的时候，我只是装死罢了，听说动物遇到危险的时候都会装死，我也想学学它们，虽然不太可能会起作用。

我从来都没有想过有人会来救我。我本来以为，自己的生命在昨天就走到尽头了。

我本来以为，我妈会径直从楼梯走下来，掐死我或者用木棍敲碎我的脑袋，毕竟这些愚蠢的邻居从来也没有拦过她，他们总是那样站着，漠然、惊恐又好奇地看着我们，像看恐怖电影一样。一个想法当时蹿上我的脑袋，要是我真的死了，他们这些见死不救的人就愧疚吧。

想到这儿，我竟有一丝欣慰。

但很快我就想到，如果是被活活打死的话，一定会很疼吧。

在属于我的不见底的深渊里，当我被无尽的疼痛和极度的恐惧所包裹的时候，有人却轻轻抱起了我，带我逃离了那里。

谢谢你，律师先生。

我不吃糖，你吃吧，因为看起来你的眼神比我还要苦涩。

林海猛地合上了日记，他大口喘着气，屋内的空气让他感到缺氧，憋得他眼泪都要流出来了。回头看着满墙壁的照片，他从来都没有感觉到赵苑玫如此真实。

"梅远，苑枚。你是为了找回梅远，才来到我们这些人身边的。"

第38章　白色梅花

从警局跑出去后，秦在川突然有了想去的地方。他朝着墓园一路开去，这是他在世上唯一不敢去的地方。

他在墓园门口的管理室徘徊着，明明只是再简单不过的一句询问，可在心底放了十六年，说出来到底不是那么容易。

"你找谁啊？"身后突然传来声音。

秦在川连忙回头，见是一个老太太，头发近乎全白了，手里拿着清扫工具，像是刚打扫完回来的样子。

"噢，"秦在川拿出身上的证件，"我是警察，想找一下墓园的负责人，或者管理人员。"

"奶奶，西区我都已经打扫完了，剩下的你也别管了……"说话的人看到秦在川，不由得停住了。

“孙传飞？”秦在川想起了他。不久前抢劫老人的少年。

“秦警官？奶奶，这就是上次帮我的警察，您怎么会来这儿？难道是……”说到这儿，他脸上浮现出遗憾的表情。

“不是，我是来查案。”秦在川也不知道为什么脱口而出的是谎话。

“那就好……”他微微松了口气，走上去，带着试探的语气，“有什么能帮上您的吗？”

“我想找一个人的墓碑。”

前面是孙传飞明快的步伐，而秦在川只想让他的脚步慢一点儿，再慢一点儿。

终于还是到了，秦在川跟着孙传飞停住脚步，站在墓碑的正前方，手心立马捏出汗来。

“梅远。”

照片上的男孩笑起来，一侧的酒窝格外显眼。

“你走吧，没事了。”

“噢。”孙传飞答应着连忙离开，走远了还是忍不住回头看他，依旧觉得他的神情很怪。秦在川一动不动地，直挺挺地站在那儿，一阵狂风刮过，两侧的树干都被吹得来回晃动，他却像没知觉一样。

寒冷的时节，四点多就看不见太阳的影子了，只有一点儿残余的红光遥遥地在天边嵌进大片大片鱼鳞状的深紫色暮霭里。

孙传飞特意找来了梅远的墓园记录，看完后并没有觉得有什么奇怪的，除了忍不住为这样小的孩子感到遗憾。

又是一阵风吹来，把梅远墓前的东西吹到了秦在川脚边，终于引起了他的一点儿知觉。他伸开冻得僵硬的手指，弯腰把它拾到眼前。

凭着一丝仅存的暮光，他认出了这是什么。

尚未枯萎的梅花的花瓣。

这单薄的花瓣像一节索引，燃起了他被冻僵的神经。他脑海中的灰暗区被照亮了，曾经忽视过的画面一一鲜活起来：陈依曼葬礼上，被压在花束最下面的；李漪漪家里，那插在花瓶里的；赵苑玫的心远诊室里，随处可见的白色梅花。

“秦警官，您已经在这里站了一下午了。”孙传飞不放心他，回来看看。

“来这里的人，你能记住多少？”

“记不住太多。”

“那拿着梅花来的人呢？”秦在川说着，把手心里的花瓣放到他眼前。

孙传飞伸过头去，仔细回想着，又看了看墓碑上的照片，眼前一亮。

“确实有一个人，每次来都带着白色的梅花，而且……而且跟您一样，也是一站就是大半天。拿梅花来的人，确实不多。”

“也是来看梅远的吗？”秦在川听见自己的声音在颤抖。

“嗯，您问我，我才想起来，当时我看见她带着梅花来的时候还在想，或许是因为这家人都姓‘梅’，才会喜欢的吧。”

秦在川心里已经猜到那是谁了，现在唯一还会来看梅远的人只有她了。梅雅。

“是个女人吗？”

“对，我刚才还看了记录，应该就是建立墓碑时留下的联系人，叫梅雅。”

她还活着。产生这个想法的同时，秦在川几乎像溺水后刚被救上来的人那样，起死回生般地深深喘上了一口气。

“她……你有注意过她吗？我是说，她有什么特征之类的，或者看起来怎样？应该没有过得很不好的样子吧……看起来应该过得还不错吧？”

“嗯……我记得她长得非常漂亮，看起来过得挺不错的样子。”孙传飞咽了一口唾沫，竭力回想着，“穿得非常好，背的包也都很名贵，一看就是很有钱的人。”

“别的呢？还有吗？”

“嗯……还有……哦对了，她每次来一定还带着一个煎饼果子，跟梅花一起都放在这里。”

“煎饼……果子？”秦在川手心里的花瓣倏然被刮起的一阵风吹走了。

他记得，唯一一次和赵苑玫还有林海吃饭，从那家“平安如意”出来后，林海指着路边的煎饼果子对自己说的话。

“姐姐。”秦在川低声重复着林海一直放在嘴边的称呼，脑海中赵苑玫的身影越发清晰，和记忆中梅雅的身影渐渐重叠。

成宇跟警局交付完所有的文件后，陈楼美一言不发地跟他上了车。

“栎阳的事，查清楚了吗？”成宇在一个红灯前停下，陈楼美没有预兆地突然开口问。

“刚接到电话，说鉴定结果已经寄到家里了，回去就能看到了。”

“好。”陈楼美点点头，“我能在外面待多久？”

“这个……还不好说。”

“你赶紧想办法，让我离开这个地方。”陈楼美的声音变得急促。

“您先别急，我会尽量想办法，但许多事情不处理完是没办法说走就走的，比如您这么突然地离开，秦栎阳和秦在川问起来怎么办？公司怎么办？”

“公司有你，我不担心。”说到这儿，陈楼美停顿了一会儿，“他们两个……已经长大了，但还是要拜托你，他们要是有难处，你一定要帮。”

“放心吧，我一定会照顾好他们的。不过，我不懂的是，您为什么突然想起要检测秦栎阳的DNA？”成宇透过后视镜瞥了一眼她脸上的神情。

“我希望是我多想了，但他毕竟太久不在我身边，我还是不能放心。”

“您在担心什么？怎么觉得您最近心神不宁的？”

陈楼美侧身看着玻璃窗上被雨水打湿了的霓虹倒影，模糊不清的视线让她感到焦虑：“这几个月来，秦在川身边发生的事实在是蹊跷，我害怕曾经担心的事已经发生了。”

成宇沉默了片刻，不知该说些什么，透过后视镜，他看陈楼美的样子像是在思考。

“不，已经发生了。她确实是回来了。”陈楼美说完这句话便缓缓闭上双眼，表情变得很为难。

“从齐四坠楼的事情开始，秦在川回来看我的眼神就有些变化了，但因为那次到底是我帮了他，所以他最后什么也没有问我。我怀疑那时候他就已经察觉到给齐四和吴晨打钱的是我了，只不过没有证据罢了。”陈楼美依旧没有睁开眼睛。

“您这是关心则乱，就算他察觉到又怎么样呢？您是为了他好，如果不是怕秦在川名声不保，您怎么会一次又一次地答应他们的勒索？我就说把齐四扔到牢里五年还是少的，谁想到他出来以后变本加厉。”成宇的声音听起来很愤慨。

“任何让他想起小时候的事情的人，我都不想让他见着，谁知道怕什么来什么。虽然他忘不掉小时候的事，但这些年来始终也是相信我的，就是从齐四坠楼以后他才有了改变，我可以感觉出来，他开始怀疑我了。是我大意了，我怎么也没想到程家的人内讧会波及我，不知道秦在川从程佳扬那儿听到了什么，反正是彻底不信任我了。所以我妈的事一出，他才会第一时间怀疑到我。这里面绝对有问题。有人在我们看不见的地方，控制着我们的想法。”

“您是不是想太多了，怎么可能会有人控制我们的想法呢？想法和情感都是我们自己产生的，别人是没办法强行干涉的。”成宇的声音很平静。

“除非她知道我们所有人的弱点。她真的很厉害，竟然让我到现在才察觉。”陈楼美的声音中泛着复仇的寒意。

刚一到家，陈楼美连忙打开林海的DNA检验报告，看完后，心里竟然生出一丝臆想成真的快感，连双手都忍不住因为兴奋颤抖起来。她全身都已经被复仇的喜悦满满地浸泡着。

陈楼美狠狠地捏紧了手里的几张纸：“梅雅，你到底还是太小了，费尽心思想了十几年的事情还是被我轻而易举地找到了破绽。当初没把你弄死让你跑了真是可惜了，让你以为自己能跟我斗。你既然这么想见你弟弟，我这就送你去。”

周路在院子里伸了个懒腰，一回头看见秦在川的车停在那里。他敲敲秦在川办公室的门，走了进去，秦在川正趴在一堆资料面前，连他进来也没有察觉。

“你怎么来了？”

“把门关上，我妈的案子有问题。”秦在川没有抬头。

周路连忙回头看了一眼，见没有人注意到他们，关上门跑过来。“你不会还在查你妈的事吧，上次不是你说她罪证确凿的吗？”

“走私案和纪彦的事情我没有调查，没法儿下定论，但我外婆的事情，我感觉有问题。”秦在川说。

“你没调查，但我们投入了这么多人力物力，已经查清了，就是她。

你怎么又钻起牛角尖了呢？”

“或许就是因为我之前有这样的想法，觉得亲眼见到的一定不会有错，才会先入为主地觉得她是凶手。”

“你随便吧，我不管你了。”周路说完就要走，又被秦在川拦了下来。

“你帮我查一个人吧，算我拜托你的，我现在相当于停职，不能工作。”

周路听他这么说，心里不忍，只好皱着眉头问：“谁啊？”

“赵苑玫，咱们一起见过一次的那个心理医生。”

秦在川又一次把案子从头到尾地梳理着，一定有什么是自己之前忽略了的，比如一些看起来很正常，但细想就会觉得很别扭的事情。

“医院？”秦在川自言自语，那天所有在医院听过的话语在他脑海中快速过滤着，突然一句话像卡带一样停住了。

“傍晚六点多钟我想去看看外婆，结果叫了外婆好久她都不答应。”

“栎阳为什么要这样说？”秦在川隐约觉得这话古怪，印象中视频里没有这一幕。他连忙又找出医院的视频，一直摁快进键。果然这句话和视频有出入，那时林海站在房间外，并没有对里面说话，而是直接拉开门走了进去。

第39章　真　相

秦在川反应过来后赶紧拨通了林海的手机。

明晃晃亮得刺眼的房间里，林海依旧坐在电脑前发呆，手机接连响了几次他都像没听见似的。

“栎阳？是我，我问你件事。”终于，林海的手机接通了。

“你说。”

“外婆出事那天，你跟我说，你叫了外婆好久她都不答应，这句话是什么意思？”秦在川没听出林海声音中的异样，只是急切地想知道答案。

“没什么意思，就是外婆睡觉喜欢用被子蒙着头，所以我在她床边的时候，以为她还在睡。”

“你并不是站在门外叫她的？”在此之前，秦在川一直都以为林海的意思是他站在屋外朝里面喊外婆。

“不是。”

“好，谢谢你，没事了。”

“哥，你……”秦在川刚要挂断电话，听出林海欲言又止。

“怎么了，还有事吗？”

“算了，没事。”说完林海就挂断了，秦在川觉得纳闷，不过也顾不上太多。他从来不知道外婆是喜欢蒙着头睡觉的，也就是说，她把头蒙在被子里的时候，房间里的人做什么她可能都是看不见的。

这样一来，他之前的推理就有了很大问题。他以前的推理，是建立在“陈戚离开房间之前外婆一定是活着的”这个假设之上的，但如果在陈戚离开之前，外婆就已经不行了呢？只是她蒙着头，陈戚不知道？

不对，秦在川马上否定了自己的想法。陈戚和成宇的证词是一样的，在他们离开前，陈依曼还跟他们道别，所以那个时候她肯定是还活着的。

秦在川一次又一次地播放着监控视频，试图寻找曾经和外婆单独待在一起的人。这时他注意到陈戚先后离开过病房两次，虽然中间间隔只有短短的四分钟，但这四分钟，房间里只有成宇和外婆。除了陈楼美以外，他是唯一和外婆单独待在一起过的人。

可是成宇是陈楼美最信任的人，如果陈楼美并不想让外婆死，他怎么可能违背她？秦在川又一次否定了自己的想法。他用手使劲搓着脸，一瞬间觉得四周都是墙壁，无论朝哪个方向走，都是死胡同。

他借着屏幕上反射出的荧光，目光没有焦点地看着前方。过了不知多久，他揉揉眼睛，目光一聚焦，发现自己刚才一直盯着远处柜台上的一个沙漏饰品发呆。那是以前他帮助的一个小孩送他的礼物。

秦在川连忙跑到沙漏旁边。这只是一个装饰品，为了美观，里面装的并不是真的沙子，而是一些彩色的液体。秦在川把它翻转过来，瓶中的液滴缓缓从上至下滑落，落得很慢很慢。

他恍然大悟。

林海的目光停在墙上那幅只剩一人的照片上，他不知道在快门按下的那一刻，梅雅看着的镜头后面的人到底是谁——能让已经一无所有的她，眼睛里还能生出一丝温存。

林海从墙上轻轻取下照片，翻转过来，小心地打开相框，照片的背后是一蓝一白两封信。

看着两枚信封，林海明白这是日记中提到的成宇给她的信。那这照片想必也是他照的。

既然已经到这个地步了，看不看也没有什么区别了。林海打开了蓝色信封。

阿雅，接下来我要做的事，你不要拦。如果不是需要你的配合，我根本不可能告诉你，但只有我一人确实完不成，想来想去也只有这一个办法最佳。

在此之前，有几件事我必须要提醒你。我说过，没有你我也会报仇，我们只是这条路上相互帮助的同盟，所以你若是出于担心我性命之类的念头试图阻止我，那你便成了我的敌人。我只是做了我一直想做的事，不是为了你，只是这件事的结果可能正巧使你也达到了目的。

以下开始：

要在护士轮流看护，众人在场的病房里将陈依曼无声无息地杀死，看似很难，却并不是不可能的。

长年累月地待在这些人身边，我所了解的他们自身有些永远无法改变的特点，恰恰成了完成这件事的必要条件。

陈依曼贪生怕死。

陈依曼有高血压病，并且懂医理。

陈依曼喜甜食。

陈依曼手里握着一个陈楼美的致命把柄，这个把柄已经快将陈楼美逼疯。

陈戚唯一爱的不是他母亲，甚至不是他自己，是钱。

陈楼美对她母亲和弟弟的容忍已经到了一个限度。

陈楼美对两个儿子的爱，超过了你我的想象。

多年来我一直从暗网暗中购买陈楼美的私人信息，发现她有跟境外联系的记录时马上就去调查了一下对方。那是荷兰一个比较有名的地下卖家，主要向国外买家售卖安乐死药物。虽然我不能百分百确定陈楼美买安乐死药物是因为陈依曼，但只要是她买的，她就撇不清了。而且我能查到，相信到时候警察也一定能查到。

我会让公司所有的股东在上午的股东大会上分到一份纪念礼盒，里面有两样东西，巧克力和柚子汁，但陈戚手里那份会有些不一样。为了确保他拿到那份不一样的礼盒，我会吩咐人把他的那份特意用金箔纸包装好以作区分，理由是慰问住院的陈依曼。给病人送礼当然不能随便包装，这个理由妥当又不会引起任何人的怀疑。

陈戚对家人的吝啬程度难以形容，在我的印象里，他从来没有主动给陈依曼买过任何一样东西。我已经把他母亲最喜欢吃的东西送到了他手边，又点明了是慰问他母亲的，再旁敲侧击地说出公司未来的走向，诱导他想到用这些甜食去讨好陈依曼。

陈依曼和陈楼美的关系已经走到了尽头，但陈依曼手里有一个让陈楼美不得不服软的把柄，这也是陈楼美总是待在医院里的原因。因为她总想套出陈依曼到底把那样东西藏到了哪儿。而陈依曼威胁她的目的也很简单，她想要陈楼美把公司交给陈戚。

当陈戚在病房陪着陈依曼的时候，我和陈楼美随后就会到，经常陪着她到医院已经是再正常不过的事了。我们到时候会自然地谈起股东会上分发的巧克力，我也知道陈楼美是不会吃的。不仅是因为她不爱吃甜食，更是因为她根本不屑于吃陈戚带来的东西。但为了表现我毫不知情，同样身在其中，当陈戚邀请我吃的时候，我不会拒绝。

如果事情按部就班地进行，秦在川应该会在那天上午听完程佳扬和程丰易的审讯，以他的性格，憋了十多年的疑惑如今成真，他不可能不跑来找他的母亲问个究竟。我会安排人在医院门口守着，只要秦在川出现就立即通知我。在他差不多进入病房前，我会无意间说些关于他的事情。我知道陈依曼对秦在川在某种程度上有些恐惧，这些恐惧大体源于两个方面：

第一，秦在川是警察，陈依曼做过太多违法的事情，这样的人潜意识里都会对警察有些惧怕。

第二，她手里握着的那个让陈楼美动也动不得的把柄事关秦在川。陈依曼既想以此为要挟，又惧怕陈楼美跟秦在川摊牌，两人联手将她送进监狱。

我刻意说起秦在川在做警察方面多么有天赋，就是为了让秦在川的突然出现产生震慑效果。她受到刺激，必然会在秦在川面前跟陈楼美产生争执，这无形中就在秦在川的心里提前埋下雷。

秦在川来病房只是为了找陈楼美，所以他们应该很快就会离去。以他们俩的脾气，大概很快就会不欢而散，各自离开，都不会想到再去看陈依曼一眼。这样正好，反正我只要他出现一会儿就够了，因为我要让整个犯罪过程在他面前进行，以至于他被自己的眼睛欺骗都察觉不到。

你肯定早就想问我吃下去的那些巧克力里面到底放了什么，不要担心，只是安眠药而已。只有陈依曼陷入半睡半醒的状态，我才能进行下一步。

我当然不会觉得有睡意，同样陈戚也不会，因为我们喝了一样陈依曼不会喝的东西——柚子汁。

她自知有高血压病，而且懂得医学常识，刚吃完降压药的她不会去吃跟柚子有关的食物，因为那样会导致血压骤降。虽然只有极低的概率会导致人死亡，但她是多么惜命的一个人，贪生怕死的她不会冒这个险。但我偏偏会在柚子汁里面提前放入一种药，尼克刹米。

弥漫在口腔中的巧克力的甜腻和柚子的清香会掩盖住尼克刹米的味道。尼克刹米只是兴奋剂的一种，唯一功能是使人兴奋，抵消安眠药的药效。我会把药量控制在合理范围之内，这样即使陈戚多喝几口，也顶多表现得有些兴奋罢了，脸色变红一些，可能会咳嗽一阵，但对于他那个年纪的人来说，这些并不奇怪。即使秦在川看见了这些反应，那也只可能是陈戚在陈依曼病床前大哭的时候看到，但哭泣反而能更好地掩饰住这些反应。

秦在川和陈楼美离去后用不了多久，陈依曼便会有睡意，时间也正是她平日午睡的时间。我早已安排好公司的人在这个时间给陈戚打电话，事关他跟陈楼美竞争的一个项目，他肯定会毫不犹豫地赶回去。他始终认为我是站在陈楼美这一边的，所以不会当着我的面接这个电话，在他离开病房的这几分钟内，我会把剩下的事做完。

陈依曼这时应该已经进入半睡半醒状态。她睡觉有一个习惯，喜欢侧头把整个身子蜷缩在被子里，我想这也是她胆小贪生的一个表现吧。这正好帮了我，我会在她蜷缩在被子里的时候做完三件事：第一，把安乐死药物注射到她的药瓶里，并把注射速度调到最慢；第二，我会在病房里藏好一个可远程控制的迷你音响；第三，改动生命体征监护仪。

长达数米的静脉注射滴管可以有效地延长药物真正注入她体内的时间，安乐死药物将会很缓慢地，一点一点注入她的血液中。这份药物是我通过国内的渠道买到的，反正警察也不会想到调查我这个不相干的人。我一定要让陈戚见到还是活着的陈依曼最后一眼，让他以为陈依曼只是困了，只有这样他才可以在警察问起的时候坚定地说，自己离开前她还没死。因为一旦安乐死药物进入她的血管，她将很快在沉睡中死亡。

最关键的问题，是一定要控制好时间。我要在陈戚打完电话之前把这三件事完成。我已经安排好人，尽量拖延他打电话的时间，但这时间也不能太长，如果太长，陈依曼便会在陈戚进来跟她告别之前因为安眠药的作用睡着。最后，我和陈戚离开时，巧克力和柚子汁我会带走的。

为了多一重保障，我一定还要去而复返一次。除了我和陈戚，我还需要更多的人认为陈依曼在陈楼美来之前还是活着的。这时，我就需要你了。这也是我提前告诉你的原因。你从现在开始想一个办法和她住进同一家医院，我只有一个要求：一定不要伤害自己。

你住院后就是病人，来回走动时可以提出要求让护士陪同。我需要你引领着护士，不早不晚地在我去而复返，恰巧走到病房门口时，也出现在那个门口。我会在拉门的同一刻，遥控播放病房里的音响，里面是我提前录好的陈依曼骂人的声音。护士是清楚陈依曼的脾气的，只要听到这个声音，她们会先入为主地以为这个病房的病人又发脾气了。即使看不到画面，她们也能想象出那个场景。这里的护士都清楚陈依曼的脾气，几乎都对她避之唯恐不及，所以护士肯定不敢再进去，而且还会在脑海里留下陈依曼此时还非常精神的印象。但假如陪着你的护士真的想要进去，你也要想办法拦住她，我相信你能做到。

接下来，就要让那个我们共同的敌人，自己走到已经布好的局里面。

你以前跟我说过，对付人就要戳中她的软肋。陈楼美最大的软肋，是秦在川。

陈楼美对我的信任程度，就如同当年你父亲对她的信任一般，不会有半点怀疑。我会在我们全部人都离开后给她打电话，告诉她陈依曼又说要拿手里的东西跟她做交易。这是陈楼美的死穴，她一定会去，无论多少次。

至于那件让陈楼美害怕的东西，前不久我终于查清了，原来是齐四和吴晨自述的录音，是陈依曼在很久之前就找人逼他们录下的。录音的内容大致是齐四、吴晨承认，当年梅远落水而亡，秦在川是在场的。诚然，梅远落水是自己失足，从法律上讲，这对当时还是未成年的秦在川来说构不成犯罪，但对如今已经是一名优秀刑警的他来说，这录音足以毁掉他的名声和前程。谁能想到，屡次犯险不顾安危，只为完成任务的优秀刑警，少年时期竟然是这样一个小混混，勾结社会流氓，间接害死一个孩子。最重要的是，他竟然选择逃避，让陈楼美来解决一切。陈楼美当年给了齐四和吴晨一大笔封口费，让他们不许说出秦在川也在场的实情。后来的事我们都知道了，齐四直到死前还用自己那条一模一样的红色手串屡次三番向陈楼美讹钱，让她以为那是秦在川遗留在场的物证。这只能说是陈楼美自作自受。

你以前跟我说过，陈楼美越是表现得不屑于秦在川的工作，心里就越是在意他，她生气只是因为秦在川对她的不理解。当年她费尽心力保护他，可秦在川却把逃避惩罚的责任和自己多年愧疚的缘由都归咎到了陈楼美身上。

陈楼美知道间接害死梅远将永远是他的死穴，秦在川当警察只不过是为了让自己心里好受一些。一旦这件事曝光，以他的性格，必然会自己辞职，那样他唯一减轻自己愧疚的方法也将消失。

都说虎毒不食子，陈楼美虽狠毒，唯独对秦在川，她是舍不得的，也是愿意付出的。但在这两人之间，理解和信任早已不复存在，秦在川永远也不可能相信，陈楼美夜以继日地待在医院，是为了他。她是为了不让秦在川失去唯一热爱的职业，不让他在同事面前抬不起头来，不让他永远在愧疚中难过得无法呼吸。

陈楼美从荷兰暗中购入安乐死药物是事实。我相信她内心也很挣扎，毕竟弑母罪无可恕，但她又是世界上最想让陈依曼消失的人，因为只有那样秦在川才能彻底安全，她自己也能喘口气。她有动机，我不过是顺水推舟。这样，当警察询问药的来源时，她有口难辩，也不会怀疑到我头上。

陈楼美进去以后，陈依曼估计已经不行了，不过因为生命体征监护仪一切正常，她看起来像是在睡觉。陈楼美看到她的样子定会觉得陈依曼是在故意折腾她，以前这样的事不是没发生过，生气之余她顶多抱怨几句就会离开。

我不会成为第一个发现陈依曼死亡的人，那个人或许是护士，也许林海是更好的选择，我会在随后进入，趁人不注意时将迷你音响带走。接下来的一切，就都交给秦在川吧。他会亲自把自己的母亲抓进去的。

第40章 自 白

监控录像暂停在成宇第二次出现在病房门口的场景，秦在川第一次注意到了画面上除了成宇和护士之外的第三个人。那个坐在轮椅上的病人。

那是赵苑玫。秦在川将她的身影放大到最大，不知怎的就想起了三个月前第一次看见她时，她朝自己打招呼时那明朗的微笑，心里顿时像被筛子滤过般刺痛。

睁开眼睛的时候，天刚蒙蒙亮。赵苑玫洗漱完收拾好衣物，又整理好随身物品，最后看了一眼医院大门，提着大包离开了这里。

从出租车上下来，还没走进楼道，她就看见林海的车停在院子里。

车上的人也看见了她，关上车门朝她走了过来。赵苑玫还是像往常那样朝他微笑着，林海看起来像是一夜没睡，看见她也没有主动打招呼，只是顺手接过她手里的包。

“来了怎么也不提前说一声？”赵苑玫笑着问。

“本来想给你个惊喜来着。”

“上楼吧，外面这么冷。”

“姐姐，跟我去个地方吧。”林海叫住了转身要走的她，声音听上去跟往常有些不一样。

“好。”林海是个不会藏事的人，赵苑玫抬头看了眼自己家的窗户，心里已经猜到了发生的事，但还是笑眯眯地点头答应了他。

林海沿着海岸线一路向西开着，金灿灿的阳光洒在碧蓝的海面上，如同水晶一般发着闪闪夺目的光。

车子停在一片绿林遮掩的道路上，林海下了车，领着她顺着几棵松树间的石子路一路走着。

“还记得在美国的时候，有一次咱们去海边，看见的梦想中的房子吗？”林海在前面问。

“嗯。”

“一楼全部用玻璃做墙，二楼是一个露天的小草坪，不是很豪华的大房子，但只要睁开眼睛就可以看见海。你那时说，你很想当一个建筑师，那样以后就可以给自己也建一所这么美丽的房子。”林海停下脚步，转过头来看她。

已经到了海边，林海的身后是一栋跟美国海边几乎一模一样的房子。二层小楼，四面玻璃，有海有风。

“我给你建了一所房子。”林海曾经想象过无数次自己说出这话时的激动心情，而此时，除了平静，他再也找不到任何情绪。“之前你受伤时我刚好出现，就是因为从这里回市区的路上正巧看到你的车。那时我刚把这房子收拾好。”

赵苑玫留林海在原地，自己慢慢向前，推开房子四周的小栅栏走了进去。房前的院子里栽着许多植物，她在一旁的白色座椅上缓缓坐下。

远处的海风吹来，把赵苑玫的头发吹得在眼前飞舞，她用手抚着额前的发丝，思维好像被按下了暂停键。

阳光很暖地照着她，一点儿也不冷。身后的玻璃墙上干净地映出她和林海的倒影。

林海坐在她身边，侧头看着她，许久后，终于开口说：“可以问你一个问题吗？”

赵苑玫点点头。

“跟我说说你的家人吧。我的家人你全都一清二楚，甚至比我还了解，我却对你一无所知，这听起来不太公平。”

赵苑玫没有太过惊讶：“如果你想知道，我可以告诉你。”

“我有一个弟弟，他在八岁的时候死了。我曾经跟你说过，我是孤儿，我没有骗你，我父母确实也已经不在了。”赵苑玫背靠在椅背上，静静地看着远处的海。

“我真的很想他。”半晌，赵苑玫的声音又响起，像是对林海说，又像是自言自语。

“真的非常想念他，我有很多的话还没来得及跟他说，很多事没来得及和他一起做，可他就那样用哭喊声跟我做了最后的道别。直到现在，我一次也没有梦见过他，他不肯原谅我，所以也不愿到梦里来看我。”

林海侧身看着她，这是他第一次听见真实的赵苑玫用这样的语气说话，跟视频中一样的语气。

“如果你看过了我的日记，那你应该知道你妈妈和你哥哥是多么可恶的人。虽然说这话的我也没有资格自诩是多么高尚的人，但你知道有因必有果，我就是那个结果，而他们是造成这一切的原因。

“我爸入狱前，我妈精神就不太好了，她心高气傲，受不了陈楼美和我爸的事情。后来，我弟被秦在川和陈楼美害死后，我妈就彻底疯了。再后来，我爸不知怎么就知道了我们在外面的情况，我猜应该是陈楼美告诉他的，所以他在狱里自杀了。直到我十五岁，我妈在街上疯跑被车撞死了，我所有的亲人就这样全部离开了我。”赵苑玫说这话时语气十分平和，语调像是早期电影的旁白一样和缓。

“你弟弟，是怎么死的？”林海低着头问。

“那时我和秦在川是一个班上的同学。爸爸入狱后，我和妈妈带着弟弟搬去了别处，可他和陈楼美却住进了原本属于我们的房子里，是他们抢走了这一切。我平时在班上看到他，难掩厌恶的态度，这惹怒了他，所以他找了跟他称兄道弟的两个流氓兄弟找我麻烦。我想他本意应该也只是想吓吓我罢了，但他不知道那两个流氓先前也得了陈楼美的指令，他们是为了让我和小远闭嘴来的。后来事情的发展超出了他的预料，我弟看着我被其中一个人拖走了，为了救我，他被秦在川和另一个人追赶着，路过冰面时，冰冻得不结实，裂了。他死的那天是他的生日，本来我答应陪他去买礼物的。

“不知道是不是思念太深，记忆反倒淡薄了，我现在唯一还时常记起的就只剩梅远站在我面前，仰着头号啕大哭的样子了，因为他想要别的小朋友都有的风铃，我嫌贵没有给他买。他活着时听到我说的最后一句话应该就是，我骂他大哭大闹不懂事，非要什么多余的风铃，我说我不要他了。所以他就生气了，干脆再也不要理我了，到现在都不来看我一眼。”

“他们住的房子曾经是你家的，那里我也住过。”林海的声音很低。

“我知道。”但我是后来才知道的。赵苑玫在心里说。

海风从他们肩膀之间的缝隙窜过，林海觉得浑身冷极了。

“他也和我一样喜欢吃煎饼果子吗？你们也一分为二，一人一半？”林海问。

还不等赵苑玫回答，林海又改口：“不，不应该这样说，正是因为他喜欢，所以你才会让我也喜欢的对吗？”

赵苑玫听到这儿，侧头看向他，一时想不出回答的话。

“因为爸爸还在的时候，经常带我们两个一起去吃煎饼果子，直到现在，就算只闻到它的味道，也能立刻想起那时我们三个坐在桌边欢笑的样子。后来爸爸不在身边了，梅远总要我给他买煎饼果子，我知道他是想爸爸了。你真的很像我弟弟，我只是想让你更像他一点儿。”

“你是心理医生，应该最清楚自己出了什么问题。你的防御机制保护了你，但也害了你。本应该排解出来的巨大痛苦无声无息地消失了，其实是你无意识地把它消化了。痛苦找不到出口必然会以其他的方式释放，这样下去你会彻底分裂的。你为什么从来不跟我说？是因为从来就没有真正信任过我吗？”

“林海，痛苦是会传染的，你不知道是最好的。”

“你看这栋房子，虽然不是我一砖一瓦建起来的，虽然选了离市中心很远的地方，虽然周围还没有热闹的左邻右舍，但能不能把这里当作我为你建的温暖的地方，留在这里呢？”他微微停顿，“曾经我是想这么说的，也曾经在脑海里想过很多次，你看见这房子时幸福快乐的表情，但这一切终究是不可能了。”

“我跟你一起度过了十三年的岁月，我生命中所有美好的事物都跟你有关。”林海说着，往昔的回忆一齐滑过脑海，“但我却始终不知道，你说真话时从来不敢与人对视，说谎时反而会堂堂正正地看着人的眼睛。”

“为什么……”过了片刻，林海问。

“因为和你在一起，我感觉就像他还在我身边一样。我之前在你身上做的一切，都是为了把你留在我身边。我真的太想他了。”赵苑玫知道林海要问自己为什么一直在骗他，她不知该如何回答，所以干脆打断了他。

“对不起。”赵苑玫没有对上他的眼睛。

“如果……”林海说到这儿哽住了。

赵苑玫抬起头看着他，嘴角勉强露出一丝笑，“下辈子的事，下辈子再说吧。”

林海在接到陈楼美的电话后，心情复杂地回到了家里。

“妈，”林海的声音有些干，“你没事吧？”

“我没事，你不用担心。”陈楼美一反常态地盯着电脑，看都没有看林海一眼。

林海环视四周，看见了屋里的行李。“你要去哪儿？出远门吗？”

说到这儿，陈楼美的目光才从电脑上移开，她看着林海说：“有急事要出国一趟，叫你来是有事要跟你说。”

成宇敲敲门走了进来：“陈总，票已经买好了，我这边可以暂时拖住警察，您看您什么时候出发？”

“马上。”陈楼美说。

话音刚落，林海还没有反应过来，只觉得眼前一阵眩晕，口鼻被手帕紧紧捂住，身上立即没了知觉。

第 41 章　最终惩罚

“赵苑玫原名梅雅，本市人，1987 年生。”周路说完，秦在川心里的猜想被证实了，同时一种极不好的预感越发清晰。林海的脸在他心头倏然滑过，他一遍又一遍给林海打电话，一直无人接听。

他浑身无法控制地颤抖起来，握着手机的手浸满汗渍。秦在川知道自己欠她一条命，亲弟弟的命。

手机铃声突然炸响。秦在川看着来电显示，一个陌生的号码，它像有魔力似的紧紧吸着秦在川的目光，他心里已经猜到了来电人是谁。

他用不停颤动的手按下接听键，缓缓将手机放到耳边。

“想找你弟弟吗？”冰冷的语调听不出语气，但秦在川却记得这个记忆深处的声音，没有了鼻音的掩藏，听得格外清晰。

“你放过他好不好？我错了，我真的错了，但栎阳是无辜的，他一直都把你当成亲姐姐的，你要我的命我给你，求你别伤害他。”秦在川的情绪爆发了，梅雅冰冷的语调让他走到崩溃的边缘。

“你知道为什么陈楼美总是在医院陪着陈依曼吗？”赵苑玫不回答他，反问道。

秦在川听到电话那端传来录音按钮被按下的声音，随即是齐四在说话，他险些没反应过来。

“……陈楼美让我和吴晨去找梅雅，我们本来还愁堵不到梅雅那个小丫头，谁知道秦在川正好来找我们帮忙欺负他同学，我去了一看，不就是梅雅吗？还有她弟弟……我把梅雅拖走了，她弟弟非要乱跑来救她，秦在川和吴晨在后面追着，结果小男孩不知死活，往冰面上跑，被淹死了。秦在川当时肯定是在场了，不过他太胆小了，不敢承认，所以陈楼美给了我们一人二十五万，让我们闭口不提这事……”

又是一声按键声，她刚才给秦在川放了一段录音。

“秦在川，这是陈依曼逼着齐四和吴晨录下的，是你最大的心病。你可能不知道，这录音也是你妈妈最在意的东西。她满足陈依曼的无数要求，整日待在医院，都是为了这个录音。你根本不知道，她是为了谁才这样的。”

“你根本什么都不知道”。秦在川想起审讯室里，母亲说出这句话时眼睛里的绝望，他心里一阵难受，像是被人抽了一巴掌。

“为什么要跟我说这个？”秦在川问。

“去机场你就知道了。赶快去吧，你弟弟也在那里，去晚了，活的死的我就不敢保证了。”赵苑玫挂断了电话，秦在川慌忙地回拨，耳边却只剩无尽的滴滴声。

恐惧瞬时占据了他的心，秦在川一路上什么也不敢想，只知道拼命踩油门，朝机场开去。

机场候机大厅的 VIP 室，陈楼美一个人静静地坐着，她看着面前的巨型玻璃，视线最远处是一条马路。

“已经把他装上车了，汽车也已经改装好了，大概十五分钟后到达机场。”电话里传来成宇的声音。

“好。”

陈楼美微微松了一口气，身子向后贴上了椅背，准备亲眼目睹眼前即将发生的火光冲天。十五分钟后，她对面的马路会发生一场严重到足以登上新闻头条的重大车祸，而此时复仇的喜悦在她心底酝酿。

由远及近传来极有规律的高跟鞋响，最后在她的身后停下了。许久，陈楼美感觉有道目光一直射向自己，不由得回头张望，却在转身的一刻愣住了。

她怎么会在这里？

身后的赵苑玫看起来十分轻松，看陈楼美发现了自己，也不再站着，坐到了陈楼美身旁的位置上。

“你怎么会来？”陈楼美不相信还会有别人知道自己离开的消息，她扫视了一下周围，发现并没有警察，脸上很快恢复了镇静，“好久不见，梅雅。”

赵苑玫轻笑，没有回答，将一串发旧的红色手串挂在手指上，悬在她面前。

“还记得这个吗？”赵苑玫轻声问。

“你怎么会有这个？”

“我想你应该也不会忘记，”赵苑玫无视她的提问，“这可是齐四和吴晨用来威胁了你多少遍的东西。可惜你不知道，我手里这条才是小远临死前从秦在川手腕上扯断的。”

“你是说，齐四手里的那条不是在川的？”陈楼美突然问。

“嗯，”赵苑玫很认真地点头，“他们三个是好兄弟，每个人都有一条，你不知道吗？齐四拿来威胁你的不是小远临死前握着的那条，成不了指认秦在川在场的证据，你被骗啦，齐四只是把你当成了摇钱树，亏你还给了他那么多钱。”赵苑玫的语气像是在教导一个做错题的小学生。

“你胡说。你为什么告诉我这些？”

“不为什么，就是让你知道一下自己是多么蠢的一个笨蛋。”

“你说我是笨蛋？”陈楼美眼睛随即闪出得意的光，“我早就知道了，林海根本不是我的儿子，我已经做过亲子鉴定了。开始我也觉得奇怪，他就算再健忘，怎么可能连手腕上跟我一样的痣也不记得了？但又一想，他曾经跟你在国外待了那么久，被你调包是再容易不过的事，谁知道你找来一个什么人，用整容之类的办法想骗过我。不过不得不承认，你确实很有办法，我被骗了这么久才发现。”

赵苑玫一言不发，嘴唇死死地抿成一条线，眼睛中带着深深的恨意盯着陈楼美。

“所以呢，你要怎么做？”赵苑玫冷冷地问。

陈楼美看她这副样子，脸上散发着从心底荡漾出的喜悦：“既然你原本要拿他来威胁我，那我当然不能给你这个机会，不劳烦你动手，你就在这儿给我好好看清楚，你找来的这个顶包的是怎么死在路上的。”

赵苑玫低着头，双手撑在座椅两旁的扶手上，身子上下一抽一抽地颤抖着，看起来像是因为痛哭而不能自已。

“哈哈哈……”她抬起头像憋不住了似的爆发出笑声，陈楼美看她笑得眼泪都出来了，觉得事情有些不对劲。

“说我把你儿子顶包了，嗯，”赵苑玫点点头，“这么说也可以，只不过我掉包的不是你儿子的身份，而是他的 DNA 检测报告。要想证明是亲子很难，但想证明不是的话可是非常简单的事。”

“不可能。”陈楼美冷笑着摇头，“你别想骗我。告诉你，林海的车已经被改装过了，只要出发就一定会爆炸，就连我也没办法让它停下来。”

“我知道啊，还是我看着改装的。真是谢谢你，让我亲眼看见你杀死儿子的全过程。”赵苑玫笑着说，随后看了一眼表，便不再说话，看着窗外。

陈楼美脑中闪过成宇的影子，自己最信任的手下不可能跟这个女人走到一起。可看她一言不发，神情无比轻松，她心里发怵，忍不住自言自语起来：“亲子鉴定不可能出错，而且他的胎记不见了，那个痣不可能不见的，他也不可能一点儿都不记得。”

“你可真是蠢啊。”赵苑玫的语气听着十分无奈，“胎记可以去掉的嘛，至于记忆，也是可以抹除的嘛。”

“记忆……抹除？”

“在美国的时候，无数的人想知道我是怎么治好那些极度抑郁的人，其实就是催眠让他们忘掉而已。”

“别说了！”陈楼美尖声打断了她，“不可能！”

“不信的话，你打电话问问成宇喽，看他怎么说。”赵苑玫依旧笑着，看着她的脸渐渐变得扭曲。

“你怎么会知道成宇？”陈楼美失声尖叫起来。

赵苑玫把手指放在唇间，一个劲儿发出“嘘”的声音，示意她不要大吵，接着起身凑到她身边，轻声说：“你还不知道吧？成宇，是替纪彦来向你索命的。”

陈楼美呆若木鸡，愣在原地。

“不可能……不可能……”她捂住耳朵。

赵苑玫伸出双手狠狠攥住了她的手腕，硬生生地把她的手从耳边掰开。“怕你不相信，我还特地把成宇给你找来了，你看。”说完，赵苑玫不知哪儿来的力气，把她从座位上拖起来，一直拖到不远处的成宇身边。他不知何时到的，手里提着一个简单的行李包。

“这是怎么回事？我不是叫你按照我的命令去做吗？”陈楼美大

声朝成宇呵斥。

“我确实按照您说的，把秦栎阳迷晕后扔上了车。”成宇低头看了眼手表，“您看那条路尽头的那个巨大的信号台，我听说当时建立还花了不少钱，不过一分钟后，等司机一跳车，林海的车就会跟那个信号台一起被炸上天，可惜了。不过您已经让我事先把他给迷晕了，所以他是不会有痛苦的。”

陈楼美回头透过那面巨大的玻璃朝远处的马路看去，瞳孔因为惊恐而放大。很快，马路上出现一辆银色的车，车身突然开始打转，紧接着撞上交通台翻了过去。

短暂的平静后，火光随着“轰”的一声弥漫开来，声音大到隔着玻璃都能听见，很快，远处马路上成了一片火海。

“栎阳，啊……”陈楼美疯了一般，不顾一切地冲出候机厅。

秦在川刚驶到离机场最近的路口便堵得一动不动，前面不远处轰然升起一阵火光，他狠狠摔上车门朝火光狂奔而去，奔跑中他觉得自己的心跳好像已经停止了，这一刻他终于明白梅雅为什么一定要这样做：她就是想让自己感受一下，她当时不顾一切朝生死未卜的弟弟冲去时是什么样的感觉。身体上的疼痛算什么呢？心理上的痛苦才是最难以承受的，不发生在自己身上，就永远没法儿感同身受。

等他终于跑到火光的中心，他第一眼看见的是一辆只剩残骸的车，车身爆炸后还在吐着火苗。周围的警笛声无比刺耳，嘈杂的哄闹声、痛哭声和尖叫声也跟着一齐涌入他的耳朵，他感到一阵持续的耳鸣，瞬间天旋地转。

忽然，一个熟悉的身影闯入了他的视线。

她口中念念有词，鞋子已经跑掉了，头发散乱，像疯了一样在车流湍急的路上奔跑。

秦在川眼看一辆飞驰的车离她越来越近，他用尽全身力气，大声地喊："妈！"

又是"砰"的一声，秦在川睁大了眼睛看着短短几分钟内发生的一切，双腿再也支撑不住身体的重量，和远处的陈楼美一样倒在了地上。

"妈，栎阳……"秦在川跪倒在冰冷的马路上，从来没有这么肆意地让心底的悔恨和内疚跟着眼泪喷洒过。周围的人越来越多，不知何时周路也跑到了他身边。

"在川，起来吧，起来吧。"周路试图搀扶他，但无济于事，所有人都没有见过秦在川现在的样子，他像是要榨尽身体里最后一滴泪水，趴在周路的肩膀上像野兽一样，从脾肺里发出绝望的哭喊。

"梅雅，我错了，我知道错了……"秦在川无法控制地哭喊。

"哥。"

秦在川以为自己听错了，猛地抬起头，模糊的视线里，穿过人群匆忙朝他跑来的是林海没错。他使劲揉搓着眼睛，看看不远处的车子残骸，又看看他，确实是林海。

"栎阳？"他一把抱紧林海，张开嘴像金鱼一样大口大口地喘着气，又是哭又是笑。

在候机厅的玻璃帷幕前，赵苑玫把手轻轻放到玻璃上，隔着千米之外的距离最后抚摸了一下林海的发梢，那一瞬间林海像是有感应似的，回头朝她的方向望去。

"放心吧，按照你说的，他什么事都没有。"成宇在她身边说。

第 42 章　生死相依

"走吧。"成宇转身提起行李包朝登机口走去。

赵苑玫收回了目光，什么话也没说，看着他的身影越走越远。

她插在口袋里的手摸到了那封白色的信，成宇让她最后才看的信，其实她早就看过了。

我遇到一个比我生命还重要的人。很意外地超出我任何一种想象，我曾以为我要是爱上一个人，一定是被她的善良所吸引，可那个人竟是十分阴狠、恶毒、不择手段的人。

我是个律师，比任何人都了解是非对错，我从心底认识到她是恶的，但为了喜欢她，我不仅不能阻止她的疯狂行为，还要纵容她，还要帮助她，如果可以的话，还会在她行动前替她作恶。为了让她知道我并非正直之人，我把心底的仇恨放大，把血管里的温度降低，孤注一掷，绝情绝义，愚蠢盲目到只有仇恨，只是为了让她觉得，我们是站在世界同一边的。我生怕我那带有指导性的、引导她走回善路的话语会引来她的厌烦和惊讶，所以我拼尽全力，一刻不停，终于跑到了她前面。然而，当我意识到已经跑过了头的时候，我又害怕回头看到她已经和别人站在阳光下了。

赵苑玫望着成宇的背影，总觉得即使她现在追上去了，成宇也会离她越来越远的。他们两个就像两颗运行轨道只有一个交点的星星，仇恨是他们彼此交会的唯一停靠点，一旦终了，剩下的路就是继续擦肩而过，彼此背向而行。

“不走吗？”

成宇停下脚步，回头看着她，赵苑玫在原地没有动。

成宇只好走到她身边，伸出手，很快地拽了一下她的衣袖，马上就又松开了：“你的护照还在我这儿，走吧。”

“我们的飞机途中经过气流，乘客朋友们，请马上回到座位上，系好安全带……”空姐的声音从广播中响起。

“白色信封的信你看了吗？”成宇叠好手里的报纸放在一侧。

“没有。”赵苑玫微闭着双眼靠在座椅上。

成宇沉默了片刻：“别看了，不重要。”

赵苑玫刚要说什么，突然一阵猛烈的晃动，她身子控制不住地朝前倾去，机舱内很快躁动起来。

“乘客朋友们，请大家回到座位上坐好，由于特殊原因，机长做出迫降决定。请各位放心，我们的机组人员都是经过专业训练的，一定会尽力保证大家的安全……”

广播的声音让周围炸开了锅，只有成宇和赵苑玫两个人静静的，什么话都没说。

“早知道，就不让你一起走了。”成宇嘴角浮现一丝苦笑。

赵苑玫也摇摇头笑着：“你还不知道吗？这是报应。想一想，拉你做个垫背的，也不亏。”

“如果……”赵苑玫说到这儿没声了，飞机引擎巨大的声响盖过了她的声音，头顶的灯开始变得忽明忽暗，很长的一段黑暗中，赵苑玫感觉有人握住了自己的手。

飞机开始剧烈颠簸，赵苑玫低头，借着忽明忽暗的灯光看清了攥在一起的两只手。

“你刚才说什么‘如果’？”成宇大声在她耳边问。

“没什么，我说，要死我们死在一起。”相比成宇，她的声音几乎小到听不见，语调也平稳得多。

随着又一阵强烈的颠簸，赵苑玫胃里一阵翻涌，视线虽然模糊，但意识还是清醒的。她感觉有什么东西掉在了她的头上，机舱里的应急灯也在此时亮了起来。

“请乘客朋友们戴上垂落下来的氧气面罩，以免缺氧，我们即将降落，请各位安心待在座位上等待落地后我们的营救。”

她回头看见成宇额上流下血来，闭着眼睛，连忙动动胳膊使劲摇他。成宇很快睁开眼睛，看见赵苑玫满是汗渍、吓得惨白的脸。

他笑笑：“没事的，应该是胳膊脱臼了，你先戴好面罩，然后帮我取下来。”

赵苑玫一听，连忙抬起胳膊拉下他头上的氧气面罩就要给他戴上。成宇看着忍不住皱眉，想要阻止她，可是胳膊疼得一点儿也动不得。

“我听见你刚才说的话了。”成宇说完这句，看见赵苑玫手上的动作停住了。

赵苑玫看了他一眼，没回答，接着她松了手里的面罩，拉下了自己头上的氧气罩，不等成宇发问就直接罩在了他的脸上。然后她向后靠在了座椅上，如释重负地松了口气。成宇眼神里充满了焦急，他抬头看着悬在自己上空那个氧气面罩，马上明白了，这一只已经损毁了。他使劲摇着头，想甩掉脸上的面罩，恨不得抬起胳膊把它取下来，可胳膊像灌了铅一般难以动弹。

“没事的，”赵苑玫看起来很镇定，“很快就落地了，没有面罩没什么大不了的。”说话间她的呼吸变得急促起来，目光也开始涣散，成宇只能侧着身子看着她，大声让她把自己的面罩拿下来。

赵苑玫却伸出手轻轻按住了他的面罩，成宇的眼眶瞬时变红，眼睛里的水汽顺着额角的血渍一起流下来。

“谢谢你。”这是赵苑玫最后留给他的话了。

当我滚落在楼梯下，跌落在无尽的深渊里，被疼痛和极度的恐惧所包围时，我以为已经倒在了生命的尽头，但你却轻轻抱起了我，带我逃离了那里。这是我做梦也没想到的，谢谢你。

一年后。

秦在川和林海站在梅远的墓前，和往常一样摆上一束白梅和一份煎饼果子。

“他们现在应该已经到了别人永远找不到的地方了吧。”林海看着前方说。

“嗯。”秦在川点点头，“应该是吧。”

两人沉默了一会儿，林海接着说：“哥，所有的是非都相抵，这样子一切就真的可以重新开始了吧？”

“嗯。”

“你以后可以再也没有顾忌地做一个好警察了。”

“嗯。”

“要不要再去看看妈的墓？好久没去了。”

“你去吧，我下次再去。”

“叔叔，汽车不跑了。”

“阿雅，你自己玩啊。”坐在长椅上的成宇侧头看了她一眼，又继续低头看书，没过一会儿，他又抬起头时不时地朝她的方向确认一下。梅雅在轮椅上一直弯腰摆弄着手里的玩具汽车，手上用力一推，把车子推到了成宇的脚边。

“叔叔，你干吗呢，陪我玩吧。”梅雅的声音显得很无辜。

成宇露出无奈的神色，只好把书放在一旁，缓缓推起她沿着结了冰的湖边散步，脸上的表情很轻松。

一阵夹带着春意的风吹过，天气还很寒冷，可太阳却照得人暖暖的，梅雅眯着眼睛看着太阳，暖意烤得她一直笑眯眯的。

“今天又有人说我是傻子。”梅雅坐在轮椅上一边仰着头一边说。

成宇拍拍她的头，用手替她遮挡在额前，怕阳光刺坏了她的眼睛。

一年前的飞机事故，她因为机舱内氧气不足导致大脑缺氧，留下了严重的后遗症。不知道是不是天意，她的智商退化到了三岁孩童的水平，记忆则回到了更小的不记事的时候。从那以后，赵苑玫这个人就再也不存在了。

“这样也好，比起以前绝顶聪明的你，这样最好。”成宇自言自语，弯腰把她刚刚扔出去的玩具捡起来，在她耳边故意低声说：“看看你兜里多了什么？”

梅雅正低头摆弄着玩具，一听这话立刻去翻身上的衣兜，马上喜笑颜开地回望着他。

“糖！”

成宇也笑着，用手背轻轻拍了下她温暖的脸颊，推着她继续朝前走去。

图书在版编目(CIP)数据

在昼犹昏 / 盖越著. -- 北京：法律出版社，2018
ISBN 978-7-5197-2969-1

Ⅰ. ①在… Ⅱ. ①盖… Ⅲ. ①长篇小说—中国—当代
Ⅳ. ①I247.5

中国版本图书馆 CIP 数据核字（2018）第 288476 号

在昼犹昏
ZAIZHOUYOUHUN

盖越 著

策划编辑 张发靖
特约编辑 黄梦梦
责任编辑 王 晗
装帧设计 鲍龙卉

出版 法律出版社
总发行 中国法律图书有限公司
经销 新华书店
印刷 固安华明印业有限公司
责任校对 李景美
责任印制 张建伟

编辑统筹 市场研发部
开本 A5
印张 9.25
字数 231 千
版本 2019 年 5 月第 1 版
印次 2019 年 5 月第 1 次印刷

法律出版社 / 北京市丰台区莲花池西里 7 号（100073）
网址 / www.lawpress.com.cn
投稿邮箱 / wanghan@lawpress.com.cn
举报维权邮箱 / jbwq@lawpress.com.cn
销售热线 / 010-83938226
咨询电话 / 010-63939796

中国法律图书有限公司 / 北京市丰台区莲花池西里 7 号（100073）
全国各地中法图分、子公司销售电话：
统一销售客服 / 400-660-6393
第一法律书店 / 010-83938334/8402　西安分公司 / 029-85330678　重庆分公司 / 023-67453036
上海分公司 / 021-62071639/1636　深圳分公司 / 0755-83072995

书号：ISBN 978-7-5197-2969-1
定价：42.00 元
（如有缺页或倒装，中国法律图书有限公司负责退换）